Jens Østergaard
Weißer Schmerz

JENS ØSTERGAARD

Weißer SCHMERZ

Roman

Ins Deutsche übertragen von
Nora Pröfrock

LYX
EGMONT

Die Originalausgabe erschien 2014
unter dem Titel *Ritualet*
bei Forlaget EC Edition, Århus, Dänemark.
www.ec-edition.dk – www.jensostergaard.com

Deutschsprachige Erstausgabe Januar 2015 bei LYX
verlegt durch EGMONT Verlagsgesellschaften mbH,
Gertrudenstraße 30–36, 50667 Köln

Diese Ausgabe wurde vermittelt durch Claudia Böhme Rights
& Literary Agency, Hannover (www.agency-boehme.com).

1. Auflage
Redaktion: Uta Dahnke
Satz: KCS GmbH, Stelle/Hamburg
Printed in Germany (670421)
ISBN 978-3-8025-9535-6

www.egmont-lyx.de

MIX
Papier
FSC FSC® C083411

Für Trine, Johan und Karen

1

00:00 Uhr

Thomas Nyland beugt sich vor und schaut in den offenen Mund der Leiche. Die Zunge ist nur noch ein Stumpf und ragt wie eine Insel aus dem kleinen See aus Blut hervor, der sich im hinteren Teil der Mundhöhle gebildet hat. Tote Maden schwimmen zusammengekrümmt darauf herum, und eine grünlich schimmernde Schmeißfliege krabbelt über die Zähne. *Lucilia sericata*. Sie hebt ab und fliegt zur Decke. Verschwindet in der Dunkelheit des Raumes.

Die Tote ist eine Frau Anfang fünfzig. Mona oder Moniqa Larsen, je nachdem, ob man den Angaben auf ihrem Führerschein oder denen auf ihrer Visakarte glauben kann. Sie ist an den Hand- und Fußgelenken mit Klebeband an einem Stuhl fixiert. Ihr Kopf ist, in unnatürlicher Weise überstreckt, in den Nacken gelegt, sodass der Mund weit offen steht. Sie ist nackt und aufgedunsen. Durch die Gase, die bei der Verwesung der inneren Organe entstehen, ist der Bauch aufgebläht wie ein Ballon. Der ganze Körper ist voller großer eingetrockneter Blutflecken, vor allem am Mund, auf der Brust und an den Oberschenkeln. Das Blut ist schon ganz hart und verkrustet. Unter der Haut haben sich unzählige blauviolette und schwarze Flecken ausgebreitet. Zum Teil

Zeichen der Verwesung, zum Teil das Ergebnis von Schlägen. Der süßliche, fettige Leichengeruch hängt in dem kleinen Zimmer schwer in der Luft. Er dringt durch die Fasern des weißen Mundschutzes, den Thomas vor dem Gesicht trägt, und legt sich wie ein schmieriger Film auf seinen Gaumen.

Es ist, als würde man Margarine einatmen.

»Ist schon jemand von der Rechtsmedizin unterwegs?«, murmelt er, und sein Atem breitet sich warm und feucht unter dem Mundschutz aus. Schlägt sich in Form kleiner Kondensperlen an seinen Bartstoppeln nieder.

»Friis ist losgefahren«, ertönt Meilbys Stimme hinter ihm. »In spätestens einer halben Stunde ist er hier.«

Thomas löst den Blick von der Leiche und betrachtet die drei Gestalten, die sich hinter ihm aufgestellt haben. Zwei von ihnen sind Kriminaltechniker; der Dritte ist Steffen Meilby, Kommissariatsleiter in der Abteilung für Personen gefährdende Kriminalität und Thomas' direkter Vorgesetzter. Sie tragen jeweils das Gleiche wie er: einen weißen Overall mit Kapuze, blaue Überziehschuhe, Gummihandschuhe und einen Mundschutz, und Thomas muss zweimal hinsehen, um auszumachen, wer von den vermummten Männern Meilby ist. *Wahrscheinlich der kleinste von ihnen*, denkt er sich.

Er lässt den Blick weiter durch das Zimmer schweifen. Es ist gut zwanzig Quadratmeter groß, doch durch die Schräge auf der einen Seite wirkt es deutlich kleiner. Ein viereckiger Couchtisch ist dicht an die Leiche herangezogen. Bis auf eine Stelle von der Größe zweier großer Streichholzschachteln ist die ganze Tischplatte mit kleinen Blutstropfen besprenkelt. Ein zweiter Stuhl, der genauso aussieht wie der, an dem die

Leiche fixiert ist, steht auf der gegenüberliegenden Seite des Tisches. Auf der Sitzfläche liegt eine große Küchenschere, deren Stahlschneiden und orangefarbener Plastikgriff mit getrocknetem Blut beschmiert sind. Unmittelbar neben der Schere hat irgendetwas einen T-förmigen Blutfleck auf dem Stuhl hinterlassen.

In einem annähernd leeren Regal steht eine kleine, kompakte Stereoanlage mit zwei kleinen Lautsprechern. Das Design ist minimalistisch: An der glänzenden, silbergrauen Vorderseite befindet sich nur ein einziger großer Drehknopf, darüber ein schmales Display. Die Anlage ist eingeschaltet. Das Display zeigt »AUX« an.

Thomas dreht sich um und schaut in die Küche. Durch das schmale Küchenfenster kann er über den Englandsvej blicken, der am Haus vorbeiführt, und auf der anderen Straßenseite liegt eine Tankstelle, deren dunkelblau-orangefarbenes Vordach auf einer Wolke aus Licht über den Zapfsäulen zu schweben scheint.

»Der Anruf von der Tanke da drüben ist vor eineinhalb Stunden in der Notrufzentrale eingegangen«, sagt er. »Um 22:24 Uhr.«

»Wer war der Anrufer?«, fragt Meilby.

»Der Typ an der Kasse. Daniel Fristrup. Er hat erzählt, dass jemand mit einem Auto und einem Kind auf dem Rücksitz abgehauen ist. Einem dreijährigen Jungen namens Lucas Hvornum. Seine Mutter, Maiken Hvornum, hatte an der Tankstelle gehalten, um zu tanken und Milch zu kaufen. Als der Wagen vollgetankt war, ließ sie ihre beiden Kinder allein im Auto zurück, um …«

»Warte mal«, unterbricht Meilby ihn. »Ihre beiden Kinder?«

»Ja, sie hatte zwei Kinder bei sich im Auto. Lucas und seine große Schwester Clara. Hat Ihnen das niemand erzählt?«

»Der Dienstgruppenleiter war etwas sparsam mit seinen Informationen, als er mit mir telefoniert hat. Hier muss es drunter und drüber gegangen sein, nachdem das Auto verschwunden war. Die Streifen hatten es nicht so leicht, die Aussagen der Mutter und des Tankstellenpersonals in einen sinnvollen Zusammenhang zu bringen.«

»Mh-hm«, brummt Thomas. »Jedenfalls saßen beide Kinder auf dem Rücksitz, als Maiken Hvornum hineinging, um Milch zu kaufen. Lucas hat geschlafen, seine große Schwester war wach. Als Maiken wieder rauskam, war das Auto weg, und ihre Tochter stand ganz allein an der Stelle, wo der Wagen zwei Minuten vorher noch gestanden hatte. Neben ihr lag ein blutiger Hammer auf dem Boden. Tischlerhammer heißt so was wohl. So einer, mit dessen einer Seite man Nägel einschlagen und mit dessen anderer Seite man Nägel herausziehen kann.«

»Und der kam aus dieser Wohnung?«

»Wahrscheinlich. Der Blutfleck neben der Schere stammt bestimmt von ihm. Und am Fuß der Treppe steht ein offener Werkzeugkasten.«

»Dann hat ihn der Täter also nicht mitgebracht?«

»Mit Sicherheit wissen wir das nicht. Ich sage nur, er *könnte* aus dem Kasten da unten herausgenommen worden sein.«

Meilby nickt.

»Was ist passiert, nachdem die erste Streife hier war?«, will er dann wissen. Obwohl er als Kommissariatsleiter immer als

Erster geweckt wird, ist er oft der Letzte, der am Tatort erscheint. Sobald er den Anruf des Dienstgruppenleiters entgegengenommen hat, ruft er einen seiner beiden Ermittlungsleiter an, Thomas Nyland oder Ditte Bentzen, die dann sofort alles stehen und liegen lassen und zum Tatort fahren müssen, während Meilby sich etwas mehr Zeit lassen kann.

»Sie haben das verschwundene Auto als vermisst gemeldet und mit dem Dienstgruppenleiter gesprochen, der daraufhin noch weitere Streifen hierher geschickt hat«, antwortet Thomas. »Dann sind sie in der Nachbarschaft von Tür zu Tür gegangen, um herauszufinden, ob irgendjemand was gesehen hat. Die Tür zu dem Haus hier stand offen, also haben sie erst mal unten im Erdgeschoss angeklopft, aber da hat niemand aufgemacht. Dann sind sie raufgekommen und haben eine weitere offene Tür vorgefunden. Sie haben den Kopf reingesteckt und die Leiche gesehen. Und daraufhin wurden Sie aus Ihrem Schönheitsschlaf geholt.«

Meilby schnaubt. »Wissen wir, wo der Bewohner der Erdgeschosswohnung ist?«

»Die Nachbarn sagen, er sei seit ein paar Monaten in Grönland. Irgendwas Berufliches. Sie sagen auch, dass ihm das Haus gehört und Mona oder Moniqa die Wohnung im ersten Stock gemietet hat.«

»Okay. Wir müssen versuchen, ihn ausfindig zu machen.«

Meilby zupft sich den Mundschutz zurecht. Stemmt die Hände in die Hüften.

»Wie alt ist Maiken Hvornums Tochter?«, fragt er nach einer kurzen Denkpause.

»Sie ist fünf.«

»Hat schon jemand mit ihr gesprochen?«

»Die Streife, die zuerst vor Ort war, hat sowohl sie als auch Maiken Hvornum sowie den Mitarbeiter an der Kasse vorläufig vernommen.«

»Was hat sie gesagt? Das Mädchen, meine ich.«

»Nichts.«

»Überhaupt nichts?«

»Unseren Kollegen zufolge hat sie kein einziges Wort gesagt. Ich glaube, wir könnten bei ihrer Vernehmung ein bisschen Hilfe gebrauchen. Ich habe auch schon welche gerufen.«

»Psychologische Hilfe?«

»Ja.«

»Wen?«

»Ida Rasmussen.«

Meilby nickt. Selbst in dem finsteren Zimmer kommt es Thomas so vor, als könnte er sehen, wie ein Schatten der Erinnerung den Blick seines Chefs verdunkelt.

»Okay«, sagt Meilby dann. »Das geht in Ordnung. Sie gehört zwar nicht zu unserer Truppe, aber in Anbetracht dessen, was sie jüngst für uns getan hat, kann sie ruhig in die Ermittlung einbezogen werden. Ich will sie mit an Bord haben. Und ist sie schon auf dem Weg?«

»Ja.«

»Gut. Gut, gut. Was ist mit den Überwachungskameras der Tankstelle? Haben die etwas eingefangen?«

»Ganz sicher. Das Auto stand an einer der Zapfsäulen, als es gestohlen wurde. Aber ich habe die Aufnahmen noch nicht gesehen. Sie werden gerade dort drüben rausgesucht.«

Thomas richtet seine Aufmerksamkeit wieder auf das Wohnzimmer.

»Moniqa oder Mona ist seit etwa einer Woche tot«, sagt er. »Vielleicht auch länger.«

»Sieht so aus«, sagt Meilby mit einem Nicken.

»Also, mit was für einem Szenario haben wir es hier zu tun? Der Täter fixiert sie mit Klebeband an einem Stuhl und prügelt sie mit einem Hammer zu Tode. Schneidet ihr mit einer Küchenschere die Zunge heraus. Und dann bleibt er mindestens eine Woche mit der Leiche hier in der Wohnung. Trotz der Tat, die er begangen hat. Trotz des Bluts und der Verwesung und eines Gestanks, der Tag für Tag schlimmer wird, bleibt er eine ganze Woche lang im Haus, bevor er mit dem Hammer in der Hand den Englandsvej überquert. Drüben angekommen, wirft er ihn fort und fährt mit einem Auto und einem kleinen Jungen auf dem Rücksitz davon. Die große Schwester des Jungen setzt er vorher noch ab. Warum?«

Thomas macht eine Pause und versucht die Worte zu verstehen, die er soeben in die Dunkelheit des Zimmers hat strömen lassen.

Das ergibt überhaupt keinen Sinn, denkt er.

Meilby antwortet nicht. Der Kommissariatsleiter ist es gewohnt, dass Thomas auf seine Mutmaßungen und Fragen nicht unbedingt eine Reaktion erwartet. Sie sollen einfach in der Luft hängen, bis Thomas selbst eine zufriedenstellende Antwort darauf gefunden hat. Dieser Prozess kann Stunden, Tage oder auch Wochen dauern.

»Was ist mit der blutfreien Stelle auf dem Tisch?«, fragt Meilby stattdessen. »Vor der Leiche hat irgendetwas gestanden, was diesen kleinen, viereckigen leeren Fleck hinterlassen hat.«

»Ein kleiner Bilderrahmen vielleicht?«, schlägt Thomas vor. »Irgendetwas, was sie sich ansehen musste?«

Meilby geht ein paar Schritte vor. Kniet sich hinter der Stuhllehne auf den Boden und scheint sich das weiße Klebeband genauer anzusehen, mit dem das Opfer fixiert ist.

»Das hat gedauert. Und sie hat gekämpft, um sich zu befreien. Das Plastik hat Einschnitte im Holz des Stuhls hinterlassen. Und in ihrer Haut.«

»Ja.«

»Was ist mit dem anderen Stuhl? Dem leeren Stuhl?«

»Keine Ahnung«, sagt Thomas. »Der Täter hat ihn offenbar benutzt, um sein Werkzeug darauf abzulegen. Vielleicht hat er auch darauf gesessen. Um sich auszuruhen, bei diesem …«

Er sucht nach einem passenden Wort, um zu beschreiben, was in dem Wohnzimmer wohl vor sich gegangen ist.

»… Ritual«, sagt er schließlich. Diesen Gedanken hatte er bisher noch nicht, doch die Anordnung des Tisches und der Stühle mitten im Raum hat tatsächlich etwas Rituelles. Die umfassende Tortur, die die Frau über sich ergehen lassen musste. Es sieht so aus, als wäre ihr Körper zunächst Zentimeter für Zentimeter mit Schlägen malträtiert worden, bevor ihr schließlich die Zunge aus dem Mund geschnitten wurde.

Thomas lässt den Gedanken fallen. Will sich nicht zu lange damit befassen.

Er geht zur Anlage. Schiebt einen vergoldeten Buddha zur Seite, damit er die Anlage drehen und die Eingänge auf der Rückseite betrachten kann. Sie sind alle leer.

»Die Anlage steht auf ›AUX‹«, sagt er. »Vielleicht hatte der Täter irgendein Gerät daran angeschlossen. Ein Handy oder einen MP3-Player. Das Gerät samt Kabel könnte er mitgenommen haben, als er aus dem Haus ging.«

»Oder es war nur ein Versehen«, sagt Meilby, den Blick auf das Blut gerichtet, das hinter dem Stuhl in dem groben Wohnzimmerteppich versickert ist und einen kreisförmigen Fleck hinterlassen hat. »Er wollte die Anlage ausmachen und hat aus Versehen von Radio auf ›AUX‹ geschaltet. Ich meine, so etwas könnte einem doch passieren?«

»Ja, das könnte schon …«

»Nyland?«, unterbricht Meilby ihn. »Sehen Sie mal hier.«

Er deutet auf den Blutfleck. Auf etwas Langes, Schmales.

Thomas geht näher heran. Kneift die Augen zusammen.

Ein Bleistift. Ein dünner, spitzer Bleistift aus hellem Holz.

Beide Männer betrachten die festgebundenen Hände der Leiche. Sämtliche Finger sind geschwollen und stehen in unnatürlichen Winkeln von den Handflächen ab.

»Ob sie den Bleistift wohl in der Hand gehalten hat?«, überlegt Meilby.

»Und hat man ihr vorher oder hinterher die Finger gebrochen?«, ergänzt Thomas. Er richtet sich auf. Spürt, wie es zwischen seinen Schulterblättern knackt.

Meilby nickt den beiden Kriminaltechnikern zu. »Wir sind fertig hier. Sie können loslegen, wir sehen uns in der Zwischenzeit den Rest der Wohnung an.«

»Aber rühren Sie bitte nichts an.«

Thomas hält beide Hände hoch. »Selbstverständlich. Wir behalten unsere Finger bei uns.«

2

00:10 Uhr

Thomas geht in die Küche. Über den gestapelten Gläsern und Schüsseln neben dem Spülbecken schwirren die Fliegen. Die meisten der Schalen wurden abgespült, doch eine ist zur Hälfte mit Milch und Müsli gefüllt. Die Haferflocken sehen noch frisch aus. Anscheinend hat der Täter hier gestanden und gegessen, während Moniqa oder Mona Larsen im Nebenzimmer tot auf ihrem Stuhl saß. Vielleicht stand er genau hier, als Maiken Hvornum an der Tankstelle gegenüber vorfuhr. Er könnte mit der halb vollen Müslischale in der Hand aus dem Fenster geschaut und beim Anblick des Autos die Schale abgestellt haben. Dann hat er möglicherweise zu dem Hammer auf dem Stuhl gegriffen und ist über die Straße gelaufen.

Aber warum?

Der Mord an der Frau im Wohnzimmer wirkt genau durchdacht. Geradezu methodisch. Kann der Anblick von Maiken Hvornum und ihren beiden Kindern diesen planmäßig vorgehenden Mörder tatsächlich dazu gebracht haben, alles stehen und liegen zu lassen und einem plötzlichen Impuls zu folgen?

Thomas verharrt einen Moment an der Stelle, wo der Täter gestanden haben muss, und schaut hinüber zur Tankstelle. Sieht Beamte in Uniform, die den Laden betreten und wieder verlassen. Sieht die Streifenwagen und den dunkelblauen Kastenwagen der Techniker. Versucht sich vorzustellen, was dem Täter wohl durch den Kopf gegangen ist, als er hier stand und Maiken Hvornums Auto auf der anderen Straßenseite über den Bordstein und in das Lichtermeer unter dem Vordach der Tankstelle rollen sah. Er weiß, dass es irgendein Muster geben muss. Eine Verbindung zwischen der rituellen Folter und der plötzlichen Eingebung, die den Täter Maiken Hvornums Auto stehlen und mit Lucas auf dem Rücksitz davonfahren ließ. Doch Thomas hat nicht genügend Fantasie, um das Muster zu erkennen. Zumindest noch nicht.

Er reißt sich vom Fenster los und macht auf dem Weg in den schmalen Flur einen Schritt zur Seite. Stößt dabei mit dem Fuß gegen einen Gegenstand, der halb unter dem Ofen lag und durch den Tritt nun außer Sichtweite gerutscht ist. Thomas bückt sich und streckt eine behandschuhte Hand unter den Ofen. Zieht ein hellrotes Handy hervor. Ein älteres Modell.

Er drückt auf einen großen Knopf unterhalb des Displays, und das Display und die Tasten leuchten auf.

Die Tastensperre ist nicht aktiviert.

Er ruft einen der Techniker zu sich.

»Können Sie sich das hier mal ansehen?«

Der Techniker nimmt das Handy an sich.

»Es hat keine Tastensperre«, fährt Thomas fort. »Also bitte nicht …«

»… ausschalten«, ertönt es hinter dem Mundschutz des Technikers.

»Genau. Danke.«

»Ich bin doch nicht total bescheuert, Nyland.«

Thomas antwortet nicht. Lässt das Handy bei dem Techniker, geht weiter in den Flur und in das Schlafzimmer der Wohnung. Über dem Bett hängt eine Ikone. Ein kleines Bild von der Jungfrau Maria mit dem Jesuskind auf dem Schoß. Auf eine Holzplatte gemalt. Die Bettdecke ist zur Seite geschlagen, das Laken zerknittert.

Vielleicht hat der Täter dort geschlafen. Dann hat er auch Haare und Hautschuppen im Bettzeug hinterlassen.

Meilby steht mit dem Rücken zur Tür vor einem kleinen Schrank und fährt mit der Hand durch die Kleider, die darin an der Stange hängen. Thomas bewegt sich langsam an der Wand entlang, um den Tatort nicht mehr als nötig zu verunreinigen. Meidet die ausgetretenen Pfade, die Moniqa oder Mona durch jahrelanges Hin- und Herlaufen in ihrer Wohnung auf dem Teppich hinterlassen hat. Es liegt nahe, dass auch der Täter diesen Pfaden gefolgt ist, weshalb die Techniker zu allererst hier nach Spuren des Mörders suchen werden.

Auf dem Boden neben dem Bett liegt ein Stapel Bücher. Zuoberst ein Roman und darunter eine Reihe spiritueller Ratgeber. Im Gegensatz zu allem anderen in der Wohnung sehen die Bücher ganz neu aus: *Der Auftrag der Seele*, *Feng-Shui-Praxis*, *Die Heilkraft der Engel*, *Gesundheit für Körper und Seele* und *Leben im Jetzt*.

Thomas lässt sie liegen und wendet sich einem alten Toilettentisch zu, der neben dem Fenster steht. Unter der Tischplatte ragt eine halb geöffnete Schublade hervor, in der sich allerhand ineinander verschlungene Schmuckstücke befinden. Ringe, Broschen, Halsketten. Ein Ring mit einem Yin-und-

Yang-Symbol. Eine Halskette mit einer liegenden Acht als Anhänger. Ein keltisches Kreuz. Ein kleines Kruzifix. Lederarmbänder mit knalligen Plastikperlen in Gelb, Rot und Grün.

Noch mehr Maden.

»Gibt es irgendetwas, woran sie nicht geglaubt hat?«, sagt Meilby hinter ihm.

»Sie war entweder sehr offen oder sehr verwirrt«, brummt Thomas und fährt mit dem Zeigefinger durch den Schmuck. »Ach, und noch was.«

»Ja?«

»Nichts deutet auf einen Einbruch hin. Keine eingeschlagenen Fenster oder aufgebrochenen Schlösser.«

»Dann hat sie ihren Mörder also selbst hereingelassen?«

»Sie könnten verabredet gewesen sein. Ich habe ihr Handy in der Küche gefunden. Sobald die Techniker damit fertig sind, können wir nachsehen, ob sie unmittelbar vor ihrem Tod noch mit jemandem gesprochen hat.«

»Vielleicht hat er sie auch an der Haustür überrascht und gezwungen, ihn hereinzulassen.«

»Ja, das ist nicht …«

»Hallo?«

Die Stimme ertönt von der Haustür her. Sie könnte von einem Jugendlichen stammen, doch sowohl Thomas als auch Meilby wissen, dass sie einer Frau gehört.

Thomas sieht seinen Chef an.

»Ich hatte noch gar nicht mit ihr gerechnet«, brummt er.

»Ich habe sie angerufen«, sagt Meilby.

»Wann?«

»Kurz nachdem ich mit Ihnen gesprochen hatte. Ich habe

sie gefragt, ob sie vielleicht schon ein bisschen früher anfangen könnte.«

»So circa acht Stunden früher«, brummt Thomas.

»Ja. Circa acht Stunden früher. Und sie hatte nichts dagegen. Gehen Sie schon mal zu ihr runter?«

Thomas zwängt sich an Meilby vorbei, geht aus der Wohnung und weiter die Treppe hinunter. Hört bei jedem Schritt seine Knie knirschen. Mittlerweile machen sie so laut auf sich aufmerksam, dass die Kollegen in der Abteilung für Personen gefährdende Kriminalität schon Wetten darüber abschließen, wann die Gelenke des hundertzwanzig Kilo schweren Ermittlungsleiters wohl endgültig nachgeben. Thomas weiß von diesen Wetten, doch das Knirschen seiner Knie ist nicht das, was ihn im Moment am meisten beschäftigt. Seine Gedanken werden von einem anderen knirschenden Geräusch beherrscht. Einem Geräusch, das aus seinem tiefsten Inneren kommt. Einem Geräusch, das nur er hören kann.

Er weiß nicht, was genau es verursacht, doch er hat den Verdacht, dass es sich dabei um seine inneren Schutzmauern handeln muss, die allmählich zusammenbrechen. Die schützenden Mauern, die in all den Jahren, die er nun schon bei der Polizei arbeitet, eine Sintflut von Vernachlässigung, Ohnmacht und Gewalt von ihm ferngehalten haben.

Bisher war er nie von Albträumen geplagt worden, weder tagsüber noch nachts, doch seit ein paar Wochen verfolgen ihn die schlechten Träume geradezu. Er kann sich nicht erklären, warum sie jetzt auf einmal auftauchen, fast anderthalb Jahre nach dem Tod seines Kollegen Adam Zahle und acht Monate, nachdem er selbst beinahe ums Leben gekommen wäre. Wieso mit dieser Verzögerung? Und warum träumt er nicht von selbst angefertigten Lanzen, kreideweißen Gesichtern mit schwarzen Augen und Handschuhen mit Fingernägeln aus Metall? Oder von einem bleichen, dunkelhaarigen Mädchen, das zusammengekrümmt in einem Pappkarton sitzt?

In der Regel ist der Inhalt seiner Albträume völlig undramatisch. Manchmal träumt er, dass er in seiner Wohnung von Zimmer zu Zimmer geht. Musik hört. Heißen Kakao trinkt. All das macht, was er eben so macht, wenn er allein ist. Nur kleine Details lassen erkennen, dass er nicht wach sein kann: Wenn er die Tür zum Badezimmer öffnet, kommt er ins Schlafzimmer, und die Wohnzimmertür ist plötzlich so niedrig und schmal, dass er nicht hindurchgelangt. Abgesehen von diesen kleinen Abwandlungen entsprechen die Träume im Großen und Ganzen der Wirklichkeit, aber trotzdem wacht er jedes Mal mit einer inneren Unruhe auf, und an seinen Kaumuskeln spürt er, dass er nachts ständig mit den Zähnen knirscht.

Er erreicht die Haustür, ohne dass seine Knie kapitulieren. Draußen steht eine große, schlanke Frau mit kurzen Locken. Sie trägt lange, locker sitzende Jeansshorts, ein T-Shirt mit dem Logo irgendeiner amerikanischen Universität und ein Paar ausgetretene Sneakers.

»Møller«, sagt Thomas. »Solltest du nicht eigentlich erst morgen anfangen?«

Rikke Møller wirft einen Blick auf ihren nackten Unterarm, als würde sie auf eine Armbanduhr schauen. »Du hast es vielleicht noch nicht mitbekommen, aber es ist bereits ›morgen‹. Seit einer Viertelstunde, um genau zu sein.«

»Die meisten Leute erscheinen an ihrem ersten Tag wohl eher so gegen acht auf der Arbeit.«

»Meilby hat mich angerufen und gefragt, ob ich Lust hätte, schon etwas früher zu kommen.«

»Ja, das hat er erzählt.«

»Er dachte, dir sei vielleicht entfallen, dass ich heute bei euch anfange, und meinte, du könntest ein zusätzliches Paar Hände gebrauchen.«

»Hände haben wir genug hier, aber wir könnten noch einen zusätzlichen Kopf gebrauchen.«

»Auch damit kann ich dienen«, entgegnet sie und wirft einen Blick über seine Schulter. Die Treppe hinauf. »Wie sieht es da oben aus?«

»Übel. Hat Meilby dir erzählt, was passiert ist?«

»Nur ganz kurz. Ermordete Frau, entführter Junge, richtig?«

»Ja, so in etwa«, sagt er und macht einen Schritt zur Seite, um einen der Techniker hinauszulassen. »Pass auf, ich bin so gut wie fertig hier im Haus und will als Nächstes los, um mit der Mutter des entführten Jungen zu reden. Sie ist bei ihrer Schwester. Du könntest mitkommen, während Meilby sich mit dem Rechtsmediziner die Leiche ansieht. Dann können wir unterwegs alles durchsprechen.«

Rikke Møller deutet mit dem Kopf auf Thomas' Overall. »In Ordnung. Ich erfülle hier wohl sowieso nicht gerade den Dresscode.«

Thomas lächelt schief hinter seinem Mundschutz. »Nicht ganz. Aber es ist ja bekanntlich auch nicht so leicht, die richtigen Klamotten für den ersten Arbeitstag auszuwählen.«

3

00:35 Uhr

Sobald Thomas und Rikke Møller in der Wohnzimmertür stehen, hebt Maiken Hvornum den Kopf. Ihr Blick ist voller Fragen, die sie nicht zu stellen wagt.

»Ich habe nichts Neues zu berichten«, sagt Thomas. »Tut mir leid.«

Wortlos richtet sie den Blick wieder auf den Couchtisch. Sie sitzt vornübergebeugt in ihrem Sessel, eine Hand auf den Bauch gelegt, als hätte sie Magenschmerzen. In der anderen Hand hält sie ein feuchtes, zusammengeknülltes Stück Küchenrolle. Beim Einatmen bebt sie am ganzen Leib.

Sie ist groß und dünn. Hat langes, blondes Haar und helle Haut, die von der Sonne gerötet ist.

Auf dem Sofa neben ihr sitzt eine Frau, die ihre Schwester sein muss. Sie ist kräftiger und hat dunkleres Haar, aber ebenso helle Augen und hohe Wangenknochen. Den gleichen Höcker auf der Nase.

Thomas bleibt einen Moment unschlüssig stehen, weiß nicht genau, wo er Platz nehmen soll. Doch da erhebt sich die Schwester, bietet Thomas einen Sessel an und bittet ihren Mann, für Rikke Møller einen Stuhl vom Esstisch zu holen.

»Ich weiß, dass Sie bereits mit meinen Kollegen gesprochen haben, aber ich würde Ihnen gern noch ein paar ergänzende Fragen stellen«, sagt Thomas. »Sind Sie damit einverstanden?«

Maiken Hvornum nickt. Die Schwester setzt sich wieder neben sie. Nimmt ihre freie Hand.

»Wo befindet sich Ihre Tochter im Moment?«, fragt Thomas.

»Sie schläft oben«, antwortet die Schwester.

»Wir müssen noch einmal mit ihr darüber sprechen, was im Auto passiert ist, bevor Lucas entführt wurde.«

»Ist das wirklich notwendig?«

Wieder hat nur die Schwester geantwortet.

»Clara ist …«, setzt Maiken Hvornum an. Holt tief Luft und beginnt noch einmal von vorn: »Ein paar von den anderen Polizisten haben ihr Fragen gestellt, aber sie wollte ihnen nichts erzählen.«

»Ich habe eine Psychologin verständigt, die sich mit traumatisierten Kindern auskennt. Ida Rasmussen. Sie ist schon auf dem Weg hierher. Ich kenne sie persönlich und weiß, dass sie sehr gut ist. Mit Ihrer Erlaubnis würden wir gern heute Nacht noch einen weiteren Versuch unternehmen, mit Ihrer Tochter zu reden. Jede Stunde ist wichtig, deshalb können wir nicht bis morgen früh warten.«

Maiken Hvornum sieht ihre Schwester an. Die beiden wechseln einen Blick, den Thomas nicht versteht.

»Okay«, sagt die Schwester dann. »Wir lassen es auf einen Versuch ankommen.«

»Danke.«

Maiken Hvornum wendet sich an Thomas. »Stimmt es,

dass in dem Haus gegenüber von der Tankstelle eine tote Frau lag? Sie wollten es mir nicht sagen, aber ich habe sie gehört … Ich habe gehört, wie sie darüber geredet haben, als ich im Hinterzimmer der Tankstelle saß.«

Thomas merkt, dass Maiken Hvornum nicht genau weiß, welchen Teil seines Gesichts sie anschauen soll, sodass ihr Blick unsicher zwischen seinem Hemdkragen und einem nicht weiter bestimmten Punkt über seinem Kopf hin und her zuckt. Er weiß, dass er vermutlich etwas zu den fünf schmalen Narben sagen sollte, die sich vom Haaransatz bis zum Doppelkinn über sein Gesicht ziehen, doch er weiß nicht so recht, wie er es formulieren soll.

»Ja, das stimmt«, sagt er stattdessen.

»Glauben Sie, dass es … derselbe war, der …«

»Wir können noch nichts mit Sicherheit sagen. Aber ich verspreche Ihnen, dass wir alles in unserer Macht Stehende tun, um Lucas zu finden. Sämtliche Einsatzwagen suchen im Moment nach Ihrem Auto, und mein ganzes Team arbeitet unter Hochdruck daran, sich einen Überblick zu verschaffen.«

Sich einen Überblick zu verschaffen, denkt Thomas, und seine Zehen krümmen sich zusammen. *Das klingt ja so, als wüssten wir überhaupt nicht, was Sache ist.*

»Aber ich habe, wie gesagt, noch ein paar Fragen … Zunächst einmal würde ich mir gern von Ihnen bestätigen lassen, was ich von meinen Kollegen erfahren habe: Sie waren mit Ihren Kindern zu Besuch hier bei Ihrer Schwester und gerade auf dem Weg zu Ihrer Wohnung in Østerbro, als Sie an der Tankstelle vorbeikamen.«

»Ja, das ist richtig. Wir haben Sommerferien, und es … es war schon ein bisschen spät, als wir hier aufgebrochen sind.«

»Und es war reiner Zufall, dass Sie ausgerechnet an dieser Tankstelle angehalten haben?«

»Ja.«

»Sie waren nicht mit irgendwem verabredet?«

»Nein. Die Lampe ging an … die Tankanzeige. Und da ich schon tanken musste, wollte ich auch gleich noch Milch kaufen. Es gab auf jeder Straßenseite eine Tankstelle, aber nur diese hatte einen Laden.«

»Und Sie haben den Schlüssel im Wagen stecken lassen, als Sie in den Laden gingen, um Milch zu kaufen?«

Maiken Hvornum hält sich das zusammengeknüllte Stück Küchenpapier vor den Mund, um einen Schluchzer zu unterdrücken. Sie bleibt einen Moment so sitzen, bevor sie antwortet.

»Clara wollte Musik hören, und ich … ich war zu müde, um mit ihr zu diskutieren, deshalb habe ich nachgegeben. Und das Radio läuft nur, wenn der Schlüssel steckt und die Zündung eingeschaltet ist.«

Thomas vergegenwärtigt sich noch einmal den Blick aus dem Küchenfenster der gegenüberliegenden Wohnung. Der Abstand zwischen dem Haus und der Tankstelle ist zu groß, als dass der Täter hätte sehen können, was im Einzelnen in Maiken Hvornums Auto vor sich ging, doch er konnte bestimmt problemlos erkennen, dass die Kinder im Auto sitzen blieben. Und er hat sicher auch sehen können, wie die Scheinwerfer des Wagens angingen, als der Schlüssel umgedreht wurde, damit das Radio lief. Er konnte davon ausgehen, dass der Schlüssel im Zündschloss steckte. Dass er nur den Motor anzuwerfen und loszufahren brauchte. Dass das Auto eine leichte Beute wäre.

»Mich interessiert auch, ob Sie in letzter Zeit vielleicht bedroht wurden«, sagt Thomas. »Oder ob Sie sich mit irgendwem gestritten haben.«

»Nein. Beziehungsweise … ich bin Sachbearbeiterin in einem Jobcenter. Ich werde fast täglich bedroht. Aber nur von Leuten, die sich künstlich aufregen. Nichts Ernstes.«

»Sie sind noch nie außerhalb der Arbeit von einem Ihrer Kunden aufgesucht worden?«

»Nein.«

»Haben Sie von irgendwem, den Sie nicht kennen, E-Mails oder Briefe erhalten?«

Sie schüttelt den Kopf.

»Was ist mit dem Vater Ihrer Kinder?«

»Meinem Mann? Er ist beruflich in London. Ich habe ihn angerufen, und er ist jetzt auf dem Heimweg, aber … vor morgen früh ist er nicht hier.«

»Was macht er beruflich?«

»Er ist Journalist.«

»Auf welchem Gebiet?«

»Wirtschaft.«

»Wissen Sie, ob irgendjemand etwas gegen ihn haben könnte?«

»Nein.«

Maiken Hvornums Hände beginnen zu zittern, und das Zittern erfasst auch ihre Arme, ihre Schultern, ihren ganzen Oberkörper. Ihre Augen füllen sich mit Tränen.

»Entschuldigen Sie«, bringt sie mühsam hervor. »Ich versuche … ich versuche, mich zusammenzureißen, aber es geht nicht. Ich halte das alles nicht aus. Warum können Sie ihn nicht einfach finden? Er kann doch noch nicht so weit sein.«

»Wir tun, was wir können. Das verspreche ich Ihnen«, sagt Thomas und denkt, dass er mit all seinen Fragen sowohl seine als auch Maiken Hvornums Zeit vergeudet. Er hat das sichere Gefühl, dass es nicht die Absicht des Täters war, Lucas Hvornum zu entführen. Die Sache hat nichts mit aufgebrachten Kunden des Jobcenters oder der journalistischen Tätigkeit des Ehemannes zu tun. Maiken Hvornums Halt an der Tankstelle war nicht geplant, woher also hätte der Täter wissen sollen, dass er ausgerechnet dort zuschlagen konnte? Sie hätte ebenso gut an einer der anderen Tankstellen am Englandsvej anhalten können. Vielleicht war dem Täter der Junge sogar völlig egal. Er könnte einfach nach einem Fluchtwagen Ausschau gehalten und kurzerhand die Gelegenheit ergriffen haben, als Maiken Hvornum ihr Auto mit dem Schlüssel im Zündschloss stehen ließ. Möglicherweise wollte er beide Kinder aus dem Auto werfen und hatte nur einfach keine Zeit mehr, Lucas zu wecken und seinen Sicherheitsgurt zu lösen, bevor Maiken Hvornum zurückkam.

Es klingelt an der Tür, und aus dem Augenwinkel sieht Thomas, wie der Schwager sich von seinem Platz am Küchentisch erhebt und zur Haustür geht.

»Entschuldigen Sie mich«, sagt Thomas. Er steht auf und geht mit in den Flur.

Der Schwager hat Ida Rasmussen bereits die Tür aufgemacht. Sie ist klein und schlank, hat dichtes, schwarzes Haar und ein ovales Gesicht mit dezenten asiatischen Zügen. Sie reicht beiden Männern die Hand. Wie alles andere an ihr ist auch die Hand zierlich und klein, sodass sie von Thomas' riesiger Pranke geradezu verschluckt wird.

»Gut, dass Sie gleich kommen konnten«, sagt er. »Das Mädchen liegt oben und schläft, aber ich habe ihre Mutter schon darauf vorbereitet, dass wir sie wecken möchten.«

»Das ist gut. Ich würde nur gern zuerst noch ein paar Worte mit Ihnen wechseln, Thomas. Falls das in Ordnung ist.«

Den letzten Satz hat sie an den Mann der Schwester gerichtet, und der nickt und zieht sich ins Wohnzimmer zurück. Thomas hört ihn irgendetwas zu den anderen im Raum sagen, doch er kann die einzelnen Wörter nicht unterscheiden.

»Wie geht es den beiden?«, fragt Ida Rasmussen, nachdem der Mann verschwunden ist. Sie ist dicht an Thomas herangetreten und spricht mit gedämpfter Stimme.

»Die Mutter ist müde und steht unter Schock«, sagt Thomas. »Clara schläft, wie gesagt, mit ihr konnte ich also noch nicht reden.«

»Haben Sie noch jemanden dabei?«

»Møller.«

»Dann wurde sie jetzt also versetzt?«

»Ja, sie hat vor knapp einer Stunde bei uns angefangen.«

»Ich gehe davon aus, dass einer von Ihnen dabei sein will, wenn ich mit Clara rede.«

Thomas nickt.

»Das muss dann Møller sein«, sagt Ida Rasmussen. »Wenn Sie hinter mir sitzen, bekomme ich das Mädchen nie zum Sprechen. Bei allem Respekt, Thomas, aber …«

»Ich weiß. Ist in Ordnung.«

»… die Narben erschrecken sie womöglich, wenn sie ohnehin bereits müde und verwirrt ist.«

»Ich weiß, ich weiß«, murmelt Thomas. Am liebsten hätte er gesagt, dass die Narben ihn selbst erschrecken, doch er unterdrückt die Bemerkung. Er hat sein Spiegelbild noch nie sonderlich gemocht, aber seit dem vergangenen November lässt ihn nicht nur seine ganz normale Selbstverachtung einen Bogen um den Spiegel machen. Er hat sich noch immer nicht an die Narben gewöhnt, auch wenn es mittlerweile acht Monate her ist, dass man ihm mit einem Handschuh mit angenähten Metallfingernägeln das Gesicht und die Halsschlagader aufgeschlitzt hat. Einer der Nägel hat sich in sein rechtes Auge gebohrt, das Lid entzweigetrennt, die Hornhaut durchschnitten, sodass das Kammerwasser ausgetreten ist, und sowohl die Iris als auch die Linse tief im Inneren des Auges verletzt.

Traumatischer grauer Star, haben die Ärzte es später genannt. Die Linse wurde trüb, und mit dem rechten Auge konnte er nur noch den Unterschied zwischen hell und dunkel wahrnehmen. Thomas hat immer gedacht, grauen Star bekämen nur ältere Leute, aber wenn man sich ungeschickt genug anstellt, kann es einen offenbar auch früher im Leben treffen.

Als er kurz nach dem Überfall auf dem Operationstisch lag, hatten die Ärzte alle Hände voll damit zu tun, ihm das Leben zu retten und sein Gesicht wieder zusammenzuflicken, sodass das verletzte Auge sich erst einmal schön hinten anstellen und auf die nächste Operation warten musste. Er bekam antibiotische Augentropfen, um einer Infektion vorzubeugen, und wurde vom Uniklinikum in ein Krankenhaus in seiner Nähe verlegt. Eine Woche später setzte man ihm dann in Kopenhagen eine neue Linse in den alten Linsensack ein. Die Hornhaut wuchs von allein wieder zusammen, allerdings ein wenig schief, sodass er jetzt eine Hornhautverkrümmung hat und um eine runde Brille mit dickem, dunkelbraunem Gestell reicher ist. Eine Optikerin mit hellgrünen Augen konnte ihn erfolgreich davon überzeugen, dass genau diese sündhaft teure Paul-Smith-Brille seinem Gesicht die entsprechende Portion Charakter verleihen würde. Erst als er an der Kasse seine EC-Karte aus dem Kartenlesegerät zog, wurde ihm klar, dass er sich von diesen grünen Augen wahrscheinlich halb Kopenhagen hätte andrehen lassen, ohne auch nur eine Sekunde darüber nachzudenken. Wenn er es sich nun recht überlegt, findet er eher, dass ihm die fünf schmalen Narben, die wie Gitterstäbe vor seinem Gesicht aussehen, die entsprechende Portion Charakter verleihen.

Die Qualen mit seiner Designerbrille lassen ihn an seinen Vater denken, den Landwirt, mittlerweile im Ruhestand. Thomas sieht ihn noch vor sich, wie er früher, als Thomas klein war, vor irgendeiner Familienfeier vor dem Spiegel im Schlafzimmer stand. Groß und grob, mit hängenden Schultern. In seinem einzigen Anzug.

»Was nützt einem ein seidenes Jackett aus Italien, wenn man nach Schwein riecht?«, sagt er mit einem Seufzen zu seinem Sohn, der auf dem Bett hinter ihm sitzt. Er dreht sich um, geht an Thomas vorbei und fährt ihm mit der Hand durch das blonde Haar.

»Das ist schon in Ordnung«, sagt Thomas zu Ida Rasmussen. »Møller wird mit Ihnen gehen.«

»Und ich führe das Gespräch«, sagt sie.

»Selbstverständlich.«

»Sollen wir hineingehen?«

Thomas nickt und macht einen Schritt zur Seite, damit Ida Rasmussen an ihm vorbeikommt.

»Ich stelle Ihnen die Familie vor, und dann fahre ich wieder«, sagt er. »Ich muss zurück zum Tatort.«

»Sehr gut. Ich sage Møller, sie soll Sie anrufen, wenn ich fertig bin. Aber erwarten Sie bitte kein Wunder. Es können Tage oder Wochen vergehen, bis wir etwas Brauchbares aus dem Mädchen herausbekommen.«

»So lange kann Lucas Hvornum nicht warten.«

Ida Rasmussen schaut zu ihm auf. Scheint etwas erwidern zu wollen, überlegt es sich aber noch einmal anders und geht ins Wohnzimmer.

4

00:55 Uhr

Thomas geht über den gepflasterten Gartenweg, der vor dem Haus zwischen einem gestutzten Rasen und einem penibel gepflegten Beet herführt. Garten und Bürgersteig sind durch eine kleine Steinmauer getrennt, die genau wie der Rest des Grundstücks völlig frei von Unkraut ist. Vor seinem Dienstwagen, einem silbergrauen VW Passat, der an der Bordsteinkante parkt, bleibt Thomas stehen.

Er durchsucht seine Taschen nach der Brille. Findet sie in der Hemdtasche und setzt sie sich auf die Nase. Er hat sie den ganzen Abend über nicht getragen. Manchmal liegt sie tagelang in irgendeiner Tasche oder auf seinem Nachttisch, weil er vergessen hat, sie aufzusetzen, und ihr Fehlen immer erst bemerkt, wenn ihm schwindelig wird und er Kopfschmerzen bekommt.

Er schaut noch einmal zurück zum Haus. Aus den Fenstern im Erdgeschoss fällt ein gelber Lichtschein in die Nacht, und durch das Wohnzimmerfenster sieht er Ida Rasmussen mit Maiken Hvornum sprechen. Sieht, wie sie ihr eine Hand auf den Arm legt.

Thomas bleibt noch einen Moment stehen und betrachtet die beiden. Er kann sich nicht vorstellen, was Maiken Hvornum wohl gerade durch den Kopf gehen muss. Selbst versucht er, nicht allzu viel darüber nachzudenken, wo der kleine Junge sich jetzt befindet. Was er möglicherweise durchmachen muss. Thomas weiß aus Erfahrung, dass es nichts nützt, sich in derlei Gedanken zu vertiefen. Wenn er den Jungen finden will, muss er einen klaren Kopf bewahren. Sich auf die Anhaltspunkte und Informationen konzentrieren, die ihm zur Verfügung stehen. Er muss den Fall als Rätsel betrachten, das gelöst werden soll. Sonst verliert er die Kontrolle.

Wem versuche ich hier eigentlich etwas vorzumachen?, denkt er. *Dabei spuken mir doch die schlimmsten nur denkbaren Szenarien im Kopf herum. All das, was ich Menschen einander habe antun sehen. All das, was ich Männer und Frauen kleinen Kindern habe antun sehen.*

Irgendwo in der Nähe hört er Wasser leise plätschern. Gelächter und lautes Johlen. In einem der umliegenden Gärten wird offenbar noch im Swimmingpool gebadet. Thomas hätte nicht übel Lust, jetzt in voller Montur selbst ins Wasser zu springen. Oder sich zumindest unter die kalte Dusche zu stellen, um sein Hirn abzukühlen.

Er dreht sich um und setzt sich in den Dienstwagen. Lässt vorn die Fenster herunter und fährt langsam den schmalen Skalbjergvej entlang. Das Gelächter aus dem Swimmingpool wird lauter. Der Klang von Sommerferien. Zum Glück hat ihn niemand gezwungen, Urlaub zu nehmen. Was sollte er auch machen, wenn er nicht arbeitet? Er würde nur allein in seiner Wohnung hocken. Allein mit seinen Gedanken.

Keine besonders schöne Gesellschaft.

Er biegt auf den Englandsvej und fährt in Richtung der

Tankstelle, die weniger als einen Kilometer entfernt ist. An der Straße liegen zwei Tankstellen, genau wie Maiken Hvornum gesagt hat: die eine dem Tatort gegenüber, die andere gleich neben dem Haus. Thomas wird den Gedanken nicht los, dass der Täter Maiken Hvornums Auto vielleicht nie gesehen hätte, wenn sie zum Tanken links abgebogen wäre und nicht rechts.

Bei dem Gedanken wird ihm übel.

Kann es wirklich so ein Zufall gewesen sein?

Hätte sie das Lenkrad in die entgegengesetzte Richtung eingeschlagen, dann würde Lucas jetzt in seinem Bettchen liegen und schlafen.

Und was wäre mit mir? Was würde ich in diesem Moment wohl tun?

Wahrscheinlich würde er immer noch auf den Stufen vor Natalja Rudovas Haustür in Østerbro sitzen. Dort hat er in den letzten Monaten eine ganze Reihe von Abenden verbracht, und dort saß er auch, als Meilby ihn anrief, um ihm von dem Mord und der Entführung zu erzählen. Über eine Stunde hatte er dort bereits gesessen, eine leere Halbliterflasche Mineralwasser in der Hand, den Kopf an die Tür gelehnt, das Knistern der Gegensprechanlage über ihm, das ihn wissen ließ, dass zu der Wohnung im zweiten Stock noch immer eine Verbindung bestand. Wie immer schwirrte ihm ein Bild von Natalja durch den Kopf. Er stellte sich vor, wie sie oben in ihrer Wohnung neben der Tür auf dem Fußboden saß, die Beine eng an den Körper gezogen, den Hörer der Gegensprechanlage zwischen Wange und Schulter geklemmt.

Er ist sich gar nicht so sicher, ob das Bild von ihr, das er in Erinnerung hat, noch mit der Wirklichkeit übereinstimmt. Es ist jetzt fast anderthalb Jahre her, seit er sie zuletzt gesehen hat. So lange ist sie nun schon nicht mehr aus ihrer Wohnung gekommen. Und so lange hat sie auch niemanden mehr zu sich hereingelassen.

Thomas ist ihr begegnet, als er in dem Mord an einem Kollegen und einem jungen Mann ermittelte, der eine Lanze in den Brustkorb gerammt bekommen hatte. Die dramatischen letzten Stunden dieser Ermittlung machten aus der ohnehin schon menschenscheuen Natalja eine Einsiedlerin, die seither anscheinend nichts mehr mit dem Rest der Welt zu tun haben will. Stattdessen verbarrikadiert sie sich in ihrer Wohnung, um sich in jeder wachen Stunde ihrer Forschung auf dem Gebiet des slawischen Volksglaubens zu widmen. Der Webseite des Instituts für Volks- und Völkerkunde zufolge ist sie dort immer noch fest angestellt, aber Thomas bezweifelt, dass sie sich in den Räumen, die die Universität Kopenhagen für die Mitarbeiter des Instituts angemietet hat, überhaupt noch blicken lässt. Soweit Thomas weiß, öffnet sie nur einmal pro Woche ihre Wohnungstür, um eine Kiste mit Lebensmitteln hereinzuholen, die ihr bis auf die Fußmatte geliefert wird. So nah ist Thomas nie wieder an Nataljas Wohnung herangekommen, seit sie sich von ihrer Umwelt abgeschottet hat. Sein Weg endet stets unten vor der Haustür, und dort sitzt er so oft, wie er nur kann. Immer spätabends, wenn auf der Straße keine Leute mehr unterwegs sind. Er hat sich schon mehrmals gesagt, dass er damit aufhören muss. Dass seine Besessenheit von Natalja nirgendwohin führt. Aber trotzdem zieht es ihn immer wieder hierher, wenn er nichts mit sich anzufangen weiß.

Ein kleines bisschen Natalja ist besser als gar keine Natalja.

Selbst mit dem Geräusch ihres Atems, das durch den Lautsprecher in der Hauswand dringt, kann er sich begnügen, wenn das bedeutet, dass sie nicht ganz aus seinem Leben verschwindet.

Thomas fährt über den Fahrradweg und den Bürgersteig auf das Gelände der Tankstelle. Parkt den Wagen neben einem Leihhänger und steigt aus. Auf der anderen Straßenseite sieht er seinen Chef aus dem roten Backsteinhaus kommen. Meilby geht an dem namenlosen Briefkasten vorbei und überquert die Straße. Den weißen Overall hat er ausgezogen, nun trägt er nur sein Hemd, ohne eine Jacke darüber. Er ist ein Mann mittleren Alters, dessen Haut bereits erstaunlich runzlig ist, hat einen kleinen Kopf und große Ohren. Dieses Aussehen hat ihm im Laufe der Jahre eine Fülle verschiedenster Spitznamen beschert. Zurzeit nennen ihn die Kollegen »Dobby«. Thomas versteht nicht so recht, warum. Doch es ist ihm auch egal. Bei solchen Hänseleien hält er sich lieber heraus. Er will gar nicht erst wissen, wie er selbst hinter seinem Rücken von den Kollegen genannt wird. Ihm würden problemlos zehn verschiedene Spitznamen einfallen, die auf seinen Leibesumfang, seine Narben oder seinen bäuerlichen Hintergrund abzielen.

»Was haben sie gesagt?«, fragt Meilby, als er bei Thomas angekommen ist.

»Nicht viel. Møller ist mit Ida Rasmussen dageblieben, um mit dem Mädchen zu sprechen, aber viel können wir wohl nicht erwarten.«

»Und die Mutter?«

»Sie hat nichts gesehen. Was ist mit den Überwachungsvideos? Wissen Sie schon, ob die was Brauchbares hergegeben haben?«

»Genau deswegen komme ich gerade«, sagt Meilby. »Sie haben jetzt die entsprechende Stelle der Aufnahmen herausgesucht.«

Gemeinsam gehen die beiden zu dem Laden hinüber.

»Was hat die Leichenschau ergeben?«, fragt Thomas.

»Dasselbe, was wir auch schon vermutet hatten. Am ganzen Körper massive Blutergüsse unter der Haut. Punktförmige Blutungen im Gesicht. Gebrochene Finger. Überall Knochenbrüche. Friis hat auch herausgefunden, dass beide Schienbeine an mehreren Stellen gebrochen sind. Die Frakturen passen zu dem Hammer.«

»Konnte er etwas zur Todesursache sagen?«

Die Glastüren der Tankstelle gleiten automatisch vor ihnen auf, und sie betreten das kühle, helle Ladenlokal.

»Vor der Obduktion will er sich auf nichts festlegen«, antwortet Meilby. »Aber er ist auch der Meinung, dass es vor etwa einer Woche passiert sein muss.«

»Wann kann er sie auf den Tisch bekommen?«

»Gegen Vormittag.«

»Ist er schon wieder nach Hause gefahren?«

»Ja. So ein Glück müsste man haben.«

»Was ist mit dem Handy oben aus der Wohnung? Diesem hellroten Handy?«

»Sie sind fertig damit. Und ich habe es mir auch schon angesehen.«

»Haben die Techniker irgendwas gefunden?«

»Ein paar Fingerabdrücke. Sie wissen noch nicht, von wem sie stammen. Vielleicht sind es Moniqas. Oder Monas, oder wie auch immer sie heißt.«

»Was ist mit der Anrufliste? Den gespeicherten Kontakten?«

»Ich habe die Nummer gefunden, die sie zuletzt angerufen hat, bevor sie starb. Vor einer Woche.«

»Wessen Nummer ist es?«

»Im Handy ist derjenige nur unter dem Namen ›Christian‹ abgespeichert.«

»Haben Sie ihn angerufen?«

»Noch nicht. Das können wir machen, wenn wir hier fertig sind.«

Eine uniformierte Beamtin vom Polizeirevier Amager führt sie hinter den Ladentisch und weiter durch eine Tür, die in einen schmalen Flur führt.

»Sie sitzen da hinten«, sagt sie und deutet auf eine Tür am Ende des Ganges.

Thomas zwängt sich an der Beamtin vorbei, und gefolgt von Meilby passiert er die Toilette und das Personalzimmer, bis sie schließlich das kleine Büro erreichen, in dem ein älterer Mann mit Halbglatze in gebeugter Haltung vor einem kleinen Bildschirm sitzt. Hinter ihm stehen im Halbkreis zwei Frauen und ein Mann, die alle den Blick auf den Bildschirm gerichtet haben. Der Mann ist jung und trägt ein hellblaues Poloshirt mit einem Namensschild auf der Brust. »Daniel« steht darauf. Der Mitarbeiter, der die Entführung gemeldet hat.

Die Frau neben ihm ist klein und kräftig, sie trägt eine weiße Bluse und eine schwarze, figurbetonte Jacke. Ein Mitglied der Geschäftsführung, nimmt Thomas an.

Halb hinter ihr steht Tina Juhl Madsen, eine der acht Ermittler und Ermittlerinnen aus Thomas' Gruppe. Ende zwanzig, schlank und mit breiten Schultern, die auf ihre Vergangenheit als Eliteschwimmerin hindeuten.

Sie nickt Thomas und Meilby zu.

»Spielen Sie es noch einmal ab, bitte«, sagt sie zu dem Mann am Schreibtisch.

Der Mann mit der Halbglatze spult das Überwachungsvideo zu der Stelle zurück, an der Maiken Hvornums schwarzer Kia Picanto auf Zapfsäule Nummer drei zurollt. Die Kamera muss unter dem Vordach installiert sein, denn das Auto ist aus der Vogelperspektive zu sehen. Das Bild ist so scharf, dass Thomas deutlich das Nummernschild und Maiken Hvornums Gesicht durch die Frontscheibe erkennen kann. Er sieht, wie sie sich zum Rücksitz umdreht, bevor sie aussteigt. Die beiden Kinder sind hinter den Vordersitzen so eben zu erkennen. Der Junge auf der linken Seite bewegt sich nicht, doch das Mädchen hüpft auf dem Sitz auf und ab, steht halb auf und drückt die Nase gegen die Fensterscheibe, während Maiken Hvornum den Wagen betankt. Anschließend lehnt Maiken sich durch die Fahrertür zu Clara hinein. Bleibt lange in dieser unbequemen Haltung stehen. Das muss der Moment sein, als sie mit ihrer Tochter darüber diskutiert, ob diese Musik hören darf oder nicht. Thomas sieht, wie Maiken Hvornum eine resignierte Geste macht, bevor sie sich dem Lenkrad zuwendet. Die Scheinwerfer des Wagens gehen an, und dann vergehen noch ein paar Augenblicke, bevor Maiken

Hvornum mit dem Oberkörper wieder aus dem Auto auftaucht, auf den Laden zugeht und aus dem Bild verschwindet.

Der Mann mit der Halbglatze richtet sich auf. Rückt ein wenig vom Bildschirm zurück und verschränkt die Arme. Tina Juhl Madsen holt neben Thomas tief Luft und hält sie an. Eine angespannte Unruhe macht sich im Raum breit, ausgehend von denen, die das Überwachsungsvideo bereits gesehen haben und wissen, was als Nächstes passieren wird.

Thomas hält den Blick auf das Auto in der Mitte des Bildschirms gerichtet. Er sieht nach wie vor Maiken Hvornums Tochter auf dem Rücksitz herumzappeln, darüber hinaus jedoch bewegt sich nichts im Bild. Es scheint, als stünde die Welt um das Auto herum still, doch die weiße Zeitanzeige am unteren rechten Bildrand beweist das Gegenteil.

Und dann, ganz ohne Vorwarnung, läuft plötzlich von rechts eine Gestalt ins Bild. In einem langen, dunklen Mantel, die Kapuze über den Kopf gezogen. Vornübergebeugt, sodass die Körpergröße schwer zu schätzen ist. Der Hammer in der weiter von der Kamera entfernten Hand ist so eben zu sehen. Die Gestalt läuft direkt auf die hintere Tür des Autos zu, reißt sie auf und packt Clara Hvornum am Arm. Zieht die Kleine aus dem Wagen, sodass sie auf dem Asphalt zu Boden stürzt. Dann knallt die vermummte Gestalt die Tür wieder zu und setzt sich ans Steuer. Zieht die Kapuze noch tiefer ins Gesicht und hält den Blick starr nach unten gerichtet. Die Person ist nicht zu erkennen.

Er weiß, wo sich die Kamera befindet.

Thomas sieht, wie die Scheinwerfer des Autos aus- und wieder angehen. Das muss der Moment sein, als der Motor anspringt. Die Gestalt schaut weiterhin nach unten, und dann macht das Auto einen Satz nach vorn und verschwindet aus dem Bild.

Neben der Zapfsäule kommt Clara Hvornum auf die Beine. Benommen. Sie sieht dem Auto nach. Betrachtet den Hammer, der nun auf dem Boden neben ihr liegt. Schlingt die Arme um ihren Oberkörper und bleibt so stehen, bis ihre Mutter wenige Augenblicke später herbeigelaufen kommt.

Wie lange war sie im Laden?, denkt Thomas, der nur registriert hat, dass sich die Zahlen unten rechts auf dem Bildschirm verändert haben, aber nicht auf die genaue Uhrzeit geachtet hat. *Zwei Minuten? Drei? Sie hat ihren Kindern nur kurz den Rücken zugekehrt, und schon war Lucas entführt.*

Auf dem kleinen Bildschirm taucht jetzt Daniel Fristrup auf. Maiken Hvornum dreht sich zu ihm um und scheint irgendetwas zu rufen. Durch den fehlenden Ton wirkt die Szene wie eine Traumsequenz.

»Ist das alles?«, fragt Thomas. »Mehr passiert nicht?«

»Ich bin reingelaufen, um die Polizei zu rufen«, sagt Daniel Fristrup, als man ihn auf dem Bildschirm loslaufen sieht.

»Gut«, murmelt Meilby. »Ich würde Sie bitten, uns die Überwachungsaufnahmen auszuhändigen.«

»Natürlich«, antwortet die Frau in der figurbetonten Jacke.

»Und zwar nicht nur die, die wir gerade gesehen haben«, fügt Thomas hinzu. »Wir brauchen sämtliche Aufnahmen der letzten zwei Wochen. Auch aus dem Laden. Der Entführer hat sich mindestens eine Woche in dem Haus auf der anderen

Straßenseite aufgehalten, vielleicht auch länger. Er könnte hier gewesen sein, um Lebensmittel zu kaufen.«

»Lebensmittel?«, fragt Meilby.

»Ja. Der Täter hat sich offensichtlich die Zeit genommen zu essen. In der Küche stand benutztes Geschirr. Und auch eine Schale mit so frischen Essensresten, dass die ermordete Frau nicht davon gegessen haben kann. Milch und Müsli.«

Meilby nickt. »Okay. Also die Überwachungsaufnahmen der letzten zwei Wochen. Können Sie das bewerkstelligen?«

»Kein Problem«, sagt die Frau in der figurbetonten Jacke. Thomas sieht, dass der Mann am Bildschirm zu ihr aufschaut und protestieren möchte, doch sie bringt ihn mit einem Blick zum Schweigen.

Meilby wendet sich Thomas zu. »Sollen wir dann, Nyland?«

Thomas folgt ihm zurück in den Laden, hinaus unter das Vordach und über die Straße zum Haus.

»Ich habe über etwas nachgedacht«, sagt Meilby, als sie die Treppe zur Wohnung im ersten Stock hinaufsteigen.

»Ja?«

An Meilbys Tonfall kann Thomas hören, welche Richtung das Gespräch nehmen wird, und so überrascht ihn der nächste Satz seines Chefs nicht: »Wie ich sehe, haben Sie Dahl nicht mit herbestellt.«

»Das ist richtig«, brummt Thomas.

Die Treppe knarrt unter ihm.

»Sie glauben also nicht, dass er schon so weit ist?«

Thomas bleibt stehen. »Ich weiß nicht … Ich glaube nicht. Nicht für das hier. Für den Mord schon. Aber nicht für die Sache mit dem entführten Kind.«

Meilby sieht ihn an. Nickt. »Okay. Beziehen Sie ihn so weit in den Fall mit ein, wie Sie es für richtig halten, wenn er um acht Uhr kommt.«

Und dann tritt eine Pause ein, in der Thomas sich auf die Frage vorbereitet, die unweigerlich auf die eben beantwortete folgen muss.

Was ist mit Ihnen, Nyland? Sind Sie schon so weit, dass Sie mit diesem Fall zurechtkommen?

Doch die Frage kommt nicht. Meilby braucht sie nicht zu stellen, denn er weiß, dass Thomas sich genau diese Frage jeden Tag selbst stellt. Als Thomas vom City-Revier zum Leiter der Ermittlungsgruppe befördert wurde, hatte er einen nahezu tadellosen Lebenslauf und gute Ergebnisse sowohl als Ermittler als auch als Leiter des Reviers am Halmtorvet vorzuweisen, und Meilby hat zweifellos damit gerechnet, dass Thomas im Polizeipräsidium ebenso gute Ergebnisse erzielen würde. Doch nach einem soliden Anfang lief es irgendwann nicht mehr so recht. Thomas kann nicht genau sagen, wann seine Formkurve eingeknickt ist, aber er weiß, dass im November der Tiefpunkt erreicht war, als er nicht nur fast ums Leben gekommen wäre, sondern noch dazu einen der grausamsten Fälle, in denen er jemals ermittelt hat, letztlich ungeklärt ließ. Die Angelegenheit konnte weder von ihm noch von sonst jemandem im Laufe der acht Monate, die seither vergangen sind, abgeschlossen werden, und nun liegt sie in einer Ecke ihres Bewusstseins und stinkt wie eine Leiche, die keiner von ihnen wiederbeleben will, doch genauso wenig bringt es irgendwer über sich, sie zu begraben.

Thomas weiß also, dass sein Job am seidenen Faden hängt,

was umso gefährlicher ist, als dieser Faden auch gute hundertzwanzig Kilo schlechten Gewissens und allgemeinen Schwermuts zu tragen hat. In den vergangenen Wochen hat Thomas viel darüber nachgedacht, was er anstelle dieser Arbeit sonst noch machen könnte. Er hat sich regelrecht das Hirn zermartert. Doch ihm fällt nichts ein. Er wollte nie etwas anderes. Und er war ja auch mal gut darin. Doch das war, bevor er zu dick wurde. Zu langsam. Sowohl geistig als auch körperlich.

Meilby hat mittlerweile ein Auge auf Thomas' Fälle, und zwar nicht nur auf die potenziell umfassenderen wie diesen hier, sondern auf jeden einzelnen Mord, jede grobe Körperverletzung oder Brandstiftung, die auf Thomas' Schreibtisch landet.

Er überwacht seinen Schützling, denkt Thomas.

Während Thomas im Krankenhaus Skejby lag und sich von dem Überfall im November erholte, leitete die unabhängige Polizeiaufsichtsbehörde eine Untersuchung der Fehler ein, die er in den Minuten, bevor ihm das Gesicht aufgeschlitzt wurde, begangen hatte. Fehler, die eine Zeugin das Leben gekostet hatten und deren Folgen er selbst nur mit Mühe und Not lebend entronnen war. Sie hätten auch eine Kündigung oder zumindest eine Versetzung an einen anderen Dienstort und einen niedrigeren Platz in der Polizeihierarchie für ihn bedeuten können, doch letztlich zogen sie nur einen Tadel nach sich. Das ist eine Stufe über einer schriftlichen Verwarnung und sehr weit entfernt von der Entlassung, von der Thomas nicht wusste, ob er sie fürchten oder dankbar entgegennehmen sollte.

Er ist sich sicher, dass Meilby ein gutes Wort für ihn eingelegt hat. Möglicherweise, um vor der Polizeileitung nicht selbst das Gesicht zu verlieren – schließlich war er es, der Thomas vor weniger als zwei Jahren abgeworben und in die Abteilung für Personen gefährdende Kriminalität geholt hat. Und nun stellt er sich vor Thomas, so wie Thomas sich vor Dahl stellt. Um ihn zu überwachen und zu schützen.

Meilby räuspert sich, kehrt Thomas den Rücken zu und geht weiter die Treppe zur Wohnung hinauf.

Das Handy liegt auf dem Küchentisch.

»Es sind keine Fotos und nur etwa zehn bis fünfzehn Kontakte darauf gespeichert«, sagt Meilby. »Aber ich habe wie gesagt gesehen, dass sie das Handy vor etwas über einer Woche zuletzt benutzt hat. Da hat sie diesen Christian angerufen, von dem ich Ihnen erzählt habe. Aus ihrem Adressbuch.«

Thomas holt sein eigenes Handy hervor.

»Wie ist seine Nummer?«, fragt er.

Meilby liest ihm die Nummer vor, und Thomas sucht im Internet danach.

»Christian Larsen«, murmelt er, als Name und Adresse auf seinem Handydisplay erscheinen. »Er wohnt in Frederiksberg.«

»Fahren Sie hin und reden mit ihm?«, fragt Meilby. »Sie können noch warten, bis Møller damit fertig ist, Ida Rasmussen über die Schulter zu schauen, und dann fahren Sie beide gemeinsam.«

5

02:00 Uhr

Rikke Møller schüttelt den Kopf, als sie aus dem Haus von Maiken Hvornums Schwester und über den Gartenweg kommt. Sie setzt sich auf den Beifahrersitz des Dienstwagens und seufzt.

»Nichts?«, fragt Thomas.

»Überhaupt nichts. Ida sagt, es kann …«

»… Tage dauern, bis die Kleine etwas sagt«, beendet Thomas ihren Satz.

»Ja. Oder Wochen. Oder vielleicht redet sie auch überhaupt nicht mehr.«

Sie fährt sich mit der Hand durch das kurze, lockige Haar.

»Möglicherweise hat sie ja auch einfach nichts gesehen«, sagt sie.

Thomas startet den Motor und fährt los.

»Wo ist Ida Rasmussen jetzt?«

»Sie wollte noch ein paar Worte mit der Familie wechseln, bevor sie fährt.«

»Kann sie das denn ohne Aufsicht?«

»Ich habe schon unzählige Male mit ihr zusammengearbeitet. Sie hat sich immer professionell verhalten. Wir haben abgemacht, dass sie mich benachrichtigt, falls sie noch irgendetwas Interessantes herausfindet.«

»Gut.«

Ein paar Hundert Meter legen sie schweigend zurück.

»Kommst du hiermit klar?«, fragt Rikke Møller dann.

Thomas hebt beide Augenbrauen. »Ich?«

»Sitzt sonst noch jemand im Auto? Jetzt sieh mich nicht so überrascht an. Du weißt genau, was ich meine.«

»Ja, das tue ich wohl.«

»Und ich habe eine gewisse Verantwortung für dich.«

»Weil du mir das Leben gerettet hast?«

»Genau.«

»Von dieser Verantwortung spreche ich dich hiermit frei.«

»Das kannst du nicht. Aber wenn du meine Frage nicht beantworten willst …«

»Das kann ich gern tun. Mir geht es gut damit. Alles bestens.«

Rikke Møller sieht ihn an. Prüfend, als wäre er ein Zeuge. Oder ein möglicher Täter.

Letzteres stimmt ja, so gesehen, auch, denkt er. *Ich habe im November die Ermittlungen kaltgemacht, und fast hätte ich mich dabei selbst mit ins Grab gerissen. Ich bin ein Ermittlungsmörder.*

»Stop. Hier ist es.«

Rikke Møllers Ausruf lässt Thomas zusammenfahren. Er steigt mit dem linken Fuß auf die Bremse, und der Dienstwagen bleibt abrupt stehen.

Sind wir etwa schon in Frederiksberg?

»Bist du sicher, dass du ganz wach bist?«, fragt Rikke Møller.

»Offenbar nicht«, murmelt Thomas.

Er legt den Rückwärtsgang ein und setzt ein paar Meter zurück, bevor er den Gang wieder wechselt und in den Sveasvej, eine schmale Sackgasse, einbiegt. Er muss sich mit dem Passat vorsichtig zwischen den Reihen dicht geparkter Autos auf beiden Straßenseiten hindurchzwängen. Rollt langsam vorwärts und versucht, die Hausnummern an den Mehrfamilienhäusern zu seiner Linken und den großen, klassischen Jahrhundertwendehäusern zu seiner Rechten zu entdecken. Vor einer riesigen, weiß getünchten Villa mit einem großen Erker, der zur Straße hin liegt, fährt er rechts ran. Die Villa ist halb hinter alten Birken verborgen.

Er sieht hinauf zu den Fenstern. Im vordersten Zimmer brennt kein Licht, doch in den Fenstern ist ein schwaches, orangefarbenes Glühen zu sehen, das von einer Lichtquelle tief im Inneren des großen Hauses ausgehen muss.

»Da scheint noch jemand wach zu sein«, sagt Rikke Møller.

Thomas nickt und steigt aus. Nimmt den Geruch des stehenden Wassers des Sankt-Jørgens-Sees wahr, der weniger als fünfzig Meter entfernt hinter hohen Bäumen liegt. Verspürt erneut das unbändige Verlangen, sich unter einer Dusche abzukühlen und sich den Schweiß vom Körper zu spülen. Ein schwerer, säuerlicher Geruch entweicht seinen Achselhöhlen und dem Hemd, das er den ganzen heißen Sommertag über getragen hat.

Er holt tief Luft, schiebt den Gedanken an den Schweißgeruch beiseite und folgt Rikke Møller zu einem schwarzen schmiedeeisernen Tor vor der Einfahrt der Villa. Schaut durch die Gitterstäbe. Ein großer BMW parkt vor einer neu gebauten Garage, deren Holzverkleidung im Kontrast zu dem eleganten alten Haus steht. Der Wagen ist ein BMW 7er. Er muss zehn bis fünfzehn Jahre alt sein, ist jedoch gut gepflegt. Der Lack funkelt im Schein der Straßenlaternen.

Eine mannshohe Mauer umgibt die Einfahrt und einen Teil des Gartens, und neben dem Tor befindet sich eine Gegensprechanlage mit einer kleinen Kamera, die genau auf Thomas' Gesicht zeigt. Thomas hebt die Hand, um zu klingeln, zögert dann jedoch.

Wie reagieren die Hausbewohner wohl, wenn ein riesiger Kerl mit einem Gesicht voller Narben mitten in der Nacht bei ihnen klingelt?

Er holt seine Polizeimarke hervor und hält sie vor die Kamera, bevor er auf die Klingel drückt.

»Ja?«

Die leicht belegte Stimme aus dem Lautsprecher ist tief und so deutlich, als würde ihr Besitzer Thomas direkt gegenüberstehen. Durch die Gegensprechanlage sind leise Schmatzgeräusche hörbar.

»Thomas Nyland und Rikke Møller, Polizei Kopenhagen«, brummt Thomas. »Ist dort Christian Larsen?«

»Ja, das bin ich. Worum geht es?«

»Um Moniqa Larsen. Sagt Ihnen der Name etwas?«

»Das ist meine Schwester. Warum?«

»Ich würde es Ihnen lieber von Angesicht zu Angesicht erzählen. Könnten Sie uns bitte hereinlassen?«

»Sagen Sie mir zuerst, was sie angestellt hat. Ich möchte wissen, ob ich überhaupt in die Sache mit hineingezogen werden will, bevor ich mir überlege, ob ich Sie hereinlasse.«

»Okay«, stöhnt Thomas. »Moniqa Larsen ist tot. Wir haben

vor wenigen Stunden ihre Leiche gefunden. Ihr Handy zeigt an, dass Sie der Letzte sind, mit dem sie gesprochen hat.«

Einen Augenblick herrscht Schweigen. Dann ertönen ein Klicken und ein leises Summen, als das Metalltor sich öffnet und nach innen aufschwingt. Die Haustür geht auf, noch bevor Thomas und Rikke Møller dort angelangt sind, und darin steht ein großer Mann Ende fünfzig in aufrechter Haltung. Sein Haar ist dunkel gefärbt, die Haut sonnengebräunt und zerfurcht. Er hat gerötete Augen. Sein hellblaues Hemd ist zerknittert, und er hat die Ärmel hochgekrempelt.

»Dann kommen Sie vielleicht doch besser herein«, seufzt er, ohne seine Gäste anzusehen. Er kehrt ihnen den Rücken zu und verschwindet in der Eingangshalle, ohne abzuwarten, ob sie ihm folgen.

Die Eingangshalle ist ein Potpourri aus lackiertem Nussbaum, orientalischen Teppichen, vergoldetem Metall, kleinen Skulpturen und alten Wandgemälden. Ungefähr so muss es sein, wenn man plötzlich in die erste Klasse der Titanic versetzt wird, stellt Thomas sich vor. Dieser überschwängliche Luxus aus einer längst vergangenen Zeit.

Christian Larsen bleibt in der Tür stehen und dreht sich zu ihnen um.

»Ich würde Sie bitten, die Schuhe auszuziehen«, sagt er.

Thomas windet die Füße aus seinen braunen Lederschuhen, und Rikke Møller geht in die Hocke, um sich die Sneakers aufzuschnüren.

»Im ganzen Haus liegen noch die Originalfußböden, und wir tun unser Bestes, um sie zu erhalten«, erklärt Christian Larsen, bevor er sie durch eine Tür mit facettierten Glasscheiben ins Wohnzimmer führt. Als Thomas durch die Tür tritt, fällt ihm auf, dass sie oben ein wenig gerundet ist, sodass sie sich genau in den Türbogen einfügt. Das Wohnzimmer ist nur einer von drei Räumen im Erdgeschoss, doch es ist allein schon fast größer als Thomas' gesamte Wohnung. Antike Möbel stehen grüppchenweise wie kleine erleuchtete Inseln auf dem weitläufigen Parkett. An den Wänden hängen große, moderne Gemälde dicht an dicht mit langen Reihen von Geweihen. Hirschgeweihen, soweit Thomas das erkennen kann. Weiter hinten mündet das Wohnzimmer in einen Wintergarten, der bei Tageslicht hell und freundlich aussehen muss, nun im Dunkeln aber wie ein riesiger Spiegel wirkt. Thomas sieht sich selbst, Rikke Møller, Christian Larsen und das Wohnzimmer darin, und wenn in diesem Moment jemand draußen in der Dunkelheit stehen und zu ihnen hineinschauen würde, wäre er nicht zu sehen. Der Gedanke an ein verborgenes Augenpaar lässt Unbehagen in Thomas aufkommen, auch wenn er sich sicher ist, dass sich dort draußen niemand versteckt.

»Wie ist sie gestorben?«

Die Frage kommt unvermittelt und ohne dass Christian Larsen eine Miene verzieht. So als würde er fragen, ob er ihnen eine Tasse Kaffee anbieten kann.

Thomas räuspert sich. »Wir gehen von einem Mord aus.«

»Aha?«

»Ihre Schwester wurde an einen Stuhl gefesselt und wiederholt geschlagen. Sie …«

Thomas hält inne. Kein Grund, ins Detail zu gehen.

Christian Larsen nickt.

Es tut mir leid.

Die Worte liegen Thomas auf der Zunge, und obwohl es ihn drängt, sie auszusprechen, lässt er sie ungesagt. Sie scheinen in diesem Moment nicht angebracht.

»Wir müssen Ihnen ein paar Fragen stellen«, sagt er stattdessen.

»Selbstverständlich. Aber machen Sie es kurz. Ich bin auf dem Weg ins Bett. Meine Frau schläft schon, wir müssen morgen früh raus.«

»Es dauert nun mal so lange …«, setzt Rikke Møller an, doch Thomas fällt ihr ins Wort: »In Ordnung. Wir machen es so kurz, wie es geht. Sollen wir uns nicht setzen?«

»Doch, ja, das können wir wohl machen.«

Christian Larsen bleibt stehen. Thomas sieht sich um.

»Sollen wir …«, fragt er noch einmal.

»Ja. Ja, natürlich.«

Christian Larsen setzt sich an den nächsten Tisch, einen runden, lackierten Esstisch mit dazu passenden gepolsterten Stühlen.

»Zuerst muss ich wissen, ob es noch andere Familienmitglieder gibt, die benachrichtigt werden müssen. Eltern? Andere Geschwister?«, fragt Thomas, während er einen Stuhl unter dem Tisch hervorzieht und darauf Platz nimmt. Rikke Møller bleibt ein paar Meter hinter ihm stehen.

»Familienmitglieder?«, sagt Christian Larsen. »Nein. Keine engen zumindest.«

»Es gibt also niemanden, mit dem wir reden müssen? Niemanden, der davon erfahren sollte?«

»Nein.«

»Okay. Danke. Dann würde ich gern wissen, was für ein Verhältnis Sie zu Ihrer Schwester hatten.«

Christian Larsen lacht trocken. »Verhältnis? Wir hatten überhaupt kein Verhältnis. Es stimmt, dass sie mich vor einer Woche angerufen hat, aber sobald mir klar wurde, dass sie es war, habe ich aufgelegt. Mag sein, dass Sie gerade erst ihre Leiche gefunden haben, aber für mich ist sie bereits vor Jahren gestorben.«

»Wissen Sie, warum sie angerufen hat?«

»Nein. Wie gesagt. Ich habe aufgelegt.«

»Sie sagen, dass sie für Sie gestorben war. Wie meinen Sie das?«

»Ich …«, setzt Christian Larsen an und hält inne. »Eigentlich habe ich keine besonders große Lust, darüber zu reden.«

Er macht eine lange Pause, bevor er fortfährt: »Mona und ich waren schon immer sehr unterschiedlich.«

»Mona?«

»Ja, das ist ihr Name.«

»Auf ihrer Visakarte steht Moniqa.«

»Ich weiß, dass sie sich jetzt Moniqa nennt. Oder nannte. Das muss sich irgendein Numerologe ausgedacht haben. Aber sie wurde auf den Namen Mona getauft. Diesen Namen haben unsere Eltern ihr gegeben, und was die Sterne, Monde, Primzahlen und was weiß ich nicht noch alles dazu sagen, ist mir ziemlich egal.«

Thomas nickt und fordert Christian mit einer Geste auf weiterzusprechen.

»Mona hat jahrelang nur sehr flüchtig an unserem Familienleben teilgenommen. Während ich geheiratet und wir ein

Kind bekommen haben, ist sie um die Welt gereist, auf der Suche nach sich selbst – oder wie auch immer man das nennen will. Sie ist spontan nach Indien oder in die Mongolei aufgebrochen und war wochenlang weg, ohne mir zu sagen, wo sie war. Doch das war nicht das Problem. Das Problem war, dass sie wieder nach Hause kam. Wenn sie uns besuchte, hat sie nur davon geredet, wie erbärmlich unser bürgerliches Leben sei, und wenn wir nur wüssten, was in der Welt so vor sich gehe, würden wir nie so leben. Es war nicht auszuhalten. Und dann wiederum ist sie verheult vor unserer Haustür aufgetaucht, wenn sie mal wieder von irgendeinem Mann verlassen worden war. Einem Backpacker, den sie aufgegabelt hatte, oder einem dieser sogenannten geistigen Mentoren, mit denen sie sich umgab. Für mich sind das Betrüger. Und dann lag sie wochenlang auf unserem Sofa, zu nichts fähig, und Cathrine und Jonas und ich sollten sie bemitleiden.«

»Cathrine und Jonas sind Ihre Frau und Ihr Sohn?«

Christian Larsen schluckt und nickt.

»Wenn sie sich gefangen hatte, war sie sofort wieder auf und davon«, fährt er fort. »Und wenn sie das nächste Mal auftauchte, ging das Spiel von vorn los. Dann konnten wir uns wieder anhören, wie schrecklich unser Leben sei und dass wir unser Geld doch lieber armen Bauern in irgendeinem Entwicklungsland spenden sollten. Wir sind oft aneinandergeraten, und am Ende habe ich sie gebeten, sich von uns fernzuhalten.«

»Hat sie das getan?«

»Ja.«

»Wie lange hat sie sich ferngehalten?«

»Lange. Sie …«

Christian Larsen hält inne. Sieht hinüber zu der Tür mit den facettierten Scheiben.

»Einen Augenblick«, sagt er zu Thomas und Rikke Møller, bevor er aufsteht, durch das Zimmer geht und hinter der Tür verschwindet. Rikke Møller lehnt sich leicht nach hinten, um einen Blick durch die Türöffnung zu werfen.

»Seine Frau ist aufgestanden«, sagt sie. »Er muss gehört haben, wie sie die Treppe heruntergekommen ist.«

Thomas kommt auf die Beine. Geht einen Schritt auf die Tür zu und schaut hindurch. Sieht Christian Larsen, der seine Frau an beiden Händen fasst. Er sagt irgendetwas zu ihr, was Thomas nicht versteht. Cathrine ist eine große Frau. Mit aufrechter Haltung, genau wie ihr Mann. Sie trägt einen gestreiften Schlafanzug. Ihr offenes Haar ist ganz zerzaust.

Thomas geht zurück zu seinem Stuhl und setzt sich. Kurz darauf kommt Christian Larsen zurück.

»Entschuldigen Sie«, sagt er. »Sie haben meine Frau geweckt. Ich musste ihr eben erklären, was passiert ist. Sie müssen doch nicht auch mit ihr reden, oder?«

»Nein«, sagt Thomas. »Im Moment ist das nicht unbedingt notwendig. Später vielleicht. Was für ein Verhältnis hatte Cathrine zu Ihrer Schwester?«

Christian Larsens rechter Mundwinkel hebt sich leicht. »Cathrine ist etwas … geduldiger als ich.«

»Das heißt, die beiden kamen gut miteinander aus?«

»Ich glaube, Mona kam mit niemandem ›gut‹ aus. Aber die beiden konnten zumindest miteinander reden, ohne sich zu streiten, und das ist mehr, als man von mir und Mona behaupten kann.«

Thomas nickt.

»Sie wollten vorhin etwas sagen … als Ihre Frau herunterkam, meine ich. Sie sagten, Mona habe sich lange ferngehalten. Was genau meinten Sie damit?«

Christian Larsen holt tief Luft.

»Sie ist nicht zu der Beerdigung meines Sohnes gekommen.«

Thomas runzelt die Stirn. »Ihr Sohn ist gestorben? Wann ist das passiert?«

»Vor dreieinhalb Jahren.«

»Wie alt war er, als er starb?«, ertönt Rikke Møllers Stimme hinter Thomas' Rücken. Plötzlich ganz präsent. Thomas weiß, dass sie beide denselben Gedanken haben: *Hat Jonas Larsens Tod etwas mit Lucas Hvornums Verschwinden zu tun? Zwei Jungen, die durch Mona Larsens Leben und Sterben miteinander verbunden sind?*

»Er war 17«, sagt Christian Larsen, und Thomas hört geradezu, wie Rikke Møllers Schultern sich wieder senken. Jonas Larsen war kein kleiner Junge. Er war ein junger Mann.

»Ich habe meine Frau erst spät kennengelernt und war deshalb schon vierzig, als mein Sohn auf die Welt kam«, fährt Christian Larsen fort, ohne Thomas' und Rikke Møllers Reaktion auf seine Antwort zu bemerken.

»Wie ist er gestorben? Falls ich fragen darf …«

»Das dürfen Sie. Es war ein Verkehrsunfall. Er saß auf dem Fahrrad und wurde von einem LKW übersehen.«

»Das tut mir aufrichtig leid.«

»Danke.«

»Und Sie sagen also, Mona ist nicht zur Beerdigung gekommen.«

»Ich habe versucht, sie zu erreichen, als Jonas gestorben war. Unsere Streitereien sollten sie nicht … davon abhalten … Sie wissen schon. Wie sich herausstellte, war sie ein paarmal umgezogen, seit unsere Wege sich getrennt hatten, aber schließlich konnte ich sie in einer Kommune ausfindig machen. Ich habe dort angerufen, und irgendein Mann ist ans Telefon gegangen. Ich habe ihn gefragt, ob ich mit meiner Schwester sprechen könnte, aber er sagte, sie sei gerade nicht da. Ich habe ihn also gebeten, ihr die Nachricht von Jonas' Tod zu übermitteln. Ich ging davon aus, dass ich im Laufe des Tages von ihr hören würde, aber sie hat nicht zurückgerufen. Daraufhin habe ich ihr eine E-Mail geschrieben und sie gebeten zu antworten.«

»Warum war es Ihnen so wichtig, dass sie zur Beerdigung kam? Wenn Sie die Nase voll von ihr hatten …«

»Das war sie mir schuldig. Das war sie Jonas und Cathrine schuldig. Aber es war ihr offenbar egal. Drei Monate später hat sie meine E-Mail beantwortet.«

Er macht eine Kunstpause und hebt den Blick zu Thomas und Rikke Møller.

»Sie schrieb, die Sache mit Jonas tue ihr leid, aber sie könne leider nicht zur Beerdigung kommen. Können Sie das glauben? Mein Sohn war seit drei Monaten unter der Erde, aber sie hat geantwortet, als hätte die Beerdigung noch gar nicht stattgefunden. Als könnte sie immer noch absagen.«

»Haben Sie auf diese E-Mail geantwortet?«

Christian Larsen schüttelt den Kopf. »Was sollte ich darauf auch antworten.«

»Haben Sie sie noch einmal wiedergesehen? Ich meine, bevor sie Sie vor einer Woche anrief.«

»Ja. Vor zwei Jahren ist sie plötzlich wieder aufgetaucht. Das war eineinhalb Jahre nach Jonas' Tod. Sie stand draußen vor dem Tor und hat geklingelt. Ich bin zu ihr nach draußen gegangen. Sie hat gesagt, es tue ihr leid. Sie wolle mir alles erklären. Sie könne verstehen, was ich durchmachen musste. Ich bin wahnsinnig sauer geworden. Habe sie angebrüllt, dass sie zur Hölle fahren soll, und habe sie stehen lassen.«

»Was hat sie wohl damit gemeint, dass sie verstehen könne, was Sie durchmachen mussten?«

»Das weiß ich nicht. Solche Sachen hat Mona manchmal einfach gesagt. Als hätte sie über alles auf der Welt Bescheid gewusst. Als hätte sie nachempfinden können, was ich durchgemacht habe.«

»Mona hatte nicht vielleicht selbst Kinder?«

»Nein.«

»Hat sie sonst noch etwas gesagt?«

»Sie hat erzählt, dass sie mittlerweile bei einer Freundin wohnte.«

»Sagten Sie nicht, sie hätte in einer Kommune gewohnt?«

»Das war offenbar nicht mehr der Fall. Als ich wieder ins Haus gegangen war, legte sie einen kleinen Zettel in meinen Briefkasten. Einen Zettel mit ihrer neuen Adresse. Ich habe ihn erst am nächsten Tag entdeckt, als er aus meiner Zeitung fiel.«

»Was haben Sie damit getan?«

»Ich habe ihn verbrannt.«

»Dann haben Sie also nicht erfahren, wo sie mittlerweile wohnte?«

»Doch. Ich wollte eigentlich nicht auf den Zettel schauen, aber ich habe es trotzdem getan. Ich weiß auch nicht, warum.«

»Erinnern Sie sich noch an die Adresse?«

»Ja. Ich dachte, ich würde sie sofort wieder vergessen, aber dem war nicht so.«

»Und wie lautete ihre Adresse?«

»Colbjørnsensgade 15.«

»Sie muss seitdem noch einmal umgezogen sein«, sagt Thomas. »Wir haben ihre Leiche in einem Haus in Amager gefunden.«

»Aha.«

Christian Larsen wirkt ein wenig enttäuscht. Als hätte er erwartet, dass seine Schwester ihm nach allem, was geschehen war, trotzdem ihre neue Adresse mitgeteilt hätte.

»Erinnern Sie sich noch an den Namen der Freundin?«, fragt Rikke Møller.

»Ja. Ich sehe ihn noch genau in Monas Handschrift vor mir.«

»Und wie heißt sie?«

»Sie heißt Gry.«

6

03:15 Uhr

Thomas betrachtet die Namensschilder der Colbjørnsensgade 15. Der Hauseingang befindet sich an der Ecke Reverdilsgade, eingezwängt zwischen Bobbys Kiosk und einem chinesischen Restaurant, im Herzen von Vesterbro, gleich hinter dem Hauptbahnhof.

»G. Jensen«, murmelt er. »Das muss sie sein.«

Er drückt auf den Knopf neben dem Namen. Wartet. Da niemand antwortet, drückt er noch einmal.

»Was?«, ertönt es schließlich aus der Gegensprechanlage.

Ein Auto mit einem Mann am Steuer fährt langsam hinter Thomas und Rikke Møller am Haus vorbei. Ein Stück weiter die Straße hinunter torkelt eine Gruppe asiatischer Männer in Anzügen laut singend über den Bürgersteig. Ein Pärchen auf Fahrrädern biegt Hand in Hand um die Ecke.

Thomas schaut hinauf in den Himmel. Allmählich wird es hell.

»Ist da Gry Jensen?«, fragt er in die Gegensprechanlage.

»Wer will das wissen?«

»Thomas Nyland und Rikke Møller, Polizei Kopenhagen.«

»Ja, sicher«, murrt die Stimme, und der Hörer wird aufgelegt.

Thomas und Rikke Møller werfen sich einen Blick zu, bevor Thomas ein weiteres Mal klingelt. Nun antwortet niemand mehr.

»Du musst wohl ein bisschen an deiner Glaubwürdigkeit arbeiten«, sagt Rikke Møller.

Thomas seufzt, dreht sich auf dem Absatz um und geht zurück zum Dienstwagen. Öffnet die Beifahrertür und holt den Bund mit den Dietrichen aus dem Handschuhfach. Geht zurück zur Haustür und öffnet sie in unter einer halben Minute. Die asiatischen Geschäftsmänner bleiben auf dem Bürgersteig stehen und sehen ihm zu, während er das Schloss aufhebelt. Kommentieren seine Arbeit genauso begeistert und unverständlich, wie sie zuvor gesungen haben.

Kaum dass Rikke Møller und Thomas im Eingangsflur stehen, schiebt Thomas die Haustür zu und versichert sich, dass sie fest verschlossen ist. Dann folgt er seiner Kollegin, die bereits im ersten Stock angelangt ist, die Treppe empor. Kämpft sich stöhnend und prustend hinauf in den zweiten Stock und hält seinen Ausweis vor den Türspion, bevor er bei Gry Jensen klingelt. Wenig später hören sie Geräusche auf der anderen Seite der Tür.

»Was wollen Sie?«, ertönt Gry Jensens Stimme. »Warum wecken Sie mich mitten in der Nacht?«

»Es tut mir leid«, sagt Thomas. »Das kann leider nicht bis morgen früh warten. Es geht um Mona Larsen.«

Er hält inne. Denkt noch einmal über den Namen nach.

»Moniqa Larsen«, berichtigt er sich dann. Die Verstorbene hätte sicher gewollt, dass er sie so nennt. »Es geht um Moniqa Larsen.«

Es folgt eine kurze Pause.
»Was ist mit ihr?«
»Sie ist tot. Wir haben vor ein paar Stunden ihre Leiche gefunden.«
Die Tür geht auf.
»Tot?«
Vor ihnen steht eine kleine, zierliche Frau mit kurzem, blondem Haar, großen Augen und runden Wangen. Sie hat einen fast kindlichen Gesichtsausdruck, der es schwer macht, ihr Alter zu bestimmen. Mitte zwanzig, schätzt Thomas. Moniqa und sie müssen ein ungleiches Paar gewesen sein, als sie zusammenwohnten.
»Ja, leider«, brummt Thomas. »Dürfen wir reinkommen?«
Die zierliche Frau tritt zur Seite. Schließt die Schlafzimmertür, bevor sie mit ihren Gästen ins Wohnzimmer geht. Stellt sich mitten in den Raum, die Arme vor der Brust verschränkt.
»Wie ist es passiert?«
»Sie wurde ermordet. Auf die Einzelheiten kann ich nicht näher eingehen.«
»Nein … nein, natürlich nicht.«
Gry Jensen bietet ihnen keinen Sitzplatz an, deshalb bleiben Thomas und Rikke Møller einfach stehen.
»Wir haben gehört, dass Moniqa Larsen eine Weile hier gewohnt hat«, sagt Rikke Møller. »Stimmt das?«
»Ja, aber das ist lange her.«
»Wie lange?«
»Es müssen jetzt zwei Jahre sein. Damals war ich gerade erst hier eingezogen.«
»Woher kannten Sie sich?«

»Was meinen Sie?«

»Wir haben vorhin mit Moniqa Larsens Bruder gesprochen, und was er uns erzählt hat, klang so, als hätten Sie sich schon gekannt, bevor Moniqa bei Ihnen einzog.«

»Ich wusste nicht, dass sie einen Bruder hat. Aber nein, wir kannten uns vorher nicht. Moniqa hat sich auf eine Annonce hin gemeldet, die ich ins Internet gestellt hatte. Ich hatte ein freies Zimmer und brauchte ein bisschen Unterstützung bei der Miete.«

»Dann waren Sie also nicht befreundet, bevor sie hier einzog?«, übernimmt Thomas wieder.

»Nein. Und wir waren auch nicht befreundet, während sie hier wohnte. Oder hinterher. Wir haben uns nicht besonders gut verstanden. Sie war sehr flatterhaft und hatte Schwierigkeiten, sich an Absprachen zu halten. So als könnte sie mit dem, was unter uns Normalsterblichen vor sich ging, nicht so recht etwas anfangen. Aber …«

Gry Jensen hält inne. Scheint unsicher zu sein, ob sie den nächsten Satz aussprechen soll.

»Aber was?«

»Moniqa wirkte auch irgendwie verloren. Einsam. Vielleicht brauchte sie eine Freundin, und möglicherweise hat sie in mir sogar tatsächlich eine Freundin gesehen, auch wenn dieses Gefühl nicht auf Gegenseitigkeit beruhte.«

»Wie lange hat sie hier gewohnt?«

»Das muss in etwa ein halbes Jahr gewesen sein. Vielleicht auch ein ganzes. Dann ist sie in eine andere Wohnung gezogen. In Amager, glaube ich.«

»Und Sie sind nicht in Kontakt geblieben?«

»Nein. Dazu gab es keinen Grund.«

»Wissen Sie, wo sie gewohnt hat, bevor sie bei Ihnen eingezogen ist?«

»Nein, daran kann ich mich im Moment nicht erinnern.«

»Und wenn ich Ihnen sage, dass Moniqa Larsen in einer Kommune gewohnt hat?«

»Ja, das ... hat sie, glaube ich, mal erwähnt.«

»Wissen Sie, wo sich diese Kommune befand?«

»Nein.«

»Erinnern Sie sich an irgendwelche Namen, die sie in Verbindung mit der Kommune erwähnt hat?«

»Sie hat sicher mal welche genannt, aber ... wie gesagt ... das ist lange her. Und seit sie hier ausgezogen ist, habe ich nicht mehr an sie gedacht. Bis jetzt.«

»Wissen Sie, ob Moniqa Feinde hatte? Kennen Sie jemanden, der ihr möglicherweise hätte schaden wollen?«

Sie schüttelt den Kopf. »Nein. Ich wüsste nicht, wer.«

»Sie wurde von niemandem aufgesucht, während sie hier wohnte?«

»Nein, nie. Wie ich vorhin schon sagte, sie wirkte einsam. Ich kann mich nicht daran erinnern, dass sie überhaupt jemals Besuch hatte, solange wir zusammenwohnten.«

Thomas wirft Rikke Møller einen Blick zu.

Sackgasse, denken sie beide.

»Wir haben erst mal keine weiteren Fragen«, sagt Thomas dann. »Aber wir kommen vielleicht später auf Sie zurück.«

»Selbstverständlich. Wenn ich irgendwie behilflich sein kann ...«

Der Satz bleibt unvollendet in der Luft hängen.

»Danke«, sagt Thomas.

Sie gehen zurück in den Flur. Er ist schmal, und Thomas muss sich dicht an Gry Jensen vorbeizwängen, um zur Tür zu gelangen. Er weiß nicht, ob ihm die Narben im Gesicht peinlicher sein sollen oder sein Schweißgeruch, als er der zierlichen jungen Frau so nah kommt.

»Und was jetzt?«, fragt Rikke Møller, als sie wieder auf der Straße stehen.

»Jetzt fahre ich zurück zu Moniqa Larsens Wohnung und versuche, noch etwas über diese Kommune herauszufinden, von der ihr Bruder gesprochen hat. Irgendetwas stört mich daran. Dass Moniqa nicht zurückgerufen hat. Dass sie seine E-Mail erst nach Monaten des Schweigens beantwortet hat.«

»Falls er die Wahrheit sagt.«

Thomas legt eine Hand auf das Dach des Dienstwagens und trommelt mit den Fingern.

»Ja. Mir ist klar, dass er auf der Liste der Verdächtigen ganz oben steht. Und er könnte seine Schwester auch tatsächlich umgebracht haben. Aber warum jetzt? Und wieso auf diese Art und Weise? Das ergibt keinen Sinn. Ich will auf alle Fälle wissen, wo sich diese Kommune befindet. Sofern sie überhaupt existiert.«

»Soll ich mitkommen?«

»Nein. Ich setze dich am Präsidium ab. Dann kannst du den Rest der Gruppe auf den neusten Stand bringen. Moniqa Larsens Handy müsste mittlerweile auch in der Abteilung sein. Schau dir alle ihre Kontakte an und alle, mit denen sie in den letzten Monaten telefoniert hat. Ruf die Leute an, eventuell bringt uns das ja weiter.«

7

04:00 Uhr

Die Luft im Flur ist stickig und warm. Durch die Tür zum Wohnzimmer sieht Thomas, dass Moniqa Larsens Leiche weg ist. Der Leichenwagen muss inzwischen da gewesen sein. Doch auch wenn sich der tote Körper nun nicht mehr in der Wohnung befindet, haftet sein Geruch noch immer an den Möbeln und Teppichen.

Ein monotones Fliegensummen erfüllt Thomas' Ohren. An dem dunkelblauen Lieferwagen der Techniker hat er sich erneut einen Overall, einen Mundschutz, Hand- und Überziehschuhe besorgt, und die Ausstattung gibt ihm ein Gefühl von Abstand zum Tatort. Es ist, als säße man in einer Taucherglocke auf dem Meeresboden und beobachte Tiefseefische, ohne dabei nass zu werden. Nah dran und doch weit entfernt.

Er geht ins Wohnzimmer, das nun von einer kräftigen Lampe auf einem schwarzen Stativ gleich neben der Tür erleuchtet wird. Die beiden Stühle stehen immer noch rechts und links von dem kleinen Couchtisch mitten im Raum, und sowohl die Möbel als auch der Teppichboden ringsherum sind mit kleinen Pfeilen und Zahlen beklebt, die die Techniker dort angebracht haben. Auch die Stereoanlage steht noch genauso da wie bei Thomas' erster Besichtigung des Wohnzimmers. Sie ist eingeschaltet, und das Display zeigt »AUX« an. Der Drehknopf vorn am Gerät ist mit rotem Staub bedeckt. Die Techniker müssen darauf nach Fingerabdrücken gesucht haben.

Thomas geht um die Stühle herum. Beugt sich vor und betrachtet die kleine blutfreie Stelle auf dem Couchtisch. Stellt sich noch einmal dieselbe Frage wie schon ein paar Stunden zuvor: *Was hat dort gestanden? Was musste Moniqa Larsen sich ansehen, während ihr die Knochen zertrümmert und die Glieder grün und blau geprügelt wurden? Ein Foto? Das Bild eines Menschen, dem sie einmal wehgetan hat?*

Thomas muss an den Bleistift denken, der nun nicht mehr auf dem Teppich liegt. Wurde sie gezwungen, eine schriftliche Erklärung abzugeben? Ein Vergehen an dem Menschen zu gestehen, dessen Porträt vor ihr auf dem Tisch stand?

Vielleicht.

Aber was ist mit dem Stuhl auf der anderen Seite des Tisches? Steht er dort nur, damit der Täter sein Werkzeug ablegen konnte? Oder hat er sich dort hingesetzt, um sich auszuruhen? Hat er dort gesessen und sein Werk betrachtet? Das Blut und die blauen Flecken? Hat er von dort aus zugesehen, wie Moniqa Larsen langsam, aber sicher von einem denkenden, lebenden Menschen zu einem leblosen Stück Fleisch wurde? Hat sie um ihr Leben gefleht? Hat sie geweint?

Hat er es genossen?

Thomas stellen sich die Haare an den Armen auf.

Was, wenn das Motiv nicht Rache war? Was, wenn hinter dem Mord Lust oder Begierde standen? Oder Hass? Oder

Stimmen im Kopf? Was, wenn Moniqa Larsen genauso gut Lene oder Nina hätte heißen können? Wenn sie rein zufällig ausgewählt wurde? Oder wenn sie nur ausgewählt wurde, weil sie kurzes Haar hatte? Wenn sie irgendeine Frau war, die der Täter in der S-Bahn gesehen hatte und der er nach Hause gefolgt war?

Was, wenn sie nicht die Erste war?

Thomas hat bisher noch nicht darüber nachgedacht, doch wie er so im Wohnzimmer steht und die genaue Anordnung der Gegenstände um ihn herum betrachtet, kommt es ihm plötzlich naheliegend vor. Zudem hat er den Mord bereits selbst als Ritual bezeichnet.

Ein Serienmörder, denkt er.

Hängt dem Gedanken eine Weile nach, lässt dann jedoch wieder davon ab. Es gibt keinen Grund, von einer Serie zu sprechen, solange erst eine einzige Leiche gefunden wurde. Außerdem möchte er sich Lucas Hvornum nicht in den Händen eines Menschen vorstellen, den es befriedigt, anderen Schmerzen zuzufügen.

Was, wenn es schon zu spät ist, um den Jungen zu retten? Was, wenn er bereits tot ist? Oder wenn ihm etwas widerfahren ist, was ihn lebensgefährlich verletzt hat?

Bei dem Gedanken wird Thomas übel.

Er geht in der Wohnung von Zimmer zu Zimmer und öffnet Schubladen und Schränke, ohne dass sich sein Bild von Moniqa Larsen dadurch ändert. Und ohne dass er einen Hinweis auf die Kommune findet, in der sie vor zwei, drei Jahren gelebt haben soll. Keinen Computer, kein Tablet oder andere Geräte, auf denen sie Fotos aus der Kommune gespeichert haben könnte. Bis auf die Stereoanlage und das Handy, das in der Küche lag, befindet sich in der Wohnung kein einziges elektronisches Gerät.

Er verabschiedet sich von den Technikern und geht die Treppe zur Haustür hinunter. Wirft einen Blick auf die Tür zur Erdgeschosswohnung. Muss daran denken, was den verreisten Bewohner dort wohl erwartet, wenn er aus Grönland zurückkehrt. Das Blut ist sicher durch die Decke gesickert und auf die Möbel und den Fußboden in seinem Wohnzimmer getropft. Fliegen und Maden breiten sich relativ schnell aus, wenn man sie lässt, und Moniqa Larsens Vermieter wird bestimmt noch eine ganze Weile unerwünschte Haustiere in seinen Schränken und Schubladen finden.

Thomas kneift die Augen zusammen, um im Dunkeln den Namen auf dem Türschild zu lesen. Hans Erik Kjær heißt der bedauernswerte Mann. Thomas dreht sich um und geht noch einmal die Treppe hinauf. Er hat bisher nicht daran gedacht, vielleicht, weil Moniqa Larsens Wohnungstür die ganze Zeit offen stand, doch jetzt, da er sie schließt, sieht er, dass dort kein Namensschild angebracht ist. Und auch an dem Briefkasten draußen auf der Straße ist Moniqa Larsens Name nicht zu finden. *Es sollte vielleicht mal überprüft werden, ob sie auch eine geheime Rufnummer hat*, denkt Thomas.

Er geht wieder hinunter. Entdeckt die Tür zum Keller, an der er bereits ein paarmal vorbeigegangen ist, ohne sie zu bemerken. Es ist so gut wie unmöglich, sämtliche Einzelheiten zu registrieren, wenn man in einem Overall mit Mundschutz steckt und unter den vielen Stoffschichten gegen einen Hitzekollaps ankämpft, während alle Aufmerksamkeit auf das

Blut, die Verletzungen der Leiche und den ungemeinen Gestank gerichtet ist.

Die Tür öffnet sich mit einem Quietschen und gibt den Blick auf eine schmale, steile Treppe frei, die in die Dunkelheit hinabführt. Thomas' Finger finden den Lichtschalter gleich neben der Tür. Eine nackte Energiesparbirne blinkt ein paarmal an der Decke auf, bevor sie zu vollem Leben erwacht und ein schwaches, grünliches Licht auf die kahlen Betonwände wirft.

Thomas geht die Treppe hinunter. Duckt sich, um sich nicht den Kopf an der Unterseite der Treppe zu stoßen, die in den ersten Stock hinaufführt, und selbst unten im Keller muss er den Kopf noch leicht nach vorn beugen, damit er nicht gegen die Decke stößt. Es ist kühl hier unten, und Thomas nimmt den moderigen Kellergeruch durch den Mundschutz wahr. Eine beinahe angenehme Abwechslung nach der drückenden Hitze und dem Leichengeruch im oberen Stock.

Thomas sieht sich um. Zu seiner Rechten befindet sich eine Waschküche und geradeaus eine Werkstatt. Dahinter erkennt er in einer dunklen Abstellkammer soeben ein paar gestapelte Umzugskartons, alte Möbel und gefüllte Plastiksäcke, die aufeinandergehäuft auf dem Boden liegen.

Er geht hinein. Vielleicht durfte Moniqa Larsen ja auch ein paar von ihren Sachen in diesem Durcheinander hier abstellen. Dinge, für die sie in der kleinen Wohnung keinen Platz hatte, die sie aber trotzdem aufbewahren wollte.

Thomas möchte Licht in der Kammer machen, doch selbst nachdem er den Schalter ein paarmal hoch- und runtergedrückt hat, bleibt die Deckenlampe dunkel. Die Glühbirne muss durchgebrannt sein. Er versucht dasselbe in der Werkstatt, doch auch hier hat er kein Glück. Normalerweise hat er immer eine kugelschreibergroße Taschenlampe in der Innentasche seiner Jacke, doch die Jacke hat er nun schon seit Wochen nicht mehr getragen.

Er seufzt. Die Nacht ist zwar hell, aber die Kellerfenster sind zu klein und verschmutzt, um genügend Licht hereinzulassen. Er geht die steile Treppe wieder hinauf. Hinaus zum Dienstwagen. Wühlt im Kofferraum herum und findet schließlich eine solide Taschenlampe mit schwarzem Gummigehäuse.

Zurück im Keller sucht er mit dem kühlen, blauen Lichtkegel die Abstellkammer ab. Er öffnet den obersten Umzugskarton auf dem nächststehenden Stapel. »Service« steht auf einem kleinen weißen Aufkleber auf dem Karton, doch statt mit Tellern und Tassen ist er mit alten Büchern gefüllt.

In dem Karton darunter, an dem seitlich ein halb abgerissener Aufkleber mit der Aufschrift »Kleidung« prangt, liegen in Zeitungspapier eingewickelte Porzellangefäße und Kristallgläser. Die irreführenden Aufkleber müssen Überbleibsel eines früheren Umzugs sein. Thomas lässt den Blick über die gestapelten Kartons gleiten. Alle sind mit weißen Aufklebern versehen.

Der Lichtkegel wandert weiter durch den Raum. Hinunter auf die Plastiksäcke, die Thomas ein wenig auseinanderzieht. Sie scheinen Altkleider zu enthalten. Jeans, Hemden, Bettwäsche. Einer ist voller orangefarbener Laken. Hinter den Säcken entdeckt er einen weiteren Umzugskarton. Er steht ganz allein in einer Ecke des Raums. Thomas macht einen großen Schritt über die Altkleidersäcke, um dorthin zu gelangen. Zieht den Karton ein Stück von der Wand und dreht ihn. Er trägt keinen Aufkleber.

Thomas geht in die Hocke und öffnet den Karton.

Zuoberst liegt ein Laken, das gut über dem restlichen Inhalt festgestopft ist. Er zieht es heraus. Muss die Taschenlampe beiseitelegen, um einen alten Schuhkarton hervorzuholen und den Deckel zu öffnen.

Darin befinden sich lauter alte Briefe. In kindlicher Schreibschrift mit Kringeln über dem kleinen i verfasst. Auf rosarotem Briefpapier mit dem Bild eines Hundewelpen in der oberen rechten Ecke. Herzchen am Ende des Textes. Der oberste Brief ist an »Mama« gerichtet und offenbar in einem Pfadfinderlager entstanden. Er trägt die Unterschrift »Mona«.

Thomas schaut sich noch weitere Briefe an. In der letzten Zeile ist stets derselbe Name zu lesen.

Er stellt den Schuhkarton zur Seite. Diese Briefe muss er sich später in Ruhe ansehen. Oder jemanden damit beauftragen.

Er greift tiefer in den Umzugskarton. Findet ein altes Fotoalbum, das ebenfalls aus der Zeit zu stammen scheint, als Moniqa noch Mona hieß und ein kleines Mädchen war, mit einer Familie, die den Sommer im Ferienhaus verbrachte, mit Ehrenbogen über der Eingangstür einer großen Patriziervilla kupferne Hochzeit feierte und sich im Spaßbad auf den Wasserrutschen vergnügte.

Die Fotos im Album haben keine Bildunterschriften, aus denen sich ergibt, wer darauf zu sehen ist oder wann die Aufnahmen gemacht wurden, doch das wird Christian Larsen sicher aufklären können, falls es notwendig sein sollte.

Noch etwas tiefer im Umzugskarton findet Thomas eine alte Geldkassette aus Metall. Er dreht und wendet sie, wobei das Gummi seiner Handschuhe an der glatten Oberfläche kleben bleibt. Die Kassette ist rot und voller Kratzer. Sie sieht aus wie eine Geldkassette, die man einem Kind gibt, damit es kleine Münzen und heimliche Liebesbriefe vor den neugierigen Augen und Händen seiner Geschwister verstecken kann. Thomas zieht an dem Henkel mitten auf dem Deckel, und die Geldkassette öffnet sich. Sie ist nicht abgeschlossen.

Zuoberst in dem kleinen Metallkasten liegt eine Audiokassette. Neunzig Minuten lang. Thomas nimmt sie heraus. Er kann sich nicht daran erinnern, wann er zuletzt eine Audiokassette in der Hand hatte. Sie ist nicht beschriftet.

Er wird ins Präsidium zurückfahren und nachsehen müssen, ob es dort irgendwo einen alten Kassettenrekorder gibt.

Unter der Audiokassette liegt ein brauner Briefumschlag mit Fotos. Thomas lässt die Bilder in seine Handfläche fallen.

Das oberste zeigt eine Gruppe von Leuten, die in einem Innenhof um einen langen Tisch sitzen. Thomas zählt insgesamt sechs Personen. Junge und alte. Das Motiv ist unscharf. Die Gesichter sind kaum zu erkennen.

Auf dem Tisch stehen Lebensmittel. Brot. Aufschnitt. Obst. Ein gemeinsames Essen. Thomas fällt auf, dass weder Bier- noch Weinflaschen zu sehen sind. Die großen Glaskannen auf dem Tisch scheinen mit Wasser gefüllt zu sein.

Alle am Tisch tragen sommerliche Kleidung. Shorts. Sommerkleider. Der Kamera am nächsten sitzt eine junge Frau um die zwanzig mit langem dunklem Haar. Neben ihr ist ein langhaariger Mann mit Dreitagebart zu sehen, der sein Hemd offen trägt.

Thomas sieht sich das Foto genau an, um möglicherweise Moniqa Larsen darauf zu erkennen, doch er findet sie nicht. *Vielleicht hat Moniqa das Foto ja selbst geschossen? Oder sie ist eine der Personen, die der Kamera den Rücken zugewandt haben.*

Es gibt noch mehr Bilder von dem Essen. Nahaufnahmen von Leuten, die sich umarmen, lächeln und in die Kamera winken. Thomas untersucht den Hintergrund der Fotos, um eventuell einen Hinweis darauf zu finden, wo genau sie aufgenommen wurden. Es scheint sich um eine große Villa zu handeln. Rote Backsteinmauern. Weiße Fenster. Erdgeschoss, erste Etage und Souterrain. Rote Dachziegel.

Er schaut den Stapel weiter durch. Sieht leuchtend gelbe Rapsfelder im Hintergrund eines Bildes. Vielleicht ist es doch keine Villa, sondern ein Bauernhof. Er sucht noch einmal eins der ersten Fotos heraus. Darauf unterhalten sich zwei Männer vor einer weiß gekalkten Wand, wie er nun erkennt. Das könnte eine Scheune oder ein Stall sein.

Sind das möglicherweise Bilder aus der Kommune? Aber warum hat Moniqa Larsen sie in einer Geldkassette aufbewahrt, statt sie in ein Album zu kleben? Um sicher zu sein, dass sie nicht verloren gehen? Oder weil sie sie vor jemandem verstecken wollte? Vor sich selbst vielleicht?

Thomas ist bei dem letzten Bild im Stapel angelangt. Einem Bild, das ihn jäh aus der sommerlichen Stimmung herausreißt. Keine Spur mehr von der hochstehenden Sonne und dem gemütlichen Beisammensein. Das Foto ist dunkel. Körnig. Und er muss es lange betrachten, bis er erkennt, was darauf abgebildet ist. Es scheint mit Blitz in einem vollkommen dunklen Raum aufgenommen worden zu sein.

Ein Rollstuhl. Ein leerer Rollstuhl, der mit der Rückenlehne zur Kamera steht.

Was, zum Teufel, hat das zu bedeuten?

Er dreht das Foto um, sieht nach, ob Monica Larsen vielleicht etwas auf die Rückseite geschrieben hat, doch da steht nichts.

Er überprüft auch die Fotos vom Sommeressen.

Nichts.

Er schnaubt.

Allmählich tun ihm die Knie weh, deshalb legt er die Fotos, den Briefumschlag und die Audiokassette wieder zurück in den kleinen Metallkasten und nimmt ihn mit hinauf in Moniqa Larsens Wohnung. Steckt den Kopf zu den Technikern ins Schlafzimmer und sagt: »Im Keller steht ein Umzugskarton, den Sie sich bitte mal ansehen müssen. Er steht hinter den Altkleidersäcken.«

»Und was ist mit dem Kästchen, das Sie da haben?«

»Da sind ein paar Bilder drin. Ich will sie mir kurz hier oben bei richtigem Licht ansehen, ehe ich sie aus der Hand gebe.«

Er dreht sich um, bevor der Techniker protestieren kann, und geht mit der Geldkassette ins Wohnzimmer. Sieht sich in dem grellen Licht der Technikerlampe die Fotos noch einmal an. Lässt den Blick über die unscharfen Gesichter und Rücken auf dem ersten Bild gleiten. Verweilt bei der jungen

Frau mit dem langen dunklen Haar. Der Frau ganz vorn im Bild.

Er kneift die Augen zusammen.

Meint, ihr Gesicht wiederzuerkennen.

Er blättert die restlichen Fotos durch, um dieselbe Frau vielleicht noch einmal aus einer anderen Perspektive zu sehen. Findet sie schließlich auf einem Bild im Gespräch mit einem älteren Mann.

Jetzt ist er sich sicher.

Die Frau hat vor weniger als einer Stunde vor ihm gestanden. Mittlerweile ist ihr Haar jedoch nicht mehr lang und dunkel, sondern ganz kurz und blond gefärbt.

»Gry Jensen«, murmelt er.

Mit der freien Hand greift er nach seinem Handy.

»Møller?«, sagt er, als sein Anruf entgegengenommen wird. »Ich komme vorbei und hole dich ab. Wir müssen noch mal zurück in die Colbjørnsensgade.«

8

04:30 Uhr

Martin Dahl schlägt die Augen auf, sieht jedoch nichts als Dunkelheit. Er spürt, wie Panik in ihm aufsteigt. Sein Herz schlägt kräftig und schnell, seine Gliedmaßen sind schwer, und ihm ist leicht wirr im Kopf, so als wäre er gerannt. Er ringt nach Atem, setzt sich ruckartig auf und fährt mit den Händen durch die Luft.

Stößt nirgendwo an. Nicht an den Wänden. Nicht an der Decke.

Sein Puls beruhigt sich.

Die Atmung.

Langsame, tiefe Atemzüge.

Hier ist genug Platz. Um ihn herum ist Luft.

»Ich bin nicht im Keller«, flüstert er vor sich hin. »Ich bin nicht im Keller.«

Er reibt sich die Augen. Sieht sich um. Die Nacht ist hell. Die Dunkelheit war reine Einbildung. Er kann das Fenster und die angelehnte Tür zum Flur sehen. Und auch die Umzugskartons an der Wand. Den alten Sessel, der in der Zimmerecke steht. Den kleinen Fernseher auf einem der Umzugskartons, den er ein Stück von der Wand abgerückt hat. Die Stehlampe neben der Matratze, auf der er schläft.

Er sieht alles in verschiedenen Grau- und Dunkelblautönen.

Seine Finger tasten nach dem Stromkabel der Lampe und fahren daran entlang, bis sie den Schalter finden. Er knipst das Licht an und blinzelt.

Sein Hals ist ganz trocken, und er muss husten, sodass es von den Wänden widerhallt.

Er löscht das Licht wieder.

Seufzt.

Es ist noch viel zu früh, um aufzustehen, doch durch seine Adern schießt das Adrenalin, und er kann jetzt unmöglich noch mal zur Ruhe kommen.

Er steht auf. Ist ein bisschen unsicher auf den Beinen. Die Hitze im Zimmer lastet auf ihm, und er wankt hinüber zum Fenster, um es zu öffnen. Die Luft draußen ist nur unwesentlich kühler. Er bleibt einen Moment dort stehen und lässt die Hände auf der Fensterbank ruhen, mit Schweißperlen auf der Stirn. Dann geht er in die Küche, öffnet einen Schrank und holt ein Glas Nescafé heraus. Gibt etwas von dem Instantpulver in eine Tasse und dreht den Warmwasserhahn auf. Er lässt das Wasser eine Weile laufen, bevor er die Tasse unter den Strahl hält. Als sie voll ist, öffnet er den Kühlschrank auf der Suche nach Milch, doch er findet nur ein Päckchen Vollkornbrot, eine Leberwurst und eine halbe Gurke. Er schließt den Kühlschrank wieder und geht zurück ins Schlafzimmer. Auf dem Weg dorthin kommt er an der geschlossenen Tür zum zweiten Zimmer der Wohnung vorbei, das im Moment noch leer steht. Ursprünglich war es wohl als Wohnzimmer gedacht, aber Martin möchte dort ein Zimmer für die Mädchen einrichten. Ein Zimmer für Maria und Sofia. Er muss nur zuerst ein paar Möbel kaufen. Betten, in denen sie schlafen können. Einen Schreibtisch, an dem sie ihre Hausaufgaben machen können. Vielleicht auch ein paar neue Spielsachen, die für sie bereitstehen, wenn sie das erste Mal hier übernachten. Poster für die Wände, mit Bildern von dieser Boygroup, nach der die beiden so verrückt sind. Martin hat vergessen, wie die Band heißt. Aber das ist im Grunde auch völlig egal. Solange die Mädchen nicht bei ihm sind, braucht er solche Details nicht unbedingt im Kopf zu haben. Bisher waren sie immer nur für ein paar Stunden bei ihm zu Besuch.

Er schaltet den Fernseher ein und wählt ein Programm, auf dem irgendeine Seifenoper läuft. Muss zuerst ein Buch vom Sessel nehmen, bevor er sich dort hinsetzen kann. Marias Mathematikbuch. Er hat es dort hingelegt, damit er auf jeden Fall daran denkt, es ihr vorbeizubringen, bevor er ins Polizeipräsidium fährt. Sie braucht es ja heute. Wäre sonst sicher aufgeschmissen.

Auf dem Bildschirm ziehen idealisierte Bilder schöner Menschen an ihm vorbei, während der lauwarme Kaffee in der Tasse allmählich kalt wird. Martin dreht die Lautstärke hoch. Nicht, um die Worte besser zu hören, die den vollen Frauenlippen entweichen oder von schwarz gekleideten Bösewichten und willensstarken Helden zwischen den Zähnen hervorgepresst werden, sondern um seine eigenen Gedanken zu übertönen. Stille lässt ihnen den Raum, sich zu formen. Lärm dagegen zersprengt sie und fegt ihre Überreste zum Teufel.

Ich will nicht an sie denken, sagt er sich unaufhörlich. *Ich will nicht an sie denken.*

Er stellt den Ton noch lauter. Starrt auf den Bildschirm und versucht, nicht zu blinzeln. Jedes Mal, wenn er die Augen schließt, taucht sie wieder auf. Emma.

Ich will nicht an sie denken. Ich will nicht an sie denken. Ich will nicht …

9

05:00 Uhr

Rikke Møller kommt auf den Polititorvet, als der Dienstwagen gerade über das Pflaster des schmalen Parkplatzes vor dem Präsidium holpert. Sie nimmt auf dem Beifahrersitz Platz, und Thomas wirft ihr sein Handy zu.

»Sieh dir die mal an«, sagt er.

Rikke Møller blickt auf das Handy. Die Sperre ist bereits aufgehoben. Ein Foto leuchtet auf dem Display auf. Ein Foto von einem Foto.

»Ist das Gry Jensen auf dem Bild hier?«, fragt sie.

Thomas nickt und fährt vom Parkplatz hinunter. »Und da sind noch mehr Bilder. Blätter mal weiter. Ich habe sie in einem Karton in Moniqa Larsens Keller gefunden. Die Originale liegen noch im Haus.«

»Du hast Fotos von den Fotos gemacht?«

»Ja. Bevor ich sie den Technikern überlassen habe.«

»Dann existiert diese Kommune also?«, sagt Rikke Møller. »Und Gry Jensen gehörte dazu?«

»Sieht so aus. Bei den Fotos lag auch eine Audiokassette.«

»Eine Audiokassette? Hast du die auch bei den Technikern gelassen?«

»Nein, sie liegt in einer Tüte im Handschuhfach. Ich will

sie mir anhören, sobald wir in der Abteilung einen Kassettenrekorder aufgetrieben haben.«

Rikke Møller schaut sich die übrigen Bilder auf dem Handy an.

»Aber Moniqa Larsen ist auf keinem Foto zu sehen, oder?«

»Nein. Möglicherweise hatte sie die Kamera in der Hand.«

»Oder sie hat die Bilder von Gry bekommen. Oder ihr weggenommen, als sie bei ihr gewohnt hat.«

»Das wäre durchaus auch möglich. Schau dir mal das letzte Foto an.«

Aus dem Augenwinkel sieht Thomas, wie das dunkle, körnige Bild von dem Rollstuhl auf dem Display erscheint. Seine Hand muss ein wenig gezittert haben, als er das ohnehin schon undeutliche Foto abfotografiert hat, denn nun ist es nahezu unmöglich, das Motiv zu erkennen.

»Ist das … ein Rollstuhl?«, fragt Rikke Møller.

»Ja. Das Foto lag zusammen mit den anderen Fotos in dem Karton, aber ich habe keine Ahnung, warum. Von einem gemütlichen Sommeressen in der Kommune hat das ja nun nichts.«

Einen Augenblick ist es still, während Rikke Møller sich das Bild ganz genau ansieht. Dann reicht sie Thomas das Handy zurück und lässt durch ihr Fenster frische Luft ins Auto. Thomas schielt zu ihr hinüber und folgt ihrem Beispiel. Er blickt hinaus auf die Bernstorffsgade. Sieht die hohe Betonmauer, die mit dichtem, grünem Blattwerk überwuchert ist. Jenseits der Mauer befindet sich der Tivoli. Der Goldene Turm erhebt sich gen Himmel, und die zackigen Felsformationen der alten Achterbahn ragen hinter der Mauer auf. Thomas kann gerade noch daran denken, dass die Achterbahn doch demnächst renoviert werden soll. Dass die zackigen Felsen zusätzlich einen großen Berggipfel bekommen sollen, mit Schnee und allem Drum und Dran. Nächstes Jahr. Dann verschwindet die Mauer aus seinem Blickfeld. Ein Fachwerkhaus, das orangefarben in der Nacht leuchtet. Vorbei. Die weiße Fassade des Hotels Nimb. Vorbei. Das Restaurant Hercegovina. Das Tanzlokal Den Røde Pimpernel. Das älteste der Stadt, soweit Thomas weiß. Eine Spielhalle. Das Hard Rock Café. Grüppchen von Menschen, die an der Straßenecke vor dem Café stehen und sich unterhalten und rauchen. Vorbei, vorbei, vorbei, vorbei.

Thomas biegt links ab. Muss vor ein paar herausgeputzten jungen Mädchen halten, die auf dem Weg zum SAS-Hotel die Straße überqueren. Er fährt an der Rückseite des Hauptbahnhofs entlang und biegt in die Istedgade. Vorbei an einem 7-Eleven, dessen Fassade hinter dicht wachsendem wildem Wein fast verschwindet. Vorbei an Restaurants, die bereits geschlossen haben, und billigen Hotels auf beiden Straßenseiten. In der Straße wimmelt es von Menschen, die von Kneipe zu Kneipe ziehen.

Thomas lässt all die Eindrücke mit dem Fahrtwind durch den Wagen wehen und in der Nacht verschwinden.

Meint, ein schwaches Säuseln oder Surren zu hören. Wie von Autoreifen auf dem Asphalt.

Nein. Das Geräusch kommt nicht vom Auto. Es kommt von draußen irgendwo. Aus weiter Ferne.

Er biegt nach links in die Colbjørnsensgade, und das Geräusch wird lauter. Thomas sieht Menschen, die ihre Köpfe aus den offenen Fenstern des Hotels Saga gegenüber von Gry Jensens Haus stecken.

»Was, zur Hölle, ist da los?«, entfährt es ihm.

Sie rollen langsam näher. Parken vor der Hausnummer 15 und steigen aus. Sehen an dem Gebäude hinauf. Das Geräusch ist jetzt laut. Ein Weißes Rauschen, das in der schmalen Straße von den Hauswänden widerhallt. Es scheint aus Gry Jensens geschlossenen Fenstern im zweiten Stock zu dringen.

Thomas klingelt. Umsonst. Die Türklingel geht in dem Lärm in der Wohnung garantiert unter. Einem so durchdringenden Lärm, dass nicht einmal die Fenster ihn zurückhalten können.

Thomas versucht es bei ihrem Nachbarn.

»Polizei Kopenhagen«, brummt er, als in der Wohnung der Hörer abgehoben wird.

»Das wird auch, verdammt noch mal, Zeit«, ertönt es aus der Gegensprechanlage. »Wir trommeln jetzt schon seit einer halben Stunde gegen ihre Tür, aber sie macht den Krach einfach nicht aus.«

Die Haustür öffnet sich, und Thomas taumelt hinein. Rikke Møller folgt ihm auf den Fersen bis hinauf in den zweiten Stock.

Ein kräftig gebauter Mann in Unterhemd und Trainingshose steht zusammen mit einer älteren Dame im Morgenmantel vor Gry Jensens Wohnungstür.

Thomas klopft an. Kräftig.

Niemand antwortet.

»Das können Sie vergessen«, ruft der Mann mit verschränkten Armen. »Wir versuchen jetzt schon seit über einer halben Stunden zu ihr durchzudringen. Meine Kinder sind wach geworden und haben geschrien, weil sie dachten, das Haus stürzt ein. Und für einen Moment habe ich das selbst gedacht.«

Der Lärm ist so gewaltig, dass Thomas ihn körperlich spüren kann. Er muss an die eingeschaltete Stereoanlage bei Moniqa Larsen denken. An den blutfreien Fleck auf dem Tisch. An die Audiokassette.

Er versucht, die Türklinke hinunterzudrücken, doch sie lässt sich nicht bewegen.

»Sie hat den Türgriff blockiert«, brüllt er über seine Schulter. Wendet sich wieder der Tür zu.

»Gry?«, ruft er. »Gry, hier ist die Polizei. Machen Sie auf!«

Sie warten schweigend.

»Gry!«, setzt er noch einmal an. »Hier ist Thomas Nyland von der Polizei Kopenhagen. Öffnen Sie die Tür, damit ich hereinkommen kann.«

Keine Reaktion.

»Wir gehen rein«, sagt Thomas, und Rikke Møller macht zwei Schritte rückwärts. Sie winkelt das Bein an und versetzt der Tür unmittelbar über dem Schloss einen Tritt. Das Holz um das Schloss herum zersplittert, doch die Tür ist immer noch geschlossen. Rikke Møller tritt ein weiteres Mal dagegen. Ein Krachen, und die Tür fliegt auf. Ein Stuhl, den Gry Jensen unter die Türklinke geklemmt haben muss, stürzt nach hinten, fällt mit einem Knall auf den Boden und rutscht halb in die Küche.

»Sie beide bleiben hier!«, ruft Thomas den Nachbarn zu.

Im nächsten Augenblick sind er und Rikke Møller in der Wohnung. Das Weiße Rauschen dröhnt durch die Zimmer.

Thomas hört Metall gegen Metall hämmern. Wie Töpfe, die in einem wahnsinnigen Tempo kräftig gegeneinandergeschlagen werden. In dieses grelle metallische Geräusch mischt sich der Klang von Schellen und Glocken, und darunter liegt ein konstantes Rauschen. Wie das Geräusch einer Turbine.

»Gry?«, brüllt Thomas.

Sie gehen ins Wohnzimmer. Das Licht ist aus. Nur der schwache orangefarbene Schein der Straßenlaternen vor dem Haus fällt durch die Fenster. Das Weiße Rauschen drückt Thomas gegen das Trommelfell. Drückt ihm auf den Brustkorb. Macht es ihm unmöglich, klar zu denken.

Seine Hände vibrieren. Sein Kopf vibriert. Thomas sieht sich um. Sieht oben an der einen Wand das Display der Stereoanlage leuchten. Sie steht auf einem alten Bierkasten, wie es aussieht. Mit zwei schnellen Schritten ist er da und schaltet den Lärm aus, der aus einem iPod zu kommen scheint.

Die plötzliche Stille hinterlässt ein lautes Fiepen in seinen Ohren, und als es nachlässt, hört er im Treppenhaus und auf der Straße Leute klatschen und johlen.

»Gry?«, sagt Thomas.

Immer noch keine Antwort.

Draußen ebbt der Jubel langsam wieder ab.

Erst jetzt bemerkt Thomas einen säuerlichen Geruch. Den Geruch von Erbrochenem. Nein, es ist nicht nur das. Es ist auch der Geruch von Angst. Thomas erkennt ihn, auch wenn er von dem aufdringlicheren Gestank des Erbrochenen überlagert wird. Er weiß, dass Angstschweiß eine ganz eigene Note hat – er riecht ganz anders als harte Arbeit, Krankheit oder Erschöpfung.

Thomas geht weiter in das leere Wohnzimmer hinein. Zum Esstisch mitten im Raum, wo er stehen bleibt und auf die Tischplatte starrt.

»Entschuldigung«, murmelt er.

»Was?«

Thomas wirft Rikke Møller einen Blick über die Schulter zu.

»Sie hat einen Zettel hinterlassen. ›Entschuldigung‹ steht darauf.«

»Was hat das zu bedeuten?«

»Weiß ich nicht.«

Thomas atmet durch den Mund, um den Angstgeruch von sich fernzuhalten. Der ist nämlich schlimmer als der Geruch von Moniqa Larsens sieben Tage alter Leiche. Geht ihm viel tiefer unter die Haut. Thomas verlässt das Wohnzimmer wieder und bleibt einen Moment im Flur stehen. Schaut in die Küche. Einen langen, schmalen Raum mit einem kleinen Fenster an der Stirnseite. Die Pendellampe über dem Küchentisch leuchtet. Die Tür zur Hintertreppe ist angelehnt.

»Møller«, sagt Thomas und geht auf die Tür zu. Öffnet sie vorsichtig und späht die Hintertreppe hinunter.

Dort ist es dunkel. Dreckig. Staub und Schmutz kitzeln ihn in der Nase.

Er hört Rikke Møllers schlurfende Schritte auf dem Dielenboden. Zuerst im Wohnzimmer, dann im Flur und schließlich in der Küche direkt hinter ihm.

»Sie ist abgehauen«, sagt er, als die Schritte ganz nah herangekommen sind. »Gib eine Suchmeldung raus. Und besorg uns ein paar Hundestreifen.«

»Wird gemacht«, sagt Rikke Møller. Sie dreht sich um und geht mit dem Handy am Ohr zurück in den Flur.

Thomas folgt ihr, und als er dort steht, wird sein Blick von der offenen Schlafzimmertür angezogen. Zögernd tritt er näher. Das Zimmer ist mit schweren Möbeln eingerichtet. Die dicken Vorhänge vor dem Fenster sind zugezogen. An einer Wand steht ein Mahagonikleiderschrank. Die eine Schranktür ist geöffnet, und dahinter hängen dicht an dicht Kleider und Hosen auf Kleiderbügeln. Auf dem Doppelbett liegt eine fein geblümte Tagesdecke, die zur Seite geschlagen ist; die Bettdecke ist zu Boden gefallen. Neben dem Bett steht ein dunkler Nachttisch, auf dem mehrere Fotos im Halbkreis aufgestellt sind. Bilder eines kleinen, dunkelhaarigen Mädchens. Es scheint zwischen drei und fünf Jahre alt gewesen zu sein, als die Fotos aufgenommen wurden, und die Kleine ist entweder allein oder zusammen mit Gry Jensen darauf zu sehen. Neben den Fotos sitzt ein kleiner Teddybär mit einer Schleife im Pelz, und vor diesem Arrangement stehen fünf kleine Teelichthalter aus Glas mit jeweils einem brennenden Teelicht darin. Die Flammen leuchten ruhig in der Dunkelheit.

Ein Gedenkaltar.

Thomas geht näher heran. Die obere Schublade des Nachttischs steht offen, ein Stück Papier ist zur Hälfte herausgezogen. Darauf sind Striche gezeichnet. Kritzeleien. Lange, geschnörkelte Linien in einem, wie es scheint, willkürlichen Muster. Sie sind mit Bleistift gezeichnet.

»Møller?«, ruft Thomas noch einmal.

Er hört seine Kollegin draußen im Flur telefonieren. Kurz darauf erscheint sie in der Tür.

»Was ist los?«, fragt sie. Das Handy noch immer am Ohr.

»Sieh mal hier«, sagt Thomas, ohne den Blick von der Schublade abzuwenden.

Vorsichtig schiebt er das Blatt Papier mit dem Zeigefinger zur Seite. Nur ein paar Zentimeter, damit Rikke Møller sehen kann, was darunterliegt.

Noch mehr Zeichnungen. Lauter zerknitterte A4-Seiten, auf die mit Bleistift, Kugelschreiber oder Filzstift in verschiedenen Farben und unterschiedlicher Dicke Striche gezeichnet sind. Einige davon sind mit Blut befleckt.

»Wir müssen ein Technikerteam herrufen«, sagt Thomas. »Und nimm eins von den Fotos hier, und lass es an die Streifen rausschicken. Ein Foto von Gry.«

10

05:40 Uhr

»Sie sagen also, Sie haben eine halbe Stunde vor der Tür gestanden und angeklopft?«

Thomas steht bei Gry Jensens Nachbarn in der Küche. Der Raum ist genauso schmal und lang wie in der Wohnung nebenan. Die offenen Schränke sind mit bunten Dosen, Einmachgläsern und wieder verschließbaren Plastiktüten vollgestopft. Auf der kleinen Arbeitsfläche zwischen Spüle und Fenster ist ein ganzer Maschinenpark großer, alter Küchengeräte aufgereiht.

»Mindestens«, brummt der kräftige Mann im Unterhemd. Er gibt Wasser in eine alte Kaffeemaschine und holt Filter und Kaffeepulver aus einem Schrank.

»Wollen Sie auch eine Tasse?«, fragt er. »Sie sehen aus, als könnten Sie eine gebrauchen.«

»Gebrauchen?«

»Ja. Sie sehen beschissen aus, mein Freund.«

Abgesehen von Ida Rasmussens unverblümtem Kommentar zu seiner unfreiwilligen Fähigkeit, kleinen Kindern einen Schrecken einzujagen, ist dies das erste Mal seit Monaten, dass es jemand wagt, etwas annähernd Negatives über sein Äußeres zu sagen, fällt Thomas auf. Nur die wenigsten sprechen ihn auf seine Narben direkt an, und dann auch nur, um zu betonen, dass sie doch eigentlich gar nicht so schlimm aussehen. Mit der Brille ist es genauso. Die Kommentare im Präsidium beschränkten sich größtenteils auf die neutrale Feststellung: »Neue Brille?«

»Für mich keinen Kaffee«, sagt Thomas. »Und ich würde es schätzen, wenn Sie die Maschine stehen lassen, bis wir uns fertig unterhalten haben. Das hier ist wichtig. Sie müssen Ihren Kaffee hinterher trinken.«

Der Nachbar sieht ihn an. Zuerst mit einem Ausdruck, als hätte Thomas ihm gerade erzählt, die Erde sei eine Scheibe, doch dann schüttelt er nur resigniert den Kopf, nimmt die Hände von der Kaffeemaschine und hält sie hoch, als wollte man ihn verhaften.

»Ist ja schon gut«, murmelt er. »Ich wollte nur höflich sein.«

Thomas überhört den Kommentar.

»Und Gry hat nicht die Tür aufgemacht?«, fährt er stattdessen fort. »Nicht ein einziges Mal?«

»Nein.«

»Hat sie überhaupt irgendeine Reaktion gezeigt?«

Der Mann verschränkt die Arme vor der Brust.

»Ich verstehe die Frage nicht«, sagt er.

Thomas seufzt. »Hat sie etwas zu Ihnen gesagt? Haben Sie sie in der Wohnung irgendetwas sagen hören?«

Aus einem angrenzenden Zimmer ertönen Kinderstimmen und die einer Frau, die die Kleinen zu beruhigen versucht. Sicher die Ehefrau des Nachbarn, die ihre Kinder nach all der Aufregung wieder zum Schlafen bringen will.

»Sie hat geschrien wie eine Wahnsinnige. Und dann hat sie diesen Krach noch lauter gestellt.«

»Was hat sie geschrien?«
»Lauter Sachen.«
»Was für Sachen?«
»Na … Sachen eben.«
»Geben Sie mir ein Beispiel.«
»Einmal hat sie gerufen: ›Er ist hinter mir her.‹«
Thomas zögert. »Er ist hinter mir her?«
»Genau das hat sie gesagt. Sie wollten wissen, ob sie etwas gesagt hat, und ich sage Ihnen, das hat sie gesagt.«
»Wer war hinter ihr her?«
»Keine Ahnung. Sie hat einen Namen gerufen, glaube ich. Samantha.«
»Samantha? Sagt Ihnen dieser Name etwas?«
»Nee. Die einzige Samantha, die mir einfällt, ist Samantha Fox. Und ich kann mir nicht vorstellen, dass das Bleichgesicht die gemeint hat.«
»Wie sicher sind Sie sich, dass sie ›Samantha‹ gerufen hat?«
»Was soll ich Ihnen denn jetzt darauf antworten? 72 Prozent? Oder 54? Okay, ich bin mir also zu 54 Prozent sicher, dass sie diesen Namen gerufen hat.«
Thomas hört Schritte im Flur. Schnelle, schwere Schritte. Der Nachbar schaut an ihm vorbei. Thomas dreht sich um und folgt seinem Blick. Eine Frau steht in der Tür. Genauso kräftig wie der Mann, mit Falten, sonnengebräunter Haut und dichten Locken, die ihren Kopf wie eine Löwenmähne umgeben.
»Könnt ihr jetzt, verdammt noch mal, die Klappe halten hier?«, zischt sie. »Bei dem Krach können die Jungs nicht schlafen. Oder willst du vielleicht versuchen, sie zum Schlafen zu bringen? Na, Dan? Willst du das?«

Der Nachbar sieht Thomas an und zuckt mit den Schultern. Thomas weiß nicht genau, wie er diese Geste verstehen soll. Ob der kräftige Mann ihm die Schuld daran gibt, dass die Kinder nicht schlafen können, oder ob er damit sagen will: »Da sehen Sie mal, was ich mir hier anhören muss. Und zwar von meiner eigenen Frau.«

»Wir sind gleich fertig«, sagt Thomas und kehrt ihr den Rücken zu. Hofft, dass sie sich mit dieser Ansage zufriedengibt.

»Und Sie sind jetzt seit zwei Jahren Nachbarn?«, fragt er den Mann im Unterhemd dann, während die Frau wieder zurück ins Kinderzimmer stampft.

»Ja. Am Anfang hat sie noch mit einer anderen Frau da gewohnt. Ihrer Mutter, glaube ich. Oder vielleicht auch ihrer Freundin.«

Er schnaubt.

»Wir haben in der Wohnung ein paar Fotos von einem kleinen Mädchen gefunden«, sagt Thomas. »Einem dunkelhaarigen, etwa fünfjährigen Mädchen. Wissen Sie, wer das ist?«

Der Nachbar zuckt wieder mit den Schultern.

»War das ein Ja oder ein Nein?«, fragt Thomas.

»Das war ein ›Ich weiß einen Scheißdreck, solange ich meinen Kaffee nicht bekommen habe‹.«

»Also ein Nein. Sie wissen nicht, wer das Mädchen ist? Sie wissen nicht, ob die Kleine vielleicht Samantha hieß?«

Der Nachbar sagt nichts.

»Was ist mit Ihrer Frau? Weiß die vielleicht, wer das Mädchen sein könnte?«

»Sie können sie ja gerne fragen. Viel Glück. Ich versuche jetzt schon seit fünf Jahren, mal eine vernünftige Antwort aus der Alten rauszukriegen. Der Arsch wird immer größer und das Hirn immer kleiner. So läuft das eben.«

»Kann ich das so verstehen, dass keiner von Ihnen Gry besonders gut kennt?«

»Das können Sie so verstehen, dass Gry verdammt komisch ist. Wenn wir mal gleichzeitig zur Tür rauskommen, verzieht sie sich immer sofort wieder in ihre Wohnung. Und da bleibt sie dann, bis sie sich sicher ist, dass ich verschwunden bin.«

»Benimmt sie sich nur Ihnen gegenüber so, oder gilt das für alle?«

»Das gilt für alle. Fragen Sie mal die anderen im Treppenhaus. Alle reden darüber, wie komisch sie ist.«

»Haben Sie bemerkt, ob sie in letzter Zeit Besuch hatte?«

»Nein.«

»Okay«, murmelt Thomas. »Falls Ihnen noch etwas einfällt …«

Er reicht dem Mann seine Visitenkarte, doch der nimmt sie nicht entgegen. Thomas legt sie auf den Tisch und geht hinaus ins Treppenhaus. Vor der offenen Tür zu Gry Jensens Wohnung steht ein uniformierter Beamter vom City-Revier. Die Techniker sind noch nicht da, sodass in der Wohnung alles ruhig ist. Thomas nickt dem Beamten zu, bevor er die Treppe hinuntergeht. Als er den untersten Treppenabsatz erreicht, kommt Rikke Møller durch die Haustür herein.

»Ich wollte gerade zu dir nach oben«, sagt sie.

»Ist was passiert?«

»Da draußen ist ein Mann, mit dem du dich mal unterhalten solltest. Er sagt, er sei Gry Jensens Vater.«

11

06:05 Uhr

Martin Dahl schaut auf seine Handyuhr. Es kommt ihm so vor, als hätte er gerade erst den Fernseher eingeschaltet und sich mit dem kalten Kaffee in den Sessel gesetzt, doch das ist jetzt schon fast zwei Stunden her. Manchmal verliert er vollkommen jedes Zeitgefühl.

Er steht auf, geht in den Flur und zieht sich die Jacke über. Eigentlich ist es zu warm dafür, selbst so früh am Morgen, doch die Wohnung ohne Jacke zu verlassen ist für ihn unvorstellbar. Die Windjacke ist neu, sieht aber ganz genauso aus wie die alte, die im November dran glauben musste. Der gleiche beige Farbton. Der gleiche glatte Stoff. Er zieht sie jeden Tag an, damit seine Kollegen den Eindruck bekommen, er wäre ganz der Alte. Die Jacke, die früher für seine Gleichgültigkeit in Kleidungsfragen stand, ist nun zu einer sorgfältig gewählten Uniform geworden. Zu einem Symbol dafür, dass er sich nicht verändert hat.

Bisher ist es ihm gelungen, den Kollegen, der Familie und auch sich selbst mit dieser Verkleidung etwas vorzugaukeln. Seine Familie war kein Problem, denn die hat er in den vergangenen Monaten kaum gesehen, doch bei seinen Kollegen, denen er jeden Tag begegnet, muss er sich mehr ins Zeug legen. Tag für Tag fährt er zur Arbeit, erfüllt seine Aufgaben und spricht mit den Kollegen über alles und nichts. Er versucht, genau die Worte und Formulierungen zu verwenden, die er auch vor der Sache mit Emma verwendet hat. Ist undercover als er selbst unterwegs und bemüht sich, nicht aus der Rolle zu fallen.

Als er nach der Sache mit Emma im November wieder nach Hause kam, schien es eine Weile so, als würde sich alles regeln. Als wäre zu Hause plötzlich alles etwas besser. Seine Ehe mit Lene steckte schon seit Langem in der Krise. Nur wenn ihre beiden Töchter wach waren, gingen sie miteinander um, als verbände sie mehr als nur ein Stück Papier, das sie einmal gemeinsam unterzeichnet hatten. Mehr als nur ein Ring am Finger. Wenn es Abend wurde und die Mädchen schliefen, zog Martin sich in sein Bett im Keller zurück, und Lene hatte das Ehebett für sich allein. So war es monatelang gelaufen. Das Einzige, was die Familie zusammenhielt, war die Villa in Valby gewesen. Ein Haus, das sie viel zu teuer gekauft hatten und nun nicht verkaufen konnten, weil sie sich keine höheren Schulden aufhalsen wollten, als sie getrennt abarbeiten konnten.

Die Sache mit Emma gab ihnen erst einmal einen weiteren Grund zusammenzuhalten. Martins Entführung hatte Lene klargemacht, dass sie sehr wohl Angst davor hatte, ihn zu verlieren. Dass noch etwas von ihrer Liebe übrig war, die wieder neu auflebte, als sein Leben in Gefahr war. Martin zog zurück ins eheliche Schlafzimmer. Nach allem, was er durchgemacht hatte, war es unvorstellbar, dass er jemals wieder in einem Keller schlafen könnte. Und Lene genoss es, ihn zurückzubekommen. Vor November war Martin davon überzeugt gewesen, dass Lene eine Affäre hatte. Im Grunde glaubte er immer noch, dass sie fremdgegangen war, aber vielleicht hatte sie nach seinem Verschwinden ja das Verhältnis mit dem Kollegen, mit dem sie herumgevögelt hatte, beendet.

Martin fragte nicht nach, Lene erzählte nichts, und ein paar Wochen lang war alles in Ordnung. Martin war krankgeschrieben und hatte viel Zeit für die Mädchen. Er hatte das Essen fertig, wenn Lene nach Hause kam. Stand im Flur und nahm die Töchter nach Unterrichtsschluss in Empfang.

Doch so blieb es natürlich nicht. Martin fand nachts keine Ruhe. Er bekam ein Schlafmittel verschrieben, wollte es aber nicht nehmen. Hatte Angst davor, einzuschlafen und dann wieder in einem dunklen Kellerraum aufzuwachen. Wenn Lene schlief, lag er stundenlang da und starrte an die Decke, versuchte krampfhaft, die Augen offen zu halten. Bei lauten Geräuschen fuhr er zusammen.

Als in der Villa in Valby wieder eine gewisse Normalität eingekehrt war, beschäftigte er sich gedanklich mehr und mehr mit Emma. Mit dem, was im November mit ihr geschehen war. Und er dachte darüber nach, wo sie sich wohl befand. Wohin sie nach ihrem Verschwinden gebracht worden war. In den ersten Tagen nach seiner Rettung hatte er sich fest vorgenommen, nach ihr zu suchen, während er krankgeschrieben war. Sobald er wieder aufstehen konnte, wollte er mit seinen Ermittlungen beginnen. Doch ihm wurde schnell klar, dass es keinen Sinn hatte. Er war zu schwach. Hatte genug damit zu tun, sein eigenes Leben zusammenzuhalten. Zudem waren keine neuen Spuren aufgetaucht. Es gab nichts, dem man hätte nachgehen können. Es war, als hätte Emma einfach aufgehört zu existieren.

Trotz dieses Mangels an Spuren nagte ununterbrochen das schlechte Gewissen an ihm.

Ich sollte nicht hier sein, sagte er sich. *Ich sollte nach ihr suchen.*

Er konnte nicht lächeln, nicht richtig lachen, denn jedes Mal, wenn er einen Anflug von Freude oder Erleichterung verspürte, hatte er das Gefühl, Emma damit noch mehr im Stich zu lassen.

Wie kann ich hier vor mich hin grinsen, solange sie verschwunden ist? Solange ihr Albtraum weiter andauert?

Martin wurde wieder von derselben Geistesabwesenheit heimgesucht, die Lene ihm bereits vor seiner Entführung vorgeworfen hatte, und dann fingen erneut die Streitereien an. Natürlich erst, wenn die Kinder im Bett waren. Sie stritten sich über dieselben Dinge wie immer. Kleinigkeiten. Darüber, dass Martin aufmerksamer sein sollte. Dass er nicht mitbekam, was um ihn herum geschah.

Die Auseinandersetzungen waren zwar schlimm, doch damit konnte er umgehen. Mittlerweile hatte er schließlich eine gewisse Übung im Streiten. Aber nach ein paar Wochen des gegenseitigen Anbrüllens und Türenknallens machte sich Stille im Haus breit. Dieselbe Stille, die in den Wochen vor Martins Entführung in den Zimmern geherrscht hatte. Er und Lene saßen wieder an entgegengesetzten Enden des Sofas und starrten vor sich hin. Auf den Fernseher, der pausenlos lief, damit die Stille nicht allzu unerträglich wurde.

Und dann geschah auf einmal das Undenkbare. Das Haus fand einen Käufer.

Es hat nie eine Diskussion darüber gegeben, bei wem die Mädchen wohnen würden. Martin wollte nicht, dass sie zu viel Zeit mit ihm verbrachten, solange er weder richtig schlafen noch richtig wach sein konnte, und so zog Lene mit ihnen in eine Wohnung, die sie sich bereits angeschaut hatte. Eine Wohnung in der Nähe der Villa.

Martin zog hierher. Nach Vesterbro.

Auf dem Weg aus der Wohnung lässt er fast das Mathematikbuch liegen. Er hat schon die Tür hinter sich ins Schloss fallen lassen, als es ihm wieder in den Sinn kommt, und er muss noch einmal aufschließen und es holen, bevor er schließlich die Treppe hinuntereilen kann.

Er spürt das Gewicht des abgegriffenen Schulbuchs in der Hand. Gut, dass er daran gedacht hat. Maria wäre sonst heute wirklich aufgeschmissen.

12

06:05 Uhr

»Ist sie da oben? Ist ihr was passiert?«

Der große, dünne Mann hat an der Kühlerhaube des nächststehenden Streifenwagens gelehnt, doch nun stößt er sich ab. Kommt etwas unsicher und auf steifen Beinen auf Thomas und Rikke Møller zu. Alles an ihm hängt herunter. Die Augenlider. Die Mundwinkel. Die Jogginghose und der Kapuzenpulli, die zwei bis drei Nummern zu groß zu sein scheinen. Sein Kinn und seine Wangen sind mit Bartstoppeln übersät. Die Haut hat einen gelblichen Farbton. Seine Wangen sind eingefallen und die Zähne dunkelbraun. Die Augen sehen aus wie mattiertes Glas.

»Und Sie sind?«, brummt Thomas. Er reicht dem Mann die Hand zum Gruß, doch der beachtet sie gar nicht.

»Der Vater«, sagt er und sieht an Thomas vorbei zur Haustür. Mit Falten auf der Stirn, so als würde er damit rechnen, dass jeden Moment etwas ganz Furchtbares aus dem Haus kommt.

Thomas geht ein wenig in die Knie und hält den Kopf schräg, um den trüben Blick des Mannes aufzufangen.

»Ihr Name«, sagt er. »Wie heißen Sie?«

Nun sieht der Mann Thomas an. Sein Blick ist etwas klarer. Nur ein kleines bisschen.

»Nørremark«, sagt er. »Ole Nørremark. Ich bin … Grys Vater.«

»Nørremark? Aber Grys Nachname ist doch Jensen, oder?«

»Nein, sie … so hat sie sich nur genannt … damit sie sie nicht finden. Aber jetzt … jetzt weiß ich nicht genau. Sie hat mich angerufen …«

»Können Sie sich ausweisen?«, unterbricht Thomas ihn.

»Ausweisen?«

»Haben Sie einen Ausweis dabei? Einen Führerschein?«

»Nein, ich … ich bin einfach losgefahren … Sie hat angerufen, und ich habe mich sofort ins Auto gesetzt, nachdem ich mit ihr gesprochen hatte. Ich habe nicht daran gedacht, etwas mitzunehmen. Oder die Hose zu wechseln …«

Sein Blick wandert wieder zur Haustür.

»Da oben ist sie nicht«, sagt Thomas. »Offenbar ist sie durch die Hintertür verschwunden. Sie sagen, Gry hat Sie angerufen?«

»Ja, vor etwas über einer Stunde. Ich bin sofort zum Auto gelaufen. So schnell ich eben konnte, ich meine … ich bin nicht so gut zu Fuß, aber ich …«

»Wo wohnen Sie?«

»Wie bitte?«

»Von wo aus sind Sie losgefahren?«

»Roskilde. Ich wohne in der Nähe von Roskilde.«

»Wann hat Gry Sie angerufen?«

»Das war um kurz nach fünf. Ich habe ihr angehört, dass irgendetwas nicht in Ordnung war.«

Ole Nørremark schwankt. Seine Knie zittern.

»Ist alles okay mit Ihnen?«, fragt Thomas.

Das Zittern erfasst auch die Hände und den Kopf des dürren Mannes.

»Ich …«, bringt er hervor. »Ich muss mich hinsetzen. Ich …«

Die Beine versagen ihm. Thomas fasst ihm unter die Arme und hält ihn fest. Rikke Møller eilt an ihnen vorbei und öffnet die hintere Tür des Streifenwagens, sodass Thomas Ole Nørremark dort hineinbugsieren kann. Langsam lässt er ihn auf den Rücksitz sinken.

Der Mann verbirgt zitternd sein Gesicht in den Händen.

»Møller, holst du ihm mal etwas Wasser?«, bittet Thomas, und mit einem Nicken überquert Rikke Møller die Straße, um hinüber zum Hotel zu gelangen.

»Alles in Ordnung?«, brummt Thomas. Er geht neben dem Auto in die Hocke.

Ole Nørremark atmet tief ein und stößt ein heiseres Röcheln aus.

»Ich …«, sagt er. Hustet. Ein trockener Husten. »Ich bin krank … aber das … das ist jetzt egal, ich muss Ihnen etwas über Gry erzählen. Das ist wichtig … Sie hat mich angerufen, um sich zu verabschieden. Sie werden sie umbringen. Da bin ich mir sicher.«

»Wer sind ›sie‹?«

Ole Nørremark schüttelt den Kopf. »Das weiß ich nicht. Sie wollte nicht … darüber reden.«

»Hat das etwas mit der Kommune zu tun?«

»Kommune? Ja, es ist wohl eine Kommune. Da hat sie gewohnt, nachdem Maja gestorben war. Sie ist dorthin gezogen …«

»Einen Moment«, unterbricht Thomas ihn. »Sie müssen

ganz von vorn anfangen. Ich verstehe nicht, was Sie sagen. Wer ist Maja? Die Kleine auf den Fotos oben in der Wohnung? Das dunkelhaarige Mädchen?«

»Ich habe jetzt keine Zeit, ganz von vorn anzufangen. Ich muss … sie finden.«

»Unsere Spürhunde suchen schon nach ihr. Sie sind darauf spezialisiert, Personen zu finden. Sie wären nur im Weg, wenn Sie hier im Viertel herumlaufen und ebenfalls nach Gry suchen würden. Das Beste, was wir beide im Augenblick tun können, ist, das Ganze durchzusprechen, damit ich verstehen kann, vor wem Gry solche Angst hat. Auch wenn es Ihnen schwerfällt, einfach hier sitzen zu bleiben. Okay?«

Ole Nørremark nickt.

»Also, das Mädchen auf den Fotos oben in der Wohnung … das dunkelhaarige Mädchen …«

»Ja, das ist Maja. Grys Tochter. Sie ist vor vier Jahren gestorben. Ein Herzfehler. Maja hatte ihn von Geburt an, aber davon wussten wir nichts, bis sie … bis sie eines Morgens plötzlich tot in ihrem Bettchen lag. Ganz still und mit roten Wangen und noch ganz warm unter ihrer Decke. Gry und Maja haben damals bei mir gewohnt.«

»Was ist mit Grys Mutter?«

»Sie ist gestorben, als Gry noch ein Kind war. Wir haben nur einander.«

»Gry muss jung gewesen sein, als sie schwanger wurde.«

»Sechzehn. Eine Schulliebe. Es hat nicht lange gehalten.«

»Hat der Vater sich um Maja gekümmert?«

»Nein. Er ist nach Bergen gezogen. Wollte da oben irgendwas studieren.«

»Dann war er also älter als Gry?«

»Drei Jahre älter. Sie ging in die elfte Klasse und er in die dreizehnte. Aber Gry kam gut damit zurecht, dass er nicht Majas Vater sein wollte. Zusammen haben wir das hinbekommen … Bis Maja starb, haben wir alles zusammen gemeistert. Aber nach ihrem Tod hat Gry es in Roskilde nicht mehr ausgehalten. Sie ist hierher nach Kopenhagen gezogen.«

»In diese Wohnung?«

»Nein. In eine Wohnung in Østerbro.«

Er hält inne und starrt mit leerem Blick vor sich hin. Scheint den Faden verloren zu haben.

»Sie hat eine Therapie angefangen«, sagt er dann. »Ist zu einer Trauergruppe hier in Kopenhagen gegangen. Sie haben sich in einer Wohnung gleich bei ihr um die Ecke getroffen.«

»Hat ihr das geholfen?«

»Das dachte ich zumindest. Ich hatte den Eindruck, es würde ihr besser gehen. Aber dann … ganz plötzlich ist sie aus ihrer Wohnung ausgezogen. Sie hat gesagt, auch da könne sie es nicht aushalten. Sie fühle sich an ein dunkles Kapitel in ihrem Leben erinnert. Deshalb ist sie also in diese Kommune gezogen, die Sie vorhin erwähnt haben. Ich weiß nicht besonders viel darüber.«

Er holt eine zerknitterte Packung Zigaretten aus seiner Hosentasche. Klopft mit dem Handballen eine Zigarette heraus und zündet sie sich mit einem Feuerzeug an, das er in die Plastikhülle der Packung gesteckt hat.

»Wissen Sie, wo sich die Kommune befand?«, fragt Thomas.

»Nein.«

»Was ist mit dem Leiter oder der Leiterin der Trauergruppe? Erinnern Sie sich an einen Namen?«

»Ich glaube, die Leiterin hieß Julia. An ihren Nachnamen erinnere ich mich nicht. Aber ich weiß noch, dass sie Psychotherapeutin war. So heißt das doch, oder?«

»Zumindest gibt es etwas, was so heißt. Sie sagten, die Gruppe hat sich in der Nähe von Grys Wohnung getroffen, als sie in Østerbro wohnte. Wissen Sie noch die genaue Adresse?«

»Grys Adresse?«

»Nein. Die der Trauergruppe.«

»Das war im Nøjsomhedsvej. Sie haben sich in der Wohnung der Psychotherapeutin getroffen. Oder vielleicht war es auch ihre Praxis.«

Er presst die Lippen um die Zigarette zusammen und nimmt einen kräftigen Zug. Hält ein paar Sekunden die Luft an, bevor er einen dünnen Streifen weißen Rauchs aus seinem Mund entweichen lässt.

»Sie haben dann also erfahren, dass Gry in die Kommune gezogen war«, sagt Thomas, um ihm auf die Sprünge zu helfen.

»Ja. Gry hat ein paar Wochen nichts mehr von sich hören lassen, und ich bin fast umgekommen vor Angst, dass ihr womöglich etwas zugestoßen war. Aber dann hat sie mich eines Tages plötzlich angerufen und gesagt, ich solle mir keine Sorgen machen, es gehe ihr gut. Nur wo sie war, wollte sie nicht erzählen. Sie brauche ein bisschen Abstand … von allem. Sie wollte sich bei mir melden, wenn sie bereit wäre, wieder mit mir zu reden.«

»Haben Sie versucht herauszufinden, wo sie war?«

»Ja. Ich habe draußen vor der Praxis gewartet, wo die Trauergruppe sich immer traf, und dann habe ich diejenigen, die Gry kannten, gefragt, ob sie wüssten, was aus ihr geworden war. Aber keiner von ihnen wusste, wo sie war. Und keiner wusste etwas über die Kommune.«

»Wann haben Sie danach wieder mit Gry gesprochen?«

»Ich habe ein paarmal mit ihr geredet, während sie in der Kommune wohnte, aber …«

»Ach ja?«

»Davon möchte ich lieber nicht so gern erzählen. Ich weiß, dass Sie das wollen, aber … die Erinnerungen an diese Zeit sind einfach nicht besonders schön. Gry hat sich verändert, während sie dort wohnte. Wenn ich mit ihr sprach, kam mir das Ganze irgendwie so merkwürdig vor.«

»Was genau fanden Sie denn so merkwürdig?«

»Sie schien froh zu sein. Also am Anfang. Aber … das war so eine eigenartige Freude. Manisch. Sie wissen schon …«

»Ich glaube, ich verstehe nicht so ganz.«

»Ich weiß nicht, wie ich es anders erklären soll. Auf einmal war einfach alles so gut. Alle um sie herum seien so nett, hat sie gesagt. Sie fühle sich verstanden. Und plötzlich sei ihr klar geworden, dass sie mit der Trauer ihr Leben vergeudet habe. Dass sie überhaupt nicht zu trauern brauche. Dass es andere Möglichkeiten gebe.«

»Und was für andere Möglichkeiten waren das?«

Thomas' Blick fällt auf Ole Nørremarks Hand. Die Zigarette zwischen seinen Fingern löst sich allmählich in Rauch und Asche auf.

»Das weiß ich nicht. Sie meinte, ich würde das sowieso nicht verstehen. Und nachdem sie dort ein Jahr lang gewohnt hatte, bekam ich plötzlich wieder einen Anruf von ihr. Das Gespräch war ganz anders als die ersten paar Male, die ich mit ihr geredet hatte. Ich konnte hören …«

Er hält inne und sitzt einen Moment vollkommen still da.

»Sie hat geweint«, sagt er dann. Mit leiser, tiefer Stimme. »Zuerst habe ich gar nicht richtig gehört, was sie sagte. Es war sehr undeutlich. Doch dann verstand ich sie. Sie sagte: ›Mir geht es gut.‹ Das waren ihre Worte. ›Mir geht es gut.‹«

Ole Nørremarks Augen werden feucht. Er blinzelt. Richtet sich ein wenig auf und reibt sich die Augen.

»Meinte sie wegen Maja?«, fragt Thomas.

»Ja, sie …«

Er gerät abermals in Stocken. Wendet den Kopf ab, während sich seine Augen wieder mit Tränen füllen.

»Sie hat gesagt, Maja hätte Kontakt zu ihr aufgenommen.«

Der Satz bricht schnell aus ihm hervor. So als wollte er ihn auf jeden Fall noch sagen, bevor sich ihm die Kehle zuschnürt.

»Kontakt zu ihr aufgenommen?«

»Das ist natürlich … natürlich unmöglich, aber genau das hat sie gesagt. Ich weiß nicht, was in dieser Kommune vor sich ging, aber es war auf keinen Fall gut für Gry.«

»Was ist dann passiert?«

»Es vergingen ein paar Tage, an denen ich nichts von ihr hörte. Dann hat sie noch einmal angerufen und sich entschuldigt.«

»Wofür?«

»Für die Dinge, die sie gesagt hatte … über Maja und das alles. Sie meinte, sie sei nicht sie selbst gewesen. Sie habe selbstverständlich nichts von Maja gehört, sondern sei nur traurig gewesen. Sie hat gesagt, das sei ein Teil ihrer Therapie.«

»Therapie?«

»Ja. Ich habe sie gefragt, was für eine Kommune das eigentlich sei, in der sie da wohne. Ob einer ihrer Mitbewohner diese Therapie leite, von der sie da redete, denn dann wolle ich denjenigen gern mal sprechen. Aber da hat sie wieder dichtgemacht und gesagt, ich solle mich nicht einmischen.«

»Was haben Sie daraufhin getan?«

»Ich habe mich ihr gefügt. Etwas anderes habe ich mich nicht getraut. Was, wenn sie wütend auf mich geworden wäre? Was, wenn sie nicht mehr mit mir hätte telefonieren wollen? Wenn ich sie ganz verloren hätte? Danach vergingen wieder ein paar Monate, bis sie erneut von sich hören ließ. Eines Tages klingelte bei mir auf der Arbeit plötzlich das Telefon. Sie stand am Bahnhof in Roskilde und bat mich, sie abzuholen.«

Ein kleines Lächeln erscheint auf seinen Lippen, und er schüttelt ganz leicht den Kopf.

»Ich bin sofort zum Auto gelaufen und in die Stadt gefahren. Habe sie zu Hause abgesetzt und bin anschließend wieder arbeiten gegangen. Ich habe die ganze Zeit befürchtet, dass ich nach der Arbeit ein leeres Haus vorfinden würde. Dass sie, wenn ich Feierabend hatte, schon wieder weitergereist wäre. Oder dass das Ganze vielleicht nur ein Traum gewesen war. Dass sie in Wirklichkeit gar nicht da war.«

»War sie allein, als Sie sie am Bahnhof abholten?«

»Ja. Sie hat einfach an der Haltestelle unten am Hafen gestanden, mit einer Tasche in der Hand, und hat gewartet. Mit einer alten Sporttasche.«

»Was geschah, als Sie von der Arbeit kamen?«

»Sie war noch da. Sie saß auf meinem Sofa und hatte die Hände in den Schoß gelegt. So als hätte sie sich den ganzen Tag nicht von der Stelle gerührt. Wir haben zusammen zu Abend gegessen, und ich habe ihr ihr altes Zimmer in der oberen Etage zurechtgemacht.«

Ole Nørremarks Unterlippe beginnt zu beben.

»Haben Sie über die Kommune gesprochen?«, fragt Thomas.

»Nein. Ich wollte sie nicht verschrecken. Nicht gleich an dem Abend, da ich sie gerade erst wiederbekommen hatte. Ich genoss es einfach, dass sie da war.«

»Und später?«

Er schüttelt den Kopf. »Nein. Nach einer Weile habe ich es natürlich versucht. Ich wollte gern wissen, was mit ihr geschehen war, aber sie wollte nicht darüber reden.«

»Wie lange hat sie bei Ihnen gewohnt?«

»Ein paar Monate. Dann ist sie da oben eingezogen. In die Wohnung.«

Er hebt die Hand mit der Zigarette und deutet auf Grys Fenster. Die Hand zittert.

»Haben Sie sie besucht?«, fragt Thomas.

»Ein paarmal.«

Thomas hebt den Blick, als Rikke Møller mit einer Halbliterflasche stillem Wasser aus dem Hotel zurückkommt. Ole Nørremark nimmt die Flasche entgegen. Er versucht, den Deckel aufzuschrauben, ist jedoch zu schwach. Rikke Møller nimmt ihm die Wasserflasche ab, öffnet sie und hält sie ihm hin. Seine dürren Finger legen sich um die Flasche und führen sie zum Mund. Er trinkt einen kleinen Schluck und muss wieder husten.

»Sind Sie ihrer Mitbewohnerin mal begegnet?«, fragt Thomas, als der Hustenanfall vorbei ist.

»Ein einziges Mal.«

»Wie war sie?«

»Sie war etwas älter als Gry. Die beiden schienen nicht besonders viel miteinander zu tun zu haben.«

Thomas holt sein Handy hervor.

»Grys Mitbewohnerin hieß Moniqa Larsen«, sagt er. »Vor ein paar Stunden haben wir sie tot in ihrer Wohnung gefunden. Wir glauben, dass ihr Tod Grys Reaktion hervorgerufen hat. Und wir nehmen an, dass die beiden zusammen in der Kommune gewohnt haben.«

Er hebt die Sperre seines Handys auf und zeigt Ole Nørremark das erste Bild vom Gemeinschaftsessen. Das Foto mit der langhaarigen Gry. Langsam geht er alle Bilder durch und hält das Handy währenddessen dem dürren Mann hin. Ole Nørremarks Blick trübt sich wieder.

»Erkennen Sie irgendwen auf diesen Bildern?«

Er schüttelt den Kopf.

»Aber Sie glauben, dass Gry vor jemandem aus der Kommune Angst hat?«

»Ja.«

»Was ist mit diesem Foto hier?«

Thomas zeigt ihm den Rollstuhl.

»Was ist das?«

Thomas antwortet nicht. Lässt Ole Nørremark das Bild in Augenschein nehmen und selbst zu der Antwort gelangen.

»Ein Rollstuhl? Was hat der mit Gry zu tun?«, fragt er.

»Das wissen wir noch nicht. Wir hatten gehofft, Sie hätten vielleicht eine Idee.«

»Leider nicht.«

»Was ist mit dem Namen Maiken Hvornum? Oder Lucas Hvornum? Sagen die Ihnen etwas?«

»Auch nicht.«

»Und Samantha? Grys Nachbar meinte, er hätte Gry diesen Namen rufen hören, bevor sie verschwand.«

»Samantha? Nein. Jemanden mit diesem Namen hat sie nie erwähnt.«

»Gry hat da oben einen Zettel hinterlassen. Darauf steht ›Entschuldigung‹. Wissen Sie, warum sie das geschrieben haben könnte?«

»Nein, das … das verstehe ich nicht. Ich weiß nicht, was das bedeuten soll.«

»Okay. Dann gibt es noch etwas, worüber ich gern mit Ihnen reden würde. Als wir vorhin in Grys Wohnung kamen, lief ihre Stereoanlage. Daraus ertönte ein lautes weißes Rauschen, ein bisschen wie ein Radio, das keinen Empfang hat. Sie hatte dieses Rauschen offenbar auf ihrem iPod gespeichert. Können Sie damit etwas anfangen?«

»Nein. Tut mir leid. Ich habe keine Ahnung. Das alles kommt mir völlig wahnsinnig vor.«

»Aber wissen Sie vielleicht, wo Gry sich jetzt befinden könnte? Wo wir sie möglicherweise finden könnten?«

Ole Nørremark schüttelt den Kopf.

»Fällt Ihnen nicht vielleicht irgendein Ort ein, an dem sie sich sicher fühlt?«

»Ich weiß nicht, wo das sein sollte. Bei mir zu Hause vielleicht? Aber das würde sie nicht tun. Sie würde nie etwas unternehmen, was diese Leute zu mir führen könnte.«

»Weil sie Angst hat, sie würden Ihnen etwas antun?«

»Ja.«

»Welchen Grund hat sie, davon auszugehen, dass sie Ihnen etwas antun würden? Oder ihr selbst? Wurde sie jemals von ihnen geschlagen?«

»Das weiß ich nicht. Ich weiß nur, dass sie Angst hatte. Und dass sie versucht hat, mich aus der Sache herauszuhalten. Deshalb würde sie nie Zuflucht bei mir suchen. Ich bin zu schwach, um mich zu wehren.«

Er zieht an der Zigarette.

Thomas kommt aus der Hocke in den Stand. Zieht Rikke Møller ein paar Schritte von dem Streifenwagen weg.

»Kannst du ihn von irgendwem ins Präsidium bringen lassen?«, fragt er. »Er braucht einen Stuhl, und dann muss sich mal irgendjemand etwas gründlicher mit ihm unterhalten. Beyer oder Eriksen. Sie sollen noch mal die Telefonate mit Gry im Einzelnen mit ihm durchgehen. Vielleicht bekommen wir ja doch ein paar Informationen über die Kommune aus ihm heraus.«

»Gebe ich weiter.«

»Gut. Ich will, dass du erst mal hierbleibst und dich um die Streifen kümmerst, die mit den Nachbarn reden. Am frühen Vormittag kannst du dann mit einem deiner neuen Kollegen in den Nøjsomhedsvej fahren.«

»In den Nøjsomhedsvej? Das ist in Østerbro, oder?«

»Genau.«

»Was soll ich da?«

»Mit einer Psychotherapeutin namens Julia Soundso reden. Gry hat eine Gruppentherapie bei ihr gemacht, bevor sie in die Kommune gezogen ist. Vielleicht weiß diese Julia ja mehr darüber.«

»Wenn sie Psychotherapeutin ist, wird sie wohl der Schweigepflicht unterliegen.«

»Versuch trotzdem mal, mit ihr zu reden.«

»Okay. Und du? Was hast du jetzt vor?«

»Ich? Ich werde jetzt etwas machen, was ich garantiert bereuen werde.«

13

07:00 Uhr

»Was ist das?«

Lene starrt auf Martins Hand. Sie hat gerade die Tür geöffnet, und er hält ihr das Mathematikbuch mit der limettengrünen und pinkfarbenen Vorderseite hin.

»Marias Mathebuch«, sagt er. »Sie hat es vergessen, als sie bei mir war, und ich dachte, ich bringe es ihr schnell vorbei, bevor sie heute in die Schule geht.«

»Das ist nicht Marias Buch. Das ist Sofias. Und sie hat heute keinen Matheunterricht. Sie hat die ganze Woche keinen Matheunterricht. Es sind noch Ferien. Hattest du das etwa vergessen?«

Martin lässt das Buch sinken.

»Nein. Nein, natürlich nicht. Ich wollte nur … früh genug damit vorbeikommen.«

Er richtet sich auf.

»Aber ich kann das Buch problemlos wieder mitnehmen, wenn du es nicht hier haben willst«, sagt er.

Sie reißt es ihm aus der Hand. »Sei nicht dumm, Martin. Du bist ja extra deswegen hergekommen.«

»Mama?«

Irgendwo aus Lenes Wohnung erklingt Sofias zarte Stimme.

Aus der großen, hellen Wohnung in der Nähe der Schule, die beide Mädchen besuchen. In unmittelbarer Nachbarschaft ihrer Freundinnen. Einer frisch renovierten Penthousewohnung mit vier Zimmern, die Lene bereits den trendigsten Wohnblogs entsprechend eingerichtet hat. Ein richtiges Zuhause. Mit richtigen Zimmern für beide Mädchen.

Martin hatte wissen wollen, wie Lene es sich überhaupt leisten kann, hier zu wohnen, doch sie ist ihm jedes Mal ausgewichen. Es ist eine Mietwohnung, das weiß er, aber er kann sich kaum vorstellen, dass Lene sie allein bezahlen kann. Seine eigene Wohnung, die kleiner, dunkler und schlechter in Schuss ist, treibt seine schuldengebeutelten Finanzen jeden Monat gefährlich nah an den Rand des totalen Kollapses.

»Mamaaa?«, ruft Sofia von drinnen. Und dann folgen längere Ausführungen über irgendein Oberteil, das sie nicht finden kann. Martin bekommt nicht einmal die Hälfte ihrer Worte mit.

»Wolltest du sonst noch was?«, fragt Lene barsch. »Du kommst zu einem schlechten Zeitpunkt.«

Martin betrachtet die Frau, die er einmal als seine Ehefrau bezeichnet hat. Sie trägt einen engen Rock mit hoher Taille und eine leichte Bluse über einem Seidenunterhemd. Die Sachen sehen ganz neu aus. Er kann sich nicht daran erinnern, Lene jemals darin gesehen zu haben. Er muss daran denken, dass dies die Frau ist, die ihn am Leben gehalten hat, als er im Keller eingesperrt war.

Als seine Kräfte ihn nach und nach verließen, gab der Gedanke an sie und die Kinder ihm die Energie, nicht aufzugeben und in dem Blut, das er vergoss, unterzugehen. Das ist jetzt nicht mehr zu begreifen. Er kann sich nicht entsinnen, dass diese Augen ihm jemals etwas anderes als Ekel und Mitleid entgegengebracht hätten.

»Mama, jetzt hör doch mal …«

Sofia erscheint im Flur hinter Lene. Sie stockt mitten im Satz und starrt Martin an.

»Papa? Was machst du denn hier?«

Martin lächelt und gibt sein Bestes, es echt aussehen zu lassen.

»Hallo, mein Schatz«, sagt er. Seine Stimme klingt plötzlich viel zu schrill. Er beugt sich vor und stützt die Hände auf die Knie. Würde am liebsten die Arme ausbreiten und sie um Sofia legen, aber irgendetwas hält ihn zurück. Seit der Sache mit Emma kann er seine Töchter nicht mehr umarmen. Es ist, als würde sein Körper sich ihm widersetzen. Als wollten die Arme ihm einfach nicht gehorchen. Ihm ist bewusst, dass er mit dem Krisenpsychologen darüber reden sollte, doch er weiß nicht, wie er es über die Lippen bringen soll. Es direkt anzusprechen wäre viel zu peinlich.

Sofia bleibt wie angewurzelt stehen. Rümpft ein wenig die Nase und zupft dann ihre Mutter an der Bluse. »Mama, ich kann mein neues Oberteil nicht finden. Das mit den Sternen, das wir vorgestern gekauft haben.«

»Das ist in der Wäsche, Schätzchen«, sagt Lene. »Und wir haben es nicht vorgestern gekauft, sondern letzte Woche.«

»In der Wäsche? Aber ich wollte es doch heute anziehen.«

»Das geht jetzt nicht. Du musst dir ein anderes raussuchen.«

»Aber Mama … arrrrrh.«

Sie stampft mit dem Fuß auf.

Lene wendet sich Martin zu. »Wolltest du noch etwas anderes? Sonst solltest du jetzt vielleicht besser gehen.«

»Wo ist Maria?«, fragt er.

»Sie übernachtet bei einer Freundin.«

»Bei einer Freundin? Bei welcher?«

Lene seufzt. »Ich würde dir ja gern sagen, bei welcher, aber du wüsstest sowieso nicht, wer sie ist. Du kannst dir ja nicht mal den Namen einer einzigen Freundin der Mädchen merken.«

»Hör mal …«, setzt Martin an, doch seine Stimme ist kraftlos. Er weiß, dass er die Diskussion sowieso schon verloren hat. Lene hat ja recht.

»Martin, ich weiß, du hast es nicht leicht«, sagt sie. »Das ist mir vollkommen klar. Aber du musst mir etwas Luft lassen. Du musst den Mädchen etwas Luft lassen. Wenn du noch nicht so weit bist, sie bei dir wohnen zu lassen, kannst du auch nicht erwarten, dass du hier einfach aufkreuzen kannst und mit offenen Armen empfangen wirst.«

»Nicht vor Sofia …«, bringt Martin hervor, aber Lene hat sich bereits zu Sofia umgewandt und hört ihn nicht mehr.

»Wir suchen dir ein anderes Oberteil raus«, sagt sie. »Reg dich nicht auf. Und sag Papa Auf Wiedersehen, bevor er geht.«

»Papa auf Wiedersehen, bevor er geht«, sagt Sofia und kehrt ihm den Rücken zu. Stampft über den Parkettfußboden in ihr Zimmer.

»Ja, also … Wiedersehen, Martin. Ich komme mit den Mädchen in zwei Wochen vorbei. Hast du das Zimmer bis dahin fertig?«

»Natürlich.«

»Ich finde nicht, dass sie auf einer Matratze auf dem Fußboden schlafen sollten.«

»Das wird ihnen schon nicht schaden.«

Sie schüttelt den Kopf. »Darüber müssen wir ein anderes Mal sprechen. Wir wollen jetzt los, wir machen heute Mädelstag. Und du musst ja sicher auch zur Arbeit, oder?«

Er antwortet nicht. Weiß nicht, was er sagen soll. Steht einen Augenblick da und wankt, als hätte er einen Kinnhaken bekommen, und bevor er wieder zu sich kommt, hat sie auch schon die Tür geschlossen und die Kette mit einem demonstrativ lauten Rasseln vorgelegt.

14

07:00 Uhr

Thomas hält am Straßenrand und sieht hinauf zu Nataljas Wohnung wie schon so oft zuvor. Zu den leichten, weißen Vorhängen, die immer zugezogen sind. Jetzt, da er hier im Auto sitzt, hält er plötzlich nicht mehr besonders viel von der Idee, die im Laufe der Nacht in seinem Kopf Gestalt angenommen hat. Er schaltet den Motor aus, bleibt einen Moment sitzen und starrt durch die Frontscheibe, während sich sein Magen vor Nervosität zusammenzieht. Dann atmet er tief ein, steigt aus dem Wagen und überquert die Straße. Solange Lucas Hvornum verschwunden ist, kann er es sich nicht erlauben, einfach nur dazusitzen und zu seufzen, bis die Frontscheibe beschlägt.

Schnell drückt er auf die Klingel, bevor er es sich noch einmal anders überlegen kann. Er hofft, dass heute einer der Tage ist, an denen Natalja den Mut hat, den Hörer abzuheben. Er wischt sich mit dem Handrücken den Schweiß von der Stirn. Spürt die Hitze wie eine etwas zu enge Mütze auf dem Kopf und an den Ohren. Lockert den Hemdkragen ein wenig mehr, der an der feuchten Haut im Nacken scheuert. Wirft einen Blick über die Schulter auf die vollkommen leere Straße. Und dann hinauf zum Himmel.

Er hasst es zu warten, weiß aber, dass es notwendig ist, wenn er mit Natalja zu tun hat.

Ein kurzes Klicken und ein schnarrendes Geräusch aus der Gegensprechanlage lassen ihn wissen, dass in der Wohnung der Hörer abgenommen wurde. Natalja meldet sich nicht. Sie sagt weder »Ja« noch »Hallo«, sondern nimmt einfach nur den Hörer ab und hält ihn sich ans Ohr.

»Natalja? Hier ist Thomas. Thomas Nyland.«

Er muss über sich selbst den Kopf schütteln.

Warum stelle ich mich eigentlich immer noch mit meinem vollen Namen vor?

»Tut mir leid, dass ich so früh störe, aber ich brauche deine Hilfe.«

Einen Augenblick ist es still.

»Meine Hilfe?«, ertönt es dann zaghaft aus der Gegensprechanlage.

Thomas spürt, wie sein Herz schneller schlägt. Es kommt ihm unwirklich vor, nach so vielen Monaten des knisternden Schweigens Nataljas Stimme zu hören.

»Es geht um einen neuen Fall«, sagt er.

Wieder Stille. Nur das Summen aus dem Lautsprecher und ein leises Rascheln verraten, dass noch immer eine Verbindung zur Wohnung besteht.

Thomas seufzt.

Ich hätte nicht sagen sollen, dass es mit einem Fall zu tun hat. Als sie das letzte Mal in einen meiner Fälle verwickelt war, ist sie am Ende in einem Rettungswagen gelandet.

»Ich hätte ja bis später am Tag gewartet«, sagt er. »Aber es ist dringend. Wir suchen nach einem entführten Jungen, und wie es aussieht, hat der Entführer auch eine Frau ermordet. Der Mord hat etwas Schematisches. Etwas Rituelles. Ich kann das nicht über die Gegensprechanlage mit dir besprechen. Nicht, wenn das ganze Haus mithören kann.«

Er macht eine Pause, um zu hören, ob er Nataljas Interesse geweckt hat. Doch vorerst scheint sie keinen Kommentar für ihn übrig zu haben. Nicht einmal ein bestätigendes Brummen.

»Ich weiß ja, dass du mich nicht in deine Wohnung lassen willst«, sagt er. »Aber wenn ich dich anrufe … gehst du dann ran?«

Jedem anderen gegenüber wäre die Frage absurd, doch bei Natalja ist ein Nein weitaus wahrscheinlicher als ein Ja.

»Ich bin wirklich auf deine Hilfe angewiesen«, beteuert er. »Der kleine Junge ist auf deine Hilfe angewiesen.«

Am anderen Ende bleibt es weiterhin still.

Aber zumindest hat sie nicht aufgelegt. Sie überlegt noch.

Er hält die Luft an.

»Okay«, ertönt es aus dem Lautsprecher. Eine schwache Stimme. Unsicher.

Thomas nickt. Atmet auf. »Danke Natalja. Ich rufe in zwei Sekunden an.«

»Nein, warte. Ich weiß nicht, wo ich mein Handy habe. Und es ist ausgeschaltet. Der Akku ist leer. Gib mir zehn Minuten, um es zu suchen.«

»In Ordnung. Zehn Minuten. Bis gleich.«

Er geht zurück zum Auto, setzt sich hinein und wartet. Schaltet das Radio ein und geht die Programme durch, ohne etwas zu finden, was er hören möchte. Schaut auf die Uhr. Wartet nur fünf Minuten, bevor er Nataljas Nummer wählt.

Sofort meldet sich die Mailbox.

Er wartet noch einmal fünf Minuten.

»Ja?«, ertönt Nataljas Stimme nach vier, fünf Freizeichen. Am Telefon klingt sie viel deutlicher als durch die knisternde Gegensprechanlage, und Thomas muss unwillkürlich tief Luft holen.

»Was weißt du über Parapsychologie?«, fragt er.

»Parapsychologie?«, sagt sie spöttisch.

»Ja, so nennt man das doch, wenn es um Kontakt zu den Toten geht. Zu den Geistern.«

»Du hast gesagt, es gehe um einen Fall.«

»Das stimmt auch.«

»Das ist nicht mein Gebiet.«

»Aber du weißt mehr darüber als ich. Es ist, wie gesagt, dringend, und ich kenne niemanden, den ich sonst fragen könnte. Du weißt alles Mögliche über Volksglauben. Über Aberglauben. Und du hast dich doch sicher auch mal mit Geisterbeschwörungen und diesem ganzen Zeug beschäftigt.«

Sie zögert.

»Oder vielleicht nicht?«, fragt Thomas.

»Doch, doch. Aber es gibt Leute, die sich da viel besser auskennen als ich.«

»An so jemanden kann ich mich aber im Augenblick nicht wenden.«

»Was ist mit Google? Die sollen rund um die Uhr geöffnet haben, soweit ich weiß.«

»Sehr witzig, Natalja. Kannst du nicht einfach meine Frage beantworten?«

»Ich erinnere mich nicht an deine Frage. Mein Gedächtnis funktioniert nicht mehr so besonders gut. Du weißt ja, wiederholte Schläge gegen den Kopf.«

»Ja, das weiß ich noch sehr genau«, murmelt Thomas. Nataljas Worte fühlen sich genauso an wie das, was sie bezeichnen. Schläge, und zwar in Thomas' vernarbtes Gesicht.

»Aber ich wiederhole die Frage gern noch einmal«, fährt er fort. »Was weißt du über Parapsychologie? Und wenn ich ›Parapsychologie‹ sage, dann nur, weil ich kein besseres Wort dafür habe. Ich würde gern ganz allgemein etwas über den Kontakt zu den Toten wissen. Zum Jenseits. Wie hat man den im Laufe der Geschichte herzustellen versucht? Welche Meinung vertreten die unterschiedlichen Glaubensrichtungen dazu? Welche Rituale sind damit verbunden? Und haben diese Rituale vielleicht einen gemeinsamen Nenner? Wer stand traditionell in Kontakt mit dem Jenseits?«

Erneut zögert Natalja.

»Schamanen«, sagt sie dann. »Dieses Wort kennst du doch wohl.«

»Ja.«

»Sie stellen traditionell den Kontakt zwischen dieser Welt und der Welt der Geister her. Zumindest, wenn wir von den Regionen der Erde reden, mit denen ich mich am besten auskenne. Wie zum Beispiel Sibirien und Zentralasien.«

»Du wirst mir schon etwas mehr auf die Sprünge helfen müssen. Geografie war noch nie meine Stärke. Reden wir von … Kasachstan?«

»Ja. Und Usbekistan, Turkmenistan, Afghanistan und einer Reihe anderer Länder. Dort werden traditionell Schamanen eingesetzt, um mit dem Übernatürlichen zu kommunizieren. Ein Schamane beherrscht den sogenannten Seelenflug. Dabei schwebt die Seele in die Welt der Geister, beispielsweise bei Kriegen oder Dürren oder wenn jemand krank ist. Sie sucht Hilfe bei übernatürlichen Kräften, um herauszufinden, woher die Krankheit oder die Bedrohung für die Gemeinschaft rührt und wie man sie überwinden kann. Ein Schamane kann auch von Geistern besessen sein und als ihr Sprachrohr fungieren.«

»Aber diese Traditionen gibt es doch nicht nur in den Gegenden, die du gerade aufgezählt hast. Sibirien und … Usbekistan …«

»Nein. In der einen oder anderen Form gibt es sie überall auf der Welt. Ich habe diese Länder nur erwähnt, weil ich darüber am besten Bescheid weiß. Aber die meisten Kulturen hatten zu irgendeinem Zeitpunkt einmal Geisterbeschwörer, entweder in Gestalt von Priesterinnen oder Priestern, Medizinmännern oder Leuten, die die Zukunft vorhersagen konnten.«

Sie spricht jetzt schnell. Vielleicht vor Erleichterung darüber, dass sie nun einen kleinen Teil des Wissens weitergeben kann, das sich in ihrem Kopf angehäuft haben muss, während sie in ihrer Isolationszelle dort oben im zweiten Stock verschanzt war.

»Und Musik?«, fragt Thomas. »Spielen Musik oder Geräusche auch eine Rolle bei den Ritualen, die du beschrieben hast?«

»Wieso?«

»Wie ich vorhin an der Tür schon sagte, hat der Mord, den ich aufzuklären versuche, etwas Rituelles. Und ich glaube, dass der Täter Musik gehört hat, während er sein Opfer tötete. Beziehungsweise ›Musik‹ ist vielleicht nicht ganz richtig. Es handelt sich wohl eher um eine Reihe von lauten Geräuschen, die zusammen ein Weißes Rauschen ergeben. Glocken, Schellen und das Geräusch eines Staubsaugers oder einer Turbine oder so was in der Art. Das Ganze ist ohne festen Rhythmus oder erkennbares Muster zusammengemischt. Und wurde wahrscheinlich extrem laut abgespielt. Ich bin mir sicher, dass diese Geräusche eine wesentliche Rolle in dem Ritual des Täters spielen. Sie sind wichtig für ihn.«

»Auf diese Frage findest du hierzulande keine Antwort.«

»Wie meinst du das?«

»Du wirst überrascht sein, wie wenig bisher zur Rolle der Musik im Volksglauben und in der Religion geforscht wurde, wenn man bedenkt, welchen Raum Musik bei jeglicher Form der religiösen Anbetung einnimmt. Ich kann dir natürlich erzählen, dass in den meisten Kulturen Trommeln und Gesang verwendet werden, um den Kontakt zu den Geistern herzustellen, aber …«

»Trommeln, sagst du?«, unterbricht Thomas sie.

»Ja. Davon hast du garantiert auch schon gehört. Aber wenn du genauer darüber Bescheid wissen willst, musst du ins Ausland.«

»Wie weit ins Ausland?«

»Am besten in die USA. Zu Jonathan Flory. Er ist Musiker und zugleich Religionswissenschaftler, eine seltene Kombination. Ich kenne ihn, weil er unter anderem etwas über die Verwendung von Musik und Rhythmus in der Mythen- und Sagenüberlieferung früher Religionen geschrieben hat.«

»Jonathan Flory, sagst du? Wie erreiche ich ihn?«

»Er hat eine Stelle an der Tulane University in New Orleans. Die können dir sicher seine Kontaktdaten geben.«

Thomas trommelt mit den Fingern aufs Lenkrad.

Wie war noch gleich der Zeitunterschied zur Ostküste der USA? Fünf Stunden? Sechs Stunden? So was in der Richtung. Auf jeden Fall ist es da drüben noch ziemlich lange Nacht. Es können gut zwölf Stunden vergehen, bis ich an der Uni irgendwen erreiche, und noch mehr, bis ich Kontakt zu Jonathan Flory habe.

»Aber wenn du …«, setzt er an.

Hält inne. Ist sich unsicher, ob er den Satz vollenden soll. Nataljas Worte sprudeln zwar im Moment voll unerwarteter Begeisterung aus ihr heraus, doch er weiß, dass nur ein einziger falscher Kommentar dazu führen kann, dass sie sich wieder verschließt.

»Wenn du schon mal Kontakt zu ihm hattest, dann hast du eventuell auch irgendwo noch seine Kontaktdaten, oder? Du hast bestimmt eine alte E-Mail von ihm oder etwas Ähnliches. Könntest du vielleicht in deiner Mailbox nachsehen und mir seine E-Mail-Adresse schicken, falls du sie findest? Oder seine Telefonnummer?«

Natalja sagt nichts, und ihr Schweigen liegt ihm wie ein Stein im Magen. Er hört sie seufzen. Nimmt das Handy von der einen Hand in die andere.

»Natalja?«, fragt er.

»Ich versuche es.«

»Sicher?«

»Ja. Ich werde versuchen, ihn für dich zu finden.«

»Danke, Natalja. Ich muss jetzt los. Ich habe …«

Er hält inne, als er feststellt, dass die Verbindung bereits unterbrochen wurde. Natalja hat aufgelegt.

Einen Augenblick sitzt er da, betrachtet das schwarze Display seines Handys und muss unwillkürlich lächeln.

Natalja würde mir auch mitten im Satz den Rücken zukehren, wenn sie kein Interesse an dem Gespräch mehr hat.

Er blickt zu ihren Fenstern hinauf. Sieht, wie sich ihre schmale schwarze Silhouette hinter den leichten Vorhängen bewegt. Muss daran denken, dass dies sein erstes richtiges Gespräch mit ihr war, seit sie sich zurückgezogen hat. Auch wenn er mittlerweile unzählige Male auf den Stufen vor ihrer Haustür gesessen und mit ihr zu reden versucht hat. Doch zu mehr als einer Reihe von kurzen, losgelösten Sätzen, unterbrochen von nahezu endlosem Schweigen, ist es nie gekommen. Weder Thomas noch Natalja besitzt die Fähigkeit, ein Gespräch über das Wetter oder Politik oder eins der anderen Themen in Gang zu halten, über die sich normale Menschen ganze Abende lang unterhalten können. Thomas kann nur über seine Arbeit reden, Natalja nur über ihre Wissenschaft. Und nur in den seltenen Fällen, wenn sich diese beiden Bereiche überschneiden, können sie offenbar ein Gespräch miteinander führen.

Das verheißt nichts Gutes für eine kommende Freundschaft. Geschweige denn eine …

Er startet den Motor. Spürt, wie der kühle Luftzug aus der Klimaanlage seinen Nacken streift und ihm unter den Hemdkragen fährt. Er will den Gedanken nicht zu Ende denken. Wendet sich stattdessen im Geiste Maiken Hvornum zu. Und

Clara. Vielleicht sollte er noch einmal versuchen, mit ihnen zu reden.

Er sucht die Nummer von Maiken Hvornums Schwester heraus, ruft sie an und erfährt, dass Maiken mit Clara nach Hause gefahren ist. Soweit er sich erinnert, liegt ihre Wohnung hier in Østerbro. Die Adresse hat sicher irgendjemand aufgeschrieben. Er führt ein weiteres Telefonat. Dieses Mal mit der Abteilung. Spricht mit Tina Juhl Madsen, die ihm nach ein paar Minuten Wartezeit die richtige Adresse durchgibt. Middelfartgade. Nur ein paar Hundert Meter von hier entfernt.

Thomas weiß, dass er Ida Rasmussen anrufen und sich mit ihr vor der Wohnung treffen sollte, aber vom Präsidium aus braucht sie eine Weile bis hierher. Vor allem jetzt, mitten im Berufsverkehr. Das wäre nur vergeudete Zeit. Und was soll es im Übrigen auch schaden, dass er ein paar Worte allein mit einer Zeugin wechselt?

15

07:45 Uhr

Maiken Hvornum fährt zusammen, als sie ihm die Tür öffnet. Thomas sieht ihre Erschütterung. Sieht, wie sie zu ihm aufschaut und dann schnell den Blick senkt. Ihr muss entfallen sein, wie er aussieht. Und dass sie ihm in der vergangenen Nacht mit unruhigem Blick gegenübersaß, weil sie nicht wusste, wohin sie schauen sollte.

»Danke, dass Sie sich die Zeit nehmen«, brummt er. »Darf ich hereinkommen?«

Sie macht ein paar Schritte rückwärts in den langen, schmalen Flur.

»Wir müssen leise sein. Ich habe Clara gerade ins Bett gebracht.«

»In Ordnung. Es dauert nicht lange. Wie ich schon am Telefon sagte, habe ich keine großartigen Neuigkeiten. Leider.«

Er zieht sich die Schuhe aus und stellt sie auf die Fußmatte. »Tired parents and happy kids live here« steht in Großbuchstaben darauf. Er stößt mit dem Rücken an einen alten verschnörkelten Goldrahmen, der auf Kinderhöhe an der Wand hängt. Darin ist ein Bild zu sehen, das eins der Kinder mit blauem Filzstift direkt auf die Raufasertapete gemalt hat. Er rückt den Rahmen wieder gerade, und als er sich umsieht, ist Maiken Hvornum bereits verschwunden. Er hört den Parkettboden in Richtung Wohnzimmer knarren und folgt dem Geräusch. Geht an der Tür zum Kinderzimmer vorbei. Sie ist angelehnt. Lucas' und Claras Namen sind in bunten Holzbuchstaben daran angebracht, und durch den Türspalt sieht Thomas Clara. Sie liegt regungslos unter der Decke auf einem der Betten, die Kopfende an Kopfende aneinanderstehen. So leise seine Körperfülle es zulässt, geht er ins Wohnzimmer. Maiken Hvornum steht mit dem Rücken zu ihm am Fenster. Sie hat die Hand zum Mund geführt und scheint an ihren Fingernägeln zu kauen.

»Sie war schon bei meiner Schwester eingeschlafen«, sagt sie, ohne sich umzudrehen. »Clara, meine ich. Nachdem die Psychologin mit ihr geredet hatte, habe ich sie im Gästezimmer ins Bett gebracht und mich danebengelegt, um vielleicht auch ein wenig zu schlafen. Aber ich konnte kein Auge zutun. Natürlich nicht.«

Sie gibt ein Geräusch von sich, bei dem Thomas nicht weiß, ob es sich um ein resigniertes Lachen oder ein Schnauben handelt.

»Und dann kam mir plötzlich der Gedanke. Was, wenn Lucas freigelassen wird? Was, wenn er es schafft davonzulaufen? Dann wird er sicher versuchen, nach Hause zu finden. Er kennt ja die Adresse. Er weiß, wo er wohnt. Und wenn er einen Erwachsenen um Hilfe bitten würde, dann würde er demjenigen sicher seine Adresse nennen. Er käme nicht auf die Idee, dass seine Mutter und seine Schwester vielleicht anderswo sind. Und da habe ich Clara genommen und bin mit ihr nach Hause gefahren. Ich stand schon mit ihr auf dem

Arm vor dem Haus meiner Schwester, als mir einfiel, dass mein Auto ja gar nicht da draußen parkte. Dass es weg war. Also musste ich wieder rein und ein Taxi rufen. Es hat eine Ewigkeit gedauert, bis es kam, und ich musste die ganze Zeit daran denken, dass Lucas vielleicht schon vor unserer Haustür stand und versuchte hineinzukommen. Das Bild von ihm vor unserer Tür war so deutlich, dass ich mir einbildete, er stünde tatsächlich da. Als wir mit dem Taxi zu Hause ankamen und sahen, dass dort niemand war, bin ich zusammengebrochen. Der Taxifahrer musste uns die Treppe hinaufhelfen. Und als wir endlich oben waren, war Clara hellwach. Ich konnte sie wieder zum Schlafen bringen, aber es hat nicht sehr lange gedauert, bis sie weinend aufgewacht ist. Ein Albtraum, glaube ich. Doch sie wollte mir nicht davon erzählen.«

»Gar nichts?«

»Nein. Ich habe versucht, aus ihr herauszubekommen, was sie geträumt hatte, aber sie hat gesagt, sie wüsste es nicht mehr.«

»Sie hat gesagt, sie wüsste es nicht mehr? Dann hat sie also mit Ihnen gesprochen?«

Maiken Hvornum dreht sich zu ihm um.

»Ja«, sagt sie.

»Das ist doch schon mal ein Schritt in die richtige Richtung. Soweit ich gehört habe, hat sie zu der Psychologin kein Wort gesagt.«

»Das stimmt. Sie hat nicht mit ihr geredet.«

»Dann ist es doch ein großer Fortschritt, dass sie jetzt angefangen hat, mit Ihnen zu reden. Auch wenn sie nur sagt, dass sie nichts sagen will.«

»Ich glaube, sie möchte mich schonen. Sie will mir nicht von ihrem Albtraum erzählen, weil sie mich nicht noch trauriger machen will.«

»Aber vielleicht weiß sie ja wirklich nicht mehr, was sie geträumt hat.«

»Sie haben keine Kinder, oder?«, fragt sie.

»Nein. Nein, ich habe keine.«

»Wenn Sie welche hätten, dann wüssten Sie, dass Kinder ihrer Mutter so etwas nicht verheimlichen können. Ich habe ihr angesehen, dass sie sehr wohl noch wusste, wovon sie geträumt hatte.«

»Ich kann Ida Rasmussen noch einmal mit ihr reden lassen, falls das …«

»Nein. Nicht noch mehr Psychologengerede. Jetzt nicht. Das ist zu viel für Clara. Aber möglicherweise sind Sie ja genau deswegen gekommen? Um Clara noch einmal in die Mangel zu nehmen?«

»Nein, ich bin gekommen, um mit Ihnen zu reden. Ich wollte sehen, wie es Ihnen geht …«

»Haben Sie dann jetzt genug gesehen?«

»… und ich wollte nachfragen, ob Sie sich noch an etwas anderes von der Tankstelle erinnern«, beendet Thomas seinen Satz.

Sie lehnt sich an den Fensterrahmen. Verschränkt die Arme. »Was hoffen Sie denn jetzt von mir zu hören?«

»Ich weiß nicht. Manchmal registriert unser Gehirn mehr, als wir meinen. Vielleicht haben Sie den Täter aus dem Augenwinkel gesehen, bevor Sie in den Laden gegangen sind, um Milch zu kaufen. Oder vielleicht haben Sie ihn wahrgenommen, während Sie an der Kasse standen. Es könnte ja sein, dass es Ihnen in dem Moment nicht bewusst war … manchmal fallen einem solche Details erst im Nachhinein ein.«

Sie schüttelt den Kopf. »Ich habe nichts gesehen. Ich habe das Auto verlassen, ohne etwas Böses zu ahnen, und dass Lucas entführt worden war, habe ich erst gemerkt, als ich rauskam und Clara ganz allein vor der Zapfsäule stand. Und wissen Sie, was das Schlimmste ist? Während ich da drinnen stand und Milch kaufte, da habe ich mir für einen kurzen Moment gewünscht, ich hätte keine Kinder. Ich hatte mich gerade erst mit Clara über das lächerliche Radio gestritten, und ich war so hundemüde … ich hatte den brennenden Wunsch, einfach nach Hause zu fahren und mal eine ganze Nacht durchzuschlafen, ohne von Kindern geweckt zu werden, die in mein Bett gekrabbelt kommen und mir das Kopfkissen und die Decke wegnehmen. Nur eine einzige Nacht ungestört durchschlafen. Das dachte ich, als ich Milch gekauft habe.«

Thomas sagt noch immer nichts. Weiß nicht genau, was er darauf sagen soll.

»Haben Sie noch einmal mit Ihrem Mann gesprochen?«, bringt er endlich heraus. »Wann kommt er nach Hause?«

»Sein Flug hat Verspätung. Er wartet im Moment in Heathrow. Er sitzt einfach da und kann nichts tun.« Sie breitet die Arme aus. »Können Sie mir nicht irgendetwas sagen?«

»Wir waren die ganze Nacht aktiv«, sagt er. »Im Moment sieht es so aus, als wäre es reiner Zufall, dass ausgerechnet Lucas … mitgenommen wurde. Wir haben ja gestern Nacht schon darüber gesprochen … dass in dem Haus gegenüber eine Frau ermordet wurde. Unsere Ermittlungen konzentrieren sich im Moment auf das Motiv des Täters. Wir glauben, dass er sich eine Woche lang in dem Haus aufgehalten hat, und als er Ihr Auto sah, hat er beschlossen, es zu stehlen. Wir sind uns noch nicht sicher, ob er vorhatte, Ihren Sohn mitzunehmen, oder ob er nur keine Zeit mehr hatte, ihn aus dem Auto zu befördern, bevor er losfahren musste.«

Maiken Hvornum bekommt feuchte Augen. Sie hält sich eine Hand vor den Mund.

»Entschuldigen Sie, ich …«

Thomas durchdenkt seine Erklärung noch einmal. Sie kommt ihm plötzlich nicht mehr besonders schlüssig vor. Im Laufe der Woche, die der Täter sich in der Wohnung aufgehalten hat, waren Hunderte von Autos an der Tankstelle. Es muss noch andere Kunden gegeben haben, die den Schlüssel stecken ließen, während sie zum Beispiel einen Eimer Wasser oder das Reifenfüllmessgerät holten, um den Reifendruck zu justieren.

Wenn der Täter es nur auf einen Fluchtwagen abgesehen hatte, muss es noch andere Gelegenheiten für ihn gegeben haben. Warum hat er sich für eine so beschwerliche Lösung entschieden? Warum hat er sich auf ein Auto mit Kindern auf dem Rücksitz gestürzt, die er erst rauswerfen musste, bevor er losfahren konnte? Und warum hat er überhaupt ein Auto gestohlen? Warum hat er den Tatort nicht einfach zu Fuß verlassen? Das hätte doch keinen Verdacht erregt.

»Wer war sie?«

Maiken Hvornums Frage unterbricht unvermittelt seinen Gedankengang.

»Wer?«

»Die Frau im Haus. Die Tote. Wer war sie?«

»Sie hieß Moniqa Larsen. Mitte fünfzig ungefähr.«

»Hatte sie Familie? Kinder?«

»Einen Bruder. Aber keine Kinder.«

»Wie wurde sie ermordet?«

»Wollen Sie das wirklich wissen?«

»Ja.«

Ihre Stimme ist fest. Thomas sieht sie an. Ihre Augen sind immer noch feucht. Die Hand ist zur Faust geballt und ruht an ihrem Kinn. Die Haut an der Daumenkuppe ist eingerissen und blutig.

»Okay«, sagt er. »Moniqa Larsen wurde wieder und wieder geschlagen. Daran ist sie gestorben.«

»Wie oft?«

»Was meinen Sie?«

»Wie oft wurde sie geschlagen?«

»Das ist schwer zu sagen.«

»Warum?«

Thomas' Handflächen werden feucht.

»Der Zustand der Leiche …«, sagt er. »Sie hatte eine Woche lang in ihrer Wohnung gesessen. Da ist das manchmal schwer zu sagen.«

»Glauben Sie, dass Lucas vielleicht auch …«

»Ich weiß es nicht«, erwidert er schnell. »Über so etwas sollten Sie nicht nachdenken.«

Sie lacht trocken. »Über so etwas sollte ich nicht nachdenken? Okay, okay. Worüber soll ich denn dann nachdenken?«

»Das weiß ich nicht. Ich sage ja nur, dass es keinen Grund

gibt, das Schlimmste zu befürchten. Wir haben keinen Grund zu der Annahme, dass der Täter Ihrem Sohn schaden will.«

»Warum nicht?«

»Weil …«

Er stockt, als er Schritte hinter sich hört. Dreht sich um und sieht Clara in der Tür stehen, in einem lilafarbenen Nachthemd mit großen Punkten und einer Schleife am Bauch. Sie schaut zu ihrer Mutter. Wirft dann dem riesigen, fremden Mann, der ihr im Weg steht, einen verstohlenen Blick zu.

Thomas macht einen Schritt zur Seite, und Clara huscht an ihm vorbei. Die nackten Füße klatschen auf den Fußboden. Sie versteckt sich hinter den Beinen ihrer Mutter. Starrt ihm mit unverhohlener Verblüffung und Angst ins Gesicht. Auch er würde sich gern verstecken, doch er hat kein solch schützendes Paar Beine, hinter dem er Deckung suchen kann.

»Hab keine Angst, Schatz«, sagt Maiken Hvornum. »Das ist Thomas. Er wird Lucas finden, damit er wieder zu uns zurückkommen kann.«

Clara starrt ihn unverwandt an. Thomas spürt, wie die Narben in seinem Gesicht glühen.

»Hat sie dich auch geschlagen?«, erklingt die Stimme des Mädchens. Leise. Zart. Beinahe unhörbar.

»Wer?«, brummt Thomas.

Clara schaut zu ihrer Mutter auf. Blickt dann zu Boden und reibt den einen Fuß am anderen.

Mühsam geht Thomas in die Knie. Deutet auf die Narben in seinem Gesicht und fragt: »Meinst du deswegen?«

Sie nickt.

»Wer, glaubst du, hat das getan?«, fragt er. Schickt seiner Frage ein vorsichtiges Lächeln mit auf den Weg.

Clara verschwindet ganz hinter den Beinen ihrer Mutter. Drückt den Kopf an Maiken Hvornums Oberschenkel, sodass ihr Gesicht nicht mehr zu sehen ist.

»Clara?«, sagt Maiken Hvornum und geht einen Schritt zur Seite. Die Kleine klammert sich an ihr fest und folgt ihr. »Clara, kannst du dem Mann nicht antworten?«

Sie schüttelt den Kopf. Das Gesicht weiterhin verborgen.

Maiken dreht sich um, geht in die Hocke und fasst Clara an den Schultern. Claras Haar ist elektrisch aufgeladen und steht in alle Richtungen ab. Sie entwindet sich den Händen ihrer Mutter, nähert sich ihr und legt den Kopf gegen ihre Brust. Maiken Hvornum streicht ihr übers Haar.

»Schätzchen«, sagt sie. »Ich weiß, das ist schwer. Aber es kann Lucas helfen, wenn du Thomas erzählst, was du gesehen hast.«

Das Mädchen schüttelt wieder den Kopf. Kneift die Augen fest zusammen.

Maiken Hvornum sieht Thomas an. Fragend und entschuldigend zugleich.

»Ich möchte sie nicht unter Druck setzen«, sagt er. »Das führt zu nichts. Jetzt nicht.«

Er denkt an Ida Rasmussen. An den Riesenärger, den er mit der Psychologin bekommen würde, wenn er eine Antwort von Clara erzwingen und die Kleine so noch mehr verunsichern würde.

»Nur eine einzige Sache«, sagt er, an Clara gewandt. »Du

wolltest wissen, ob sie mich auch geschlagen hat. War es eine Frau, die mit Lucas weggefahren ist? Kein Mann?«

Clara beißt sich auf die Lippe.

»Du musst etwas sagen«, drängt Maiken Hvornum sie. »Das ist wichtig. Verstehst du?«

Sie nimmt Claras Kopf sanft zwischen ihre Hände. Schiebt sie langsam von sich. Versucht, ihren Blick aufzufangen, aber Clara sieht weg. Sie schaut zur Decke. Zum Boden.

Thomas erhebt sich.

»Wir warten«, sagt er.

»Das können wir aber nicht«, sagt Maiken. Umfasst den Kopf ihrer Tochter fester.

»Das tut weh«, jammert das Mädchen.

Thomas legt Maiken Hvornum eine Hand auf die Schulter.

»Clara hat uns schon geholfen«, sagt er. »Ich schicke die Psychologin vorbei. Sie kann so etwas viel besser als ich.«

Maiken Hvornum nickt. Lässt ihre Tochter los. Clara kommt auf die Beine und läuft aus dem Wohnzimmer. Schlägt die Tür hinter sich zu. Thomas hört sie in ihrem Zimmer schluchzen.

»Ich gehe jetzt besser«, sagt er.

Maiken Hvornum bleibt auf dem Fußboden sitzen. Thomas dreht sich um und geht in den Flur. Zieht sich die Schuhe an.

Auf dem Weg die Treppe hinunter ruft er Ida Rasmussen an.

16

08:30 Uhr

Auf Thomas' Schreibtisch steht ein Kassettenrekorder. Den muss Rikke Møller irgendwo aufgetrieben haben. Es ist ein uraltes, tragbares Gerät aus schwarzem Plastik mit einem einzigen Lautsprecher unter einem grobmaschigen Metallgitter. Thomas erinnert sich daran, dass er als Kind selbst so einen Apparat besaß. Er weiß noch, wie er ihn vor den Fernseher gestellt hat, wenn der Eurovision Song Contest über den Bildschirm flimmerte, und damit dumpfe, undeutliche Versionen der Lieder mit dem Gerede seiner Familie und dem Klirren der Kaffeetassen im Hintergrund aufgenommen hat. Der Grand Prix hat immer Onkel, Tanten, Cousins und Cousinen im Wohnzimmer seiner Eltern vor dem Fernseher versammelt.

Thomas hat den Kassettenrekorder früher auch in einem Blumentopf versteckt, wenn seine Mutter Besuch von ihren Freundinnen bekam, und hat ihre Gespräche aufgenommen. Das war in einer Phase seines Lebens, als er Spion werden wollte und sich darin übte, unentdeckt hinter Türen und in Schränken zu verschwinden, auch wenn das für einen Jungen seiner Statur eine nahezu unlösbare Aufgabe war.

Thomas setzt sich an den Tisch und legt die Plastiktüte mit

der Audiokassette vor sich ab. Das Büro ist groß und hat eine hohe Decke. Er teilt es sich mit Ditte Bentzen, der Leiterin der anderen Ermittlungsgruppe in der Abteilung für Personen gefährdende Kriminalität, deren Schreibtisch Rücken an Rücken mit seinem eigenen direkt am Fenster steht. Beide Tische sind voller Unterlagen. Überhaupt stellt Bentzens Seite des Büros ein Spiegelbild seiner eigenen dar. An der Wand hängt eine Pinnwand, an der Fotos, offizielle Briefe und Einladungen zu diversen Empfängen in einer zentimeterdicken Schicht übereinandergeheftet sind. Unter der Pinnwand befinden sich ein paar Aktenschränke, und neben den Schränken steht ein Whiteboard. Bentzens ist voller Namen und Bilder von Menschen, Autos und Fabrikgebäuden, allesamt durch Striche in unterschiedlichen Farben miteinander verbunden. Thomas' Whiteboard ist unbeschrieben. Sein Kopf fühlt sich genauso leer an wie die leuchtend weiße Tafel.

Er greift nach einem Stift auf dem Tisch, steht auf und kritzelt ein paar Notizen auf die leere weiße Fläche:

Kommune
Entschuldigung
Schamane
Samantha

Er nimmt mit dem Stift in der Hand Platz und betrachtet die Wörter. Steht wieder auf, wischt das untere Wort mit der Hand weg und platziert es eine Reihe höher:

Kommune
Entschuldigung
Schamane/Samantha

Vielleicht hat Gry Nørremark gar nicht »Samantha« gerufen. Vielleicht war es »Schamane«. Die beiden Wörter klingen ähnlich, und ihr Nachbar könnte sich verhört haben.

Oder suche ich hier nach Zusammenhängen, wo keine sind?

Er lässt sich wieder auf seinen Stuhl fallen und holt sein Handy hervor. Ruft Moniqa Larsens Bruder an.

»Tut mir leid, dass ich Sie noch einmal stören muss.«

»Schon gut«, ertönt Christian Larsens Stimme am anderen Ende. »Aber machen Sie es kurz. Ich habe es eilig.«

»Nur eine einfache Frage: Haben Sie Ihre Schwester jemals von jemandem namens Samantha reden hören? Vielleicht, als sie aus der Kommune zurückkam?«

»Samantha? Nein, ich glaube nicht. Aber ich muss Ihnen ehrlicherweise sagen, dass ich immer auf Durchzug geschaltet habe, sobald Mona den Mund aufgemacht hat.«

»Sollte sie den Namen also erwähnt haben, dann könnten Sie sich nicht daran erinnern?«

»Genau.«

Thomas bedankt sich und legt auf. Rollt einen halben Meter auf seinem Schreibtischstuhl zurück und stößt die Tür zum angrenzenden Büro auf. Martin Dahls und Tina Juhl Madsens Arbeitsplatz. Juhl Madsen sitzt mit dem Rücken zu ihm an ihrem Schreibtisch. Leicht vorgebeugt und den Blick auf den Computerbildschirm gerichtet. Dahls Platz ist leer.

»Juhl Madsen?«, brummt Thomas.

Sie dreht sich um. »Ja?«

»Ist Dahl da?«

»Noch nicht.«

»Und weißt du, wo Møller ist?«

»Sitzt sie nicht auf ihrem Platz?«

»Ich habe keine Ahnung, wo ihr Platz ist.«

»Auf Nielsens altem Platz.«

»Und wo sitzt Nielsen dann?«

»Wo Knoth früher saß. Hast du die Arbeitsplatzverteilung nicht selbst genehmigt?«

»Doch, aber das ist lange her.«

Er schaut an Tina Juhl Madsen vorbei. Die Büros sind in einer langen Reihe hintereinander angeordnet, und die Türen dazwischen stehen offen, sodass er bis zur Rückwand des hintersten Büros blicken kann.

»Møller?«, ruft er.

Drei Büros weiter hinten erscheint ein Kopf mit kurzen Locken in der Türöffnung. Thomas winkt sie zu sich.

»Ach übrigens«, sagt er zu Tina Juhl Madsen, während Rikke Møller den Weg durch ein Büro nach dem anderen zurücklegt. »Hat eigentlich jemand einen Hintergrundcheck von Moniqa Larsen gemacht?«

»Ja, ich«, sagt sie. »Habe ich dir in einer E-Mail geschickt.«

»Gut. Sehr gut. Was ist mit der Aufnahme aus Gry Nørremarks Wohnung?«

»Was meinst du?«

»Du hast doch mitbekommen, dass wir einen iPod mit einer Sounddatei in ihrer Wohnung in der Colbjørnsensgade gefunden haben, oder?«

»Ja.«

»Wo ist die Datei jetzt?«

»Keine Ahnung. Soll ich es rausfinden?«

»Ja. Und kannst du sie mir vielleicht irgendwohin kopieren, sodass ich von meinem Computer aus Zugriff darauf habe?«

Tina Juhl Madsen nickt, und Thomas rollt wieder zurück an seinen Schreibtisch.

»Was ist los?«, ertönt Rikke Møllers Stimme kurz darauf unmittelbar hinter ihm.

»Danke für den Kassettenrekorder. Ich nehme mal an, den hast du mir besorgt, oder?«

»Richtig.«

»Gut. Schließt du bitte die Türen?«

Sie nickt und kommt seiner Bitte nach. Die Tür hinter Ditte Bentzens Schreibtisch klemmt, und Rikke Møller muss ihr einen kräftigen Stoß versetzen, um sie ganz zuzudrücken.

Thomas legt den Stift beiseite, nimmt ein Taschentuch aus der obersten Schublade seines Schreibtischs, legt es um die Kassette und zieht sie aus der Plastiktüte. Steckt sie in den Rekorder und drückt auf »Play«. Aus dem Lautsprecher dringt ein schwaches Knistern, das kurz darauf von kräftigen metallischen Schlägen abgelöst wird. Sie werden schneller und schneller, bis die einzelnen Schläge nicht mehr zu unterscheiden sind. Im Hintergrund ist ein rauschendes, turbinenartiges Geräusch zu hören. Wie von einem Staubsauger. Und mittendrin ein Klirren von Glocken und Schellen. Eine albtraumartige, metallische Kakofonie, die genauso klingt wie der Lärm, der aus den Lautsprechern in Gry Nørremarks Wohnung quoll.

Thomas dreht die Lautstärke ein wenig herunter.

Das Weiße Rauschen hält an. Die metallischen Schläge im Vordergrund des Tonbilds sind unregelmäßig. Scheinen keinem bestimmten Rhythmus zu folgen. Mehr als zwei Minuten lang dröhnt es aus dem Lautsprecher, und Thomas überlegt, ob er die Kassette anhalten oder noch weiter laufen lassen soll. Ob hinter diesen Geräuschen überhaupt irgendeine Absicht steckt.

Er hebt die Hand, um die Stopptaste zu betätigen.

»Ich glaube, wir haben genug ...«, sagt er, als er plötzlich von einem Schrei unterbrochen wird. Und noch einem. Es sind lange angst- und schmerzerfüllte Schreie. Heisere, an- und abschwellende, herzzerreißende Schreie. Viel lauter als das Weiße Rauschen.

Thomas stehen die Haare zu Berge.

»Was, zur Hölle, ist das?«, sagt Rikke Møller.

»Eine Frau«, brummt Thomas.

»Moniqa Larsen?«

»Vielleicht.«

»Aber das ist nicht ihre Ermordung, die wir da hören.«

»Nein. Diese Aufnahme muss älter sein.«

Der Lärm hält weiter an. Die wortlosen Schreie. Hin und wieder ist ganz schwach etwas zu hören, was an einen Schlag oder Tritt erinnert, doch zum größten Teil kommen die Schreie wie aus dem Nichts. Als wäre das, was sie verursacht, vollkommen geräuschlos oder zumindest so leise, dass es in dem klirrenden, polternden, rauschenden Lärm untergeht.

Thomas unterbricht die Aufnahme. Reibt sich das Gesicht. Spürt, wie die Schreie und das Weiße Rauschen ihm einen

Druck auf der Brust verursachen. So als könnte er nicht mehr frei atmen.

»Wenn das eine Aufnahme von Moniqa Larsen ist, die gerade gefoltert wird, warum hat sie die Kassette dann aufbewahrt? Warum sollte sie Lust gehabt haben, sich das Ganze noch einmal anzuhören oder überhaupt daran erinnert zu werden?«

Rikke Møller zuckt mit den Schultern. »Keine Ahnung.«

Thomas lässt die Kassette weiterlaufen. Sie hören sich noch ein paar Minuten der Aufnahme an. Nach wie vor redet niemand darauf. Nur die Schreie der Frau sind zu hören. Ihr Peiniger ist vollkommen stumm.

»Der Täter spielt das Weiße Rauschen also ab, während er sie foltert. Und dabei nimmt er die Folter auf Kassette auf.«

In seinem Kopf pocht es. Noch einmal führt er den Finger zur Stopptaste. Er dreht die Kassette mit dem Taschentuch um. Spult bis zur letzten Minute vor und drückt auf »Play«. Sie hören die Aufnahme bis zum Schluss. Sie endet mitten in einem Schrei.

»Die Kassette ist voll, aber die Folter geht noch weiter«, sagt er. »Und auf das Band passen eineinhalb Stunden.«

Er lehnt sich auf dem Schreibtischstuhl zurück.

»Wie lang ist die Sounddatei aus Grys Wohnung?«, fragt Rikke Møller. »Wenn der Lärm und die Folter etwas miteinander zu tun haben, kann die Länge der Datei uns vielleicht eine Vorstellung davon geben, wie lange Moniqa Larsens Ermordung gedauert hat.«

»Acht Stunden«, sagt Thomas. »Die Datei enthält exakt acht Stunden mit diesem Krach.«

»Dann hoffe ich, dass meine Annahme falsch ist. Was den

Zusammenhang zwischen dem Lärm und der Folter angeht, meine ich.«

»Das hoffe ich auch. Was können wir der Kassette sonst noch entnehmen?«

»Dass Moniqa Larsen den Täter kannte«, sagt Rikke Møller. »Er hat sie schon einmal gefoltert.«

»Aber das erste Mal hat sie überlebt.«

Rikke Møller setzt sich auf die Schreibtischkante. »Was bedeutet das für unseren Fall, dass er es schon einmal getan hat? Was bedeutet das für sein Motiv?«

»Das weiß ich nicht. Moniqa Larsen taucht nirgendwo in unserem System auf. Sie kann die Folter also nicht gemeldet haben.«

»Dann hatte sie entweder Angst davor, zur Polizei zu gehen, oder sie hat sich freiwillig darauf eingelassen.«

»Freiwillig? Denkst du an etwas Sexuelles?«

»Es wäre zumindest nicht das erste Mal, dass sich jemand von Schlägen anturnen lässt. Aber es gibt natürlich auch noch eine dritte Möglichkeit.«

»Und die wäre?«

»Dass das, was wir da auf der Kassette gehört haben, im Ausland vor sich gegangen ist. Moniqa Larsen ist viel gereist. Das hat uns ihr Bruder erzählt. Möglicherweise ist sie irgendwo in der Fremde überfallen worden und hat es dort der Polizei gemeldet.«

»Ja, vielleicht«, murmelt Thomas. Geistesabwesend.

»Woran denkst du?«, fragt Rikke Møller.

Thomas antwortet nicht. Er sieht Moniqa Larsens Wohnzimmer vor sich.

Die eingeschaltete Anlage. Der blutfreie Fleck auf dem Tisch vor der Leiche.

»Auf dem Tisch vor Moniqa Larsen stand kein Foto«, sagt er. »Das muss ein Aufnahmegerät gewesen sein. Vielleicht ein altes Diktiergerät mit Minikassettenfach. Der Täter hat es mitgenommen, als er aus dem Haus und über die Straße lief …«

Er stockt. Ihm fällt auf, dass er sich die Person, die Moniqa Larsen umgebracht hat, immer noch als Mann vorstellt. Trotz Clara Hvornums Worten.

»Meinst du, es könnte auch eine Frau gewesen sein?«, sagt er nachdenklich.

»Der Täter? Wieso fragst du?«

»Clara Hvornum hat so was zu mir gesagt.«

»Du hast mit ihr gesprochen?«

»Ja. Sie wollte wissen, ob ich meine Narben auch von ›ihr‹ hätte. Ich glaube, dass sie von der Person geredet hat, von der Lucas entführt wurde.«

»Bist du dir sicher?«

»Nein, sicher bin ich mir nicht. Gry Nørremarks Nachbarn meinten, Gry hätte Angst vor einem Mann gehabt. Aber andererseits meinten sie auch, sie hätte den Namen Samantha gerufen.«

Thomas weiß, wie unzuverlässig Zeugenaussagen sind. Selbst wenn man nur wenige Augenblicke nach einem Unfall oder Verbrechen mit einem Zeugen redet, gibt es immer Dinge, die der oder die Betreffende vergessen hat. Oder Dinge, die den Leuten einfach falsch in Erinnerung bleiben. Da kann eine rote Jacke schon einmal zu einer blauen werden, ein schwarzhaariger Mann zu einem rothaarigen, ein Zwerg zu einem Riesen. Hatte die Zeugin Angst vor ihm, hat sie ihn möglicherweise größer in Erinnerung, als er in Wirklichkeit war.

»Weißt du, ob wir die Überwachungsaufnahmen von der Tankstelle schon bekommen haben?«, fragt er.

»Wenn ja, dann liegen sie bei Tina.«

»Welcher Tina?«

»Juhl Madsen. Die nebenan sitzt. Die, mit der du eben noch gesprochen hast. Sag mal, kennst du die Vornamen deiner Kollegen etwa nicht?«

»Doch. Ich benutze sie nur nie. Im Präsidium gibt es jede Menge Tinas, aber nur eine Juhl Madsen.«

»Okay. Na, dann werde ich mal Juhl Madsen fragen, ob sie die Aufnahmen hat.«

An einer der drei Bürotüren klopft es. An der zum Korridor, wie Thomas zu hören glaubt.

»Ja?«, brummt er.

Dahl kommt herein. Thomas betrachtet ihn. Mittlerweile sind drei Monate vergangen, seit Dahl wieder im Büro ist, doch er sieht immer noch blass aus. Fast durchsichtig. Der Fall im November hat ihn von allen am schlimmsten mitgenommen, und manchmal fragt Thomas sich, ob er sich jemals davon erholen wird. Es ist, als hätte Dahl sein zugemauertes Gefängnis als Gespenst verlassen, nicht als Mensch.

»Ich habe gerade Juhl Madsen gefragt, ob du schon gekommen bist«, sagt er.

»War ich nicht«, antwortet Dahl. »Mich hat niemand angerufen. Auch wenn der Rest der Truppe schon die ganze Nacht aktiv war, wie ich höre.«

Er schließt die Tür hinter sich.

Thomas faltet die Hände. Sieht Rikke Møller an. »Wolltest du nicht gerade zu Juhl Madsen wegen der Aufnahmen?«

Rikke Møller nickt und geht hinüber ins angrenzende Büro. Zieht die Tür hinter sich zu.

»Mit wem hast du gesprochen?«, fragt Thomas.

»Das ganze Präsidium redet doch von dem entführten Jungen«, entgegnet Dahl. »Sag mal, Nyland – gehöre ich eigentlich noch zu deinem Team? Arbeite ich noch für dich?«

»Du wärst gern angerufen worden?«

»Natürlich wäre ich gern angerufen worden. Was denkst du denn?«

Thomas deutet auf Ditte Bentzens leeren Stuhl. »Setz dich doch bitte einen Moment.«

Dahls Mund ist ein schmaler, gerader Strich in dem blassen Gesicht. Die Lippen sind genauso bleich wie seine restliche Haut. Er bleibt stehen. Ganz steif. Thomas sieht, dass er einen verstohlenen Blick auf den Kassettenrekorder wirft, ohne jedoch zu fragen, was es damit auf sich hat.

»Okay«, sagt Thomas. »Lass mich mal ganz ehrlich zu dir sein, Dahl: Ich wollte dir nicht noch ein verschwundenes Kind zumuten.«

»Verdammt noch mal, Nyland. Wenn das deine Entschuldigung ist, dann solltest du dich selbst nach Hause schicken. Und Møller. Was macht die überhaupt hier?«

»Sie hat heute ihren ersten Tag.«

»Ihre erste Nacht, meinst du wohl. Sie hältst du jedenfalls nicht außen vor.«

»Sie war auch nicht in einem Keller eingesperrt.«

Dahl schnaubt, als hätte er einen Faustschlag in den Magen bekommen.

»Tut mir leid«, sagt Thomas. »So wollte ich das nicht sagen. Aber ich muss nun mal vor allem daran denken, was das Beste für die Ermittlungen ist. Und ich bin mir nicht sicher, ob du für so einen Fall schon bereit bist.«

Dahl senkt die Stimme. »Nyland, das hier ist mein Job. Egal, was ich durchgemacht habe, ich bin immer noch Polizist. Ich habe nicht plötzlich vergessen, was ich in all den Jahren als Ermittler gelernt habe. Du musst mich doch, verdammt noch mal, für irgendwas gebrauchen können. Sonst kann ich meine Marke Meilby auch gleich auf den Schreibtisch legen.«

Thomas schweigt. Trommelt mit den Fingern auf die Tischplatte. Schließlich nickt er. »Kannst du Møller bitte noch mal reinholen?«

Dahl öffnet die Tür und ruft seine neue Kollegin.

»Møller«, sagt Thomas. »Würdest du Dahl mit dem Fall vertraut machen? Und dann könnt ihr zusammen zu der Psychotherapeutin im Nøjsomhedsvej fahren. Okay?«

»Verstanden.«

»Nehmt sowohl von Gry Nørremark als auch von Moniqa Larsen Bilder mit. Vielleicht kennt die Therapeutin ja beide.«

Møller und Dahl drehen sich um und wollen gehen.

»Moment«, hält Thomas sie noch einmal zurück. »Seht mal nach, ob die Fotos aus der Kommune schon hier sind, und nehmt die ebenfalls mit. Und … Møller?«

»Ja?«

»Was hat Juhl Madsen gesagt? Haben wir die Überwachungsaufnahmen?«

17

09:00 Uhr

Thomas schiebt eine der beiden DVDs von der Tankstelle in den Computer und scrollt durch eine Liste von Videofilmen, die alle mit einem Datum und einer Zeitangabe versehen sind. Die Mitarbeiter haben die Aufnahmen der letzten beiden Wochen zusammengestellt, genau wie von Thomas verlangt. Insgesamt sechs Dateien tragen das Datum und die Zeitangabe, die zu dem Zeitpunkt der Entführung passen. Sicher Aufnahmen von sechs verschiedenen Kameras auf dem Gelände der Tankstelle. Thomas muss die Dateien alle einzeln öffnen, um die Aufnahme der Kamera vor Zapfsäule drei zu finden.

Noch einmal sieht er Maiken Hvornum mit ihrer Tochter wegen des Radios streiten. Sieht, wie die Scheinwerfer des Autos aufleuchten. Sieht Maiken Hvornum auf den Laden zugehen und aus dem Bild verschwinden. Wieder ist es, als würde die Zeit um den schwarzen Kia Picanto stillstehen. Bis auf Clara Hvornum bewegt sich nichts im Bild. Thomas legt die Hand auf die Maus, und genau in dem Moment, als die schwarz gekleidete Gestalt erscheint, hält er den Film an. Die Gestalt ist vornübergebeugt und in einen Mantel mit Kapuze gehüllt. Er lässt den Film ein Stück weiterlaufen und klickt noch einmal auf Pause. Nun hat die Gestalt sich ein wenig aufgerichtet. Er versucht, die Größe der Person anhand der Wagenhöhe zu schätzen. Irgendwas zwischen einem Meter siebzig und einem Meter achtzig. So circa. Schlank.

Thomas kneift die Augen zusammen. Versucht zu erkennen, ob aus der stramm zusammengeschnürten Kapuze vielleicht lange Haarsträhnen hervorragen.

Unmöglich zu sehen.

Doch dafür hat er den Eindruck, dass die Kapuze am Hinterkopf leicht ausgebeult ist. Vielleicht, weil die Gestalt ihr langes Haar zu einem Knoten aufgesteckt hat? Vielleicht ist es aber auch nur eine Stofffalte, die die Kapuze so aussehen lässt.

Er spielt die Aufnahme ein paarmal ab, ohne über das Geschlecht der Gestalt Klarheit zu erlangen. Er ist sich sicher, dass Clara von einer Frau geredet hat, als er bei ihr zu Hause war. Aber vielleicht meinte sie gar nicht die Entführerin ihres Bruders. Vielleicht hat sie von einer ganz anderen Frau gesprochen. Es könnte auch sein, dass der Täter ein Mann mit langem Haar ist. Soll Thomas seinem Team nun sagen, dass sie nach einem Mann oder nach einer Frau fahnden?

Vielleicht sowohl als auch, denkt er. *Vielleicht handelt es sich um zwei verschiedene Personen. Gry Jensen ist auf der Flucht vor einem Mann, doch der Entführer und Mörder ist in Wirklichkeit eine Frau.*

Thomas schließt die Videodatei wieder. Ruft seine E-Mails ab. Er hat 37 ungelesene Nachrichten und überfliegt nur schnell die Betreff-Angaben, um Tina Juhl Madsens E-Mail zu dem Hintergrundcheck von Moniqa Larsen zu finden.

Die Kollegin hat eine Reihe von Links zu Artikeln zusammengestellt, die sie zuunterst in die E-Mail kopiert hat, und zusätzlich Informationen aus den Polizeiregistern herangezogen. Hat einen Kommentar hinzugefügt, dass sie noch keinen Zugang zu Moniqa Larsens Bankdaten erhalten habe und sie nicht in den sozialen Netzwerken habe finden können. Am Anfang der E-Mail hat sie kurz zusammengefasst, was sie herausgefunden hat. Die Quintessenz des etwa dreißig Zeilen langen Textes kann Thomas problemlos auf einen Satz bringen: Moniqa Larsen stammt aus einer ziemlich gut betuchten Familie.

Christian und Moniqa Larsens Urgroßvater hat 1937 das Chemiewerk Larsen Chemicals gegründet, das in den Fünfzigern und Sechzigern ein Vermögen mit Unkraut- und Schädlingsbekämpfungsmitteln für die Landwirtschaft machte. Das Unternehmen wurde 1973 für einen nicht genau bezifferten, aber zweifellos hohen Millionenbetrag verkauft, der in Heine Larsens Familienfonds eingezahlt wurde. Käufer des Chemiewerks war ein multinationales Konglomerat namens TSV. Soweit Tina Juhl Madsen herausfinden konnte, ist Christian Larsen Vorstandsmitglied in einer Handvoll Unternehmen, die alle mit besagtem TSV in Verbindung stehen, wohingegen Moniqa Larsen weder mit Chemikalien noch mit Unternehmensführung etwas zu tun zu haben schien. Der Wohnung nach zu urteilen, in der sie gelebt hat, muss sie sich beim Vorstand des Familienfonds unbeliebt gemacht haben. Während Christian Larsen also in einer der besten Gegenden Kopenhagens wohnt und darüber hinaus über ein Grundstück in Südspanien verfügt, besaß Moniqa Larsen so gut wie nichts.

Thomas klickt sich zurück zum Posteingang. Als er weiter

unten in der Liste Nataljas Namen liest, hält er inne. Er öffnet die E-Mail, die äußerst kurz gefasst ist. »Jonathan Flory« steht dort und dann eine E-Mail-Adresse und eine Telefonnummer mit der Landesvorwahl der USA.

Thomas schaut auf die Uhr. Es ist Viertel nach neun. Mit dem Anruf wird er noch warten müssen, auch wenn es ihn in den Fingern juckt, die Nummer sofort zu wählen. Er schreibt eine E-Mail an Natalja. Noch kürzer als ihre. »Danke« steht dort, als er die Finger von den Tasten hebt. Sonst nichts. Es sieht so kümmerlich aus. So nackt. Versuchsweise setzt er noch einen Smiley dahinter, doch den löscht er sofort wieder. Als es an der Tür klopft, klickt er schnell auf »Senden« und schließt das E-Mail-Programm. So als hätte er etwas zu verbergen. Als hätte er gerade einen Liebesbrief verfasst. Er spürt sogar, wie seine Wangen rot werden, und zwar nicht nur aufgrund der unerträglichen Hitze im Büro.

»Ja?«, brummt er. Und als niemand reagiert, hebt er die Stimme und versucht es noch einmal. »Ja? Herein.«

Ein junger Mann steckt den Kopf ins Zimmer. Thomas kennt seinen Namen nicht, doch er weiß, dass er zu den jungen Ermittlern gehört, die Meilby für die Ermittlungsassistenz ins Boot geholt hat.

»Ich habe das Handy des Opfers überprüft«, sagt er. »Habe alle angerufen, mit denen sie im letzten halben Jahr gesprochen hat.«

»Natürlich, ja. Kommen Sie herein.«

Der junge Mann betritt das Büro. Thomas schätzt ihn auf Mitte zwanzig. Er ist groß und muskulös, doch seine Körpersprache entspricht der eines Schuljungen. Hängende Schultern. Ein ausweichender Blick. In der Hand hält er einen Zettel.

»Hat Møller Ihnen die Aufgabe übertragen?«

»Ja, genau.«

»Gut. Was haben Sie herausgefunden?«

»Ich habe hier eine Liste mit Nummern und Namen.«

Er reicht ihm den Zettel, und Thomas lehnt sich mit einem Stöhnen zur Seite, um das Papier entgegenzunehmen. Rückt seine Brille zurecht und lässt den Blick über die Liste schweifen.

»Irgendjemand besonders Interessantes?«

»Der Letzte ganz unten. Mark Sørensen. Er ist Moniqa Larsens Exfreund.«

»Wunderbar. Ich rufe ihn an.«

Er schaut zu dem jungen Mann auf. »Danke. Sie können dann zu Meilby gehen, er hat sicher eine neue Aufgabe für Sie.«

Der junge Mann richtet sich ruckartig auf und dreht sich um wie ein Soldat.

»Ach, Moment noch«, brummt Thomas. Den Blick nun wieder auf die Liste gerichtet.

»Ja?«

»Ist Ihnen bei der Überprüfung des Handys vielleicht der Name Samantha begegnet?«

»Nein.«

»Sind Sie sicher?«

»Ja. Wenn der Name nicht auf der Liste steht, ist er mir nicht begegnet.«

»Ausgezeichnet«, sagt Thomas, ohne den jungen Mann noch einmal anzusehen. »Danke. Das war alles.«

18

09:30 Uhr

Kurze, blonde Locken. Ein Körperbau wie ein schlaksiger Teenager und eine Stimme, die perfekt zur Gesamterscheinung passt. Nachlässige, träge Bewegungen und ein Kleidungsstil wie ein amerikanischer Collegejunge. Ein eigenartiges Kribbeln durchfährt Martin Dahl, während er seine neue Kollegin betrachtet. Er weiß nicht, was sein Körper ihm zu sagen versucht. Wie sie dort so am Lenkrad des Dienstwagens sitzt, hat sie etwas Faszinierendes und Abstoßendes zugleich. Sie hat die Rückenlehne ein paar Stufen nach hinten gestellt, das Fenster geöffnet und den angewinkelten Arm ins Fenster gelegt. Irgendetwas an ihrem schlendernden Gang und ihrer lässigen Art, sich zu bewegen, stört ihn. Er selbst fühlt sich vollkommen steif. Oft wacht er mit einem Stechen im Rücken auf, und in letzter Zeit hat er ständig einen steifen Nacken, weil die Matratze auf dem Boden zu dünn und zu hart ist.

Zu ihrer Erscheinung passt auch die Art und Weise, wie Rikke Møller ihn über die Begebenheiten der Nacht informiert hat, bevor sie hinunter zum Auto gingen. Anstatt chronologisch zusammenzufassen, was wann passiert ist, hat sie die Informationen an ihn weitergegeben, wie sie ihr gerade in den Sinn kamen. Ohne Plan, worauf ihr Bericht eigentlich abzielen sollte. Ohne sich zu versichern, dass er auch alle Informationen bekam, die er benötigte. Sie war von Gry Nørremarks Wohnung in der Colbjørnsensgade zu irgendwelchen Fotos aus einer Kommune und weiter zu Moniqa Larsens Vermieter gesprungen, der sich allem Anschein nach gerade in Grönland aufhält. Er musste ein paarmal nach dem Zusammenhang zwischen Lucas Hvornums Verschwinden und Moniqa Larsens Tod fragen, bevor ihm klar wurde, dass es überhaupt keinen Zusammenhang gibt.

Er kann sich lebhaft vorstellen, dass Nyland und Møller gut zusammenarbeiten. Sie haben beide so einen unstrukturierten, ganz natürlichen Zugang zur Arbeit, von dem Martin nur träumen kann, und im Laufe einer einzigen Nacht hat Rikke Møller es fertiggebracht, Martins Platz als engster Mitarbeiter des Gruppenleiters einzunehmen.

»Was wissen wir von dieser Psychotherapeutin?«, fragt er.

»Nicht sehr viel. Ich habe nur schnell ein paar Infos über sie rausgesucht, nachdem Nyland mich gebeten hatte, hierher zu fahren. Auf ihrer Webseite steht, dass sie Mitglied des Dänischen Psychologenverbandes ist und an der Universität Aarhus Psychologie studiert hat. Und dann hat sie noch irgendeine Psychotherapieausbildung gemacht. Seit sechs Jahren hat sie eine eigene Praxis.«

»Liegt irgendwas gegen sie vor?«

»Du meinst, ob sie schon mal in Kontakt mit der Polizei war? Nein. Ich habe auch auf infomedia.dk nach ihrem Namen gesucht. In alten Zeitungsartikeln. Aber auch da taucht sie nicht auf.«

Rikke Møller hält am Straßenrand. Durch das Autofenster

sieht Martin ein klassizistisches Mehrfamilienhaus mitten am Nøjsomhedsvej. Es sieht frisch gestrichen aus. Cremefarben. Dieser Farbton erinnert ihn an Lene. Alle Zimmer in ihrer viel zu großen und viel zu teuren Wohnung hat sie in genau dieser Farbe gestrichen. Martin spürt, wie ihm plötzlich übel wird, und er muss kräftig schlucken. Er weiß nicht genau, ob der Gedanke an Lene oder der Gedanke an Sahne in rauen Mengen diese Übelkeit bei ihm hervorruft.

Die Praxis der Psychotherapeutin befindet sich im Erdgeschoss und hat einen eigenen Eingang. Neben der Tür ist ein Schild aus gebürstetem Stahl an der Mauer festgeschraubt: *Psychotherapeutin Julia Thiessen.*

Der Eingangsbereich erinnert an ein Wellnesshotel. Aus verborgenen Lautsprechern erklingt gedämpfte Musik. Lange, tiefe Töne, bei denen Dahl an weiße Sandstrände, Palmen und hellblaue Lagunen denken muss. Alles hier ist weiß, von den Wänden über den Empfangstresen bis hin zu den niedrigen Loungemöbeln, die im angrenzenden Zimmer um einen Glastisch stehen. Hochglanz-Modemagazine liegen darauf Seite an Seite mit Broschüren über Trauerbegleitung, Gesprächstherapie und Coaching.

Der Raum ist leer. Weder Patienten noch Mitarbeiter sind irgendwo zu sehen.

»Hallo?«, ruft Rikke Møller. Lehnt sich zur Seite und sieht einen Flur hinunter, an dessen Ende sich eine geschlossene, weiße Tür befindet.

Martin schaut sich am Tresen nach einer Glocke um, die er läuten kann, findet aber keine.

Kurz darauf öffnet sich eine Tür hinter dem Tresen, und

ein Mann Mitte dreißig in einer weißen Hose und einem kurzärmeligen, weißen Polohemd erscheint. Im Halsausschnitt ist seine üppige helle Brustbehaarung zu sehen. Die Haare auf seinem Kopf und der dichte Bart hingegen sind millimeterkurz rasiert.

»Entschuldigen Sie«, sagt er und entblößt beim Lächeln seine Zähne, die ebenso chlorgebleicht aussehen wie seine Kleidung. »Ich war gerade hinten.«

Er setzt sich an den Computer.

»Sie müssen Dorthe sein«, sagt er zu Rikke Møller. »Ihr Termin ist um 9:45 Uhr, oder?«

Møller zeigt ihm ihren Ausweis. »Rikke Møller und Martin Dahl, Polizei Kopenhagen. Wir würden gern mit Julia Thiessen sprechen.«

»Erwartet sie Sie?«

»Nein. Wir hatten keine Gelegenheit, vorher anzurufen, aber wir würden es sehr schätzen, wenn sie trotzdem kurz mit uns reden würde. Es dauert nur ein paar Minuten.«

Er lächelt wieder. Martin betrachtet seinen aufgepumpten Bizeps, der sich hebt und senkt wie Wellen in der Brandung, als er die Maus auf dem Schreibtisch hin- und herbewegt.

»Sie ist gerade mitten in einem Gespräch, und die nächste Patientin kommt in fünf Minuten, also …«

Am Ende des Ganges geht die weiße Tür auf, und zwei Frauen erscheinen in der Türöffnung. Die eine sieht aus, als hätte sie geweint.

»Ah, sie kommen gerade heraus«, sagt der Mann hinter dem Tresen. »Dann kann ich ja mal fragen …«

»Brauchen Sie nicht. Das schaffen wir schon selbst«, entgegnet Martin schnell, und bevor der wohltrainierte Mitarbeiter reagieren kann, läuft Martin den Gang hinunter, dicht gefolgt von Rikke Møller.

»Julia Thiessen«, sagt er, und die Psychotherapeutin schaut auf.

Martin reicht ihr die Hand und stellt sich und Rikke Møller vor.

»Tut mir leid, dass wir hier so hereinschneien, aber es geht um einen dringenden Fall, bei dem wir Ihre Hilfe benötigen. Es dauert nicht lange.«

Er tritt zwischen Julia Thiessen und ihre immer noch schniefende Patientin, und im nächsten Moment steht er in ihrem Praxiszimmer. Einem ebenso weißen, kahlen und ruhigen Raum wie der Empfangsbereich.

Sein Herz schlägt kräftig in seiner Brust, und ihm ist schwindelig. Er kann sich nicht erinnern, sich einer potenziellen Zeugin jemals derart aufgedrängt zu haben. Julia Thiessen starrt ihn sprachlos an. Scheint dann Hilfe bei Rikke Møller suchen zu wollen, doch die zuckt nur mit den Schultern und folgt Martin durch die Tür.

»Okay«, sagt die Therapeutin daraufhin. »Einen Augenblick. Ich bitte Torben nur schnell, dass er niemanden hereinlässt.«

Rikke Møller sieht Martin mit einem schiefen Lächeln an, sagt aber nichts. Er ist zu sehr außer Atem, um das Lächeln zu erwidern.

»Womit kann ich dienen?«, fragt die Therapeutin, als sie zurückkommt. Sie hat ein warmes Lächeln, und bei ihrem Anblick durchfährt es Martin wie ein elektrischer Schlag. Als er sich eben an ihr vorbeigezwängt hat, ist ihm kaum aufgefallen, wie sie aussieht, nun aber muss er sich zusammenreißen, um sie nicht anzustarren. Der Eindruck, den sie auf ihn macht, muss von dem Adrenalin, das gerade durch seinen Körper strömt, verstärkt werden, sagt er sich.

Sie ist schätzungsweise Ende dreißig. Ihr Haar ist lang und dunkel mit einem rötlichen Schimmer. Weiche Gesichtszüge. Eine kleine Nase mit Sommersprossen. Legere Kleidung, die im Kontrast zu den scharfen, hellen Linien des Raumes steht. Nur ein langärmeliges schwarzes T-Shirt und Jeans. Enge Jeans, wie Martin auffällt.

»Wir suchen nach einer Frau, die, wie wir annehmen, eine ehemalige Patientin von Ihnen ist«, sagt Rikke Møller.

Julia Thiessens Lächeln erstarrt. »Sie wissen schon, dass ich der Schweigepflicht unterliege?«

Møller schaut Martin an, so als warte sie darauf, dass er das Gespräch fortführt, aber da er keine Anstalten macht, etwas zu sagen, ergreift sie wieder das Wort: »Natürlich. Wir stellen Ihnen einfach ein paar Fragen, und wenn Sie auf irgendetwas nicht antworten möchten, dann ist das in Ordnung. Abgemacht?«

»Wir können es versuchen.«

»Gut.«

Rikke Møller wirft Martin erneut einen Blick zu, und erst jetzt begreift er, dass sie die Gesprächsführung an ihn abgeben möchte. Er hatte schon fast vergessen, dass sie heute ihren ersten Tag in einer neuen Abteilung hat. Er ist überhaupt nicht auf den Gedanken gekommen, dass sie vielleicht erst einmal in den Hintergrund treten und beobachten möchte, wie in Nylands Team bei Ermittlungen vorgegangen wird.

Martin holt ein Bild von Gry Nørremark aus der Tasche und zeigt es der Psychotherapeutin. Es ist eine Farbkopie eines Fotos aus der Wohnung in der Colbjørnsensgade.

»Kennen Sie diese Frau?«

»Ja, die kenne ich.«

»Ist sie eine Patientin von Ihnen?«

»Nein.«

»Nein?«

»Sie ist nicht mehr meine Patientin. Ihre Therapie ist beendet.«

»Wissen Sie, wie sie heißt?«

»Gry Nørremark.«

»Sind Sie sicher?«

»Ja.«

»Ihr Nachname ist nicht vielleicht Jensen?«

Julia Thiessen sieht Martin fragend an.

»Ich fasse das als Nein auf«, sagt er und hält in Gedanken fest, dass Gry ihren Decknamen erst nach Abschluss der Therapie verwendet hat. Oder dass sie ihrer Therapeutin nicht davon erzählt hat.

»Wann wurde die Therapie beendet?«, fährt er fort.

»Das weiß ich nicht mehr. Es ist schon ein paar Jahre her.«

»Wie viele ungefähr?«

»Auf jeden Fall drei. Vielleicht auch mehr.«

»Können Sie uns sagen, warum sie bei Ihnen in Behandlung war?«

»Nein, das kann ich nicht. Was hier während der Sitzungen passiert, ist streng vertraulich. Eigentlich darf ich nicht einmal die Namen meiner Patienten an Sie weitergeben.«

»In Ordnung. Ich glaube, Gry Nørremark hat nach dem Tod ihrer Tochter Hilfe bei Ihnen gesucht. Ist das korrekt?«

»Dazu kann ich Ihnen nichts sagen. Aber Trauerbegleitung ist mein Schwerpunkt, um mal ganz allgemein zu antworten. Die meisten, die zu mir kommen, haben einen Angehörigen verloren. Ein Kind, einen Ehepartner, einen Elternteil.«

»Sind Trauergruppen auch ein Teil der Therapie?«

»Das kann sein, ja.«

»Hat Gry Nørremark an einer Trauergruppe teilgenommen?«

Julia Thiessen lächelt erneut. »Das ist wieder so eine Frage, auf die ich nicht antworten kann.«

Martin holt ein Foto von Moniqa Larsen hervor. »Was ist mit dieser Frau? Kennen Sie die?«

Die Therapeutin beugt sich vor.

Mit klopfendem Herzen tritt Martin einen halben Schritt zurück.

Jetzt reiß dich mal zusammen, denkt er. *Was würdest du denn tun, wenn du tatsächlich ein Date mit ihr hättest? Würdest du sie anschließend mit zu dir nach Hause nehmen? In deine lausige Wohnung? Auf die Matratze auf dem Fußboden?*

Im nächsten Moment packt ihn das schlechte Gewissen, und er sieht Emma vor sich.

Ich sollte meine Zeit ohnehin nicht an diesen Fall hier verschwenden, wo es doch einen viel wichtigeren gibt, den ich gerade vernachlässige. Wie kann ich da überhaupt darüber nachdenken, meine Zeit mit einer zufällig dahergelaufenen Frau zu verbringen?

»Nein, diese Frau kenne ich nicht«, sagt Julia Thiessen.

»Sicher nicht?«

»Ganz sicher nicht.«

Martin zieht ein Foto aus der Kommune hervor.

»Und diese Leute hier?«

Sie betrachtet sie lange. Schüttelt den Kopf.

»Tut mir leid«, sagt sie.

»Kein Problem.«

Er steckt die Bilder weg.

»Wir müssen mit den Teilnehmern der Trauergruppe sprechen, zu der auch Gry Nørremark gehörte«, sagt er dann.

»Das kommt überhaupt nicht infrage. Wie gesagt, ich kann die Namen meiner Patienten nicht an Sie herausgeben.«

Martins Herz schlägt wieder ruhiger, doch der hohe Puls hat eine körperliche Unruhe bei ihm hinterlassen. Eine Rastlosigkeit.

»Hören Sie«, sagt er zu der Therapeutin. »Eine Frau wurde ermordet und ein Kind entführt. Ein dreijähriger Junge. Die Tote ist die Frau auf dem Bild, das ich Ihnen gerade gezeigt habe. Wir wissen mit Sicherheit, dass Gry Nørremark etwas über den Täter beider Verbrechen weiß. Wir glauben, dass sie Angst vor ihm hat und entweder untergetaucht ist, weil sie um ihr Leben fürchtet, oder genau wie der Junge entführt wurde. Ich bitte Sie daher, es sich gut zu überlegen, bevor Sie uns abweisen.«

Julia Thiessen nickt. »Ich verstehe. Aber ich kann Ihnen keine Namen oder Kontaktdaten geben. Ich könnte die Teilnehmer heute Nachmittag nach meiner letzten Sitzung anrufen und sie bitten, sich bei Ihnen zu melden, falls sie bereit sind, mit Ihnen zu reden. Das ist alles, was ich für Sie tun kann.«

»Das ist nicht …«, setzt Martin an.

»Das ist alles, was ich für Sie tun kann. Wir haben es hier mit einer Gruppe von Leuten zu tun, die ein Kind verloren haben. Alle aus der Trauergruppe, an der Gry Nørremark teilgenommen hat, haben ein oder mehrere Kinder verloren. Sie und ich haben hart daran gearbeitet, dass sie wieder einigermaßen mit ihrem Leben zurechtkommen, und wenn Sie nun anfangen, ihnen Fragen zu stellen, kann sie das durchaus aus dem ohnehin labilen Gleichgewicht bringen. Sie riskieren, dass diese Leute wieder ganz von vorn anfangen müssen.«

»Wir werden schon behutsam sei«, sagt Rikke Møller. »Wir wollen sie ja nicht zu ihrem Privatleben befragen, sondern nur wissen, ob sie noch Kontakt zu Gry Nørremark haben und ob sie vielleicht wissen, wo sie jetzt ist.«

»Ganz ehrlich«, schaltet sich Martin dazwischen. »Wir haben keine Zeit, bis heute Nachmittag zu warten.«

Er steckt die Hand wieder in die Tasche. Holt ein weiteres Foto hervor und hält es Julia Thiessen hin. Er sieht, wie sie erstarrt. Spürt, wie sich sein Herzschlag erneut beschleunigt.

»Was um Himmels willen ist das?«, ruft sie.

»Moniqa Larsen wurde zu Tode geprügelt«, sagt Martin. Er ist überrascht, wie ruhig seine Stimme klingt. »Sowohl mit Fäusten als auch mit einem Hammer. Es hat viele Stunden gedauert und muss extrem schmerzhaft gewesen sein. Sie hat mehrere Knochenbrüche erlitten. Ihr wurde die Zunge mit einer Schere aus dem Mund geschnitten. Im Moment ist ein dreijähriger Junge mit dem Mann unterwegs, der ihr das angetan hat. Wie kämen Sie damit zurecht, wenn der Kleine in diesem Zustand auftaucht?«

Julia Thiessens Gesicht ist wie versteinert. Sie hat die Hände zu Fäusten geballt und atmet hastig und flach. Hinter ihr steht Rikke Møller mit ungläubigem Blick.

Martin hält das Foto am ausgestreckten Arm. Sein ganzer Körper ist angespannt. Er weiß, dass er hoch pokert. Dass er riskiert, die Therapeutin so sehr zu reizen, dass sie ihnen nicht nur ihre Hilfe verweigert, sondern auch umgehend zum Hörer greift, um bei der Polizei Kopenhagen anzurufen und sich über ihn zu beschweren.

Julia Thiessen sieht Martin lange an. Ohne mit der Wimper zu zucken.

»Ich werde Ihnen nicht ihre Namen und Nummern geben«, wiederholt sie dann. Ihre Stimme bebt.

Martin senkt den Arm. Die Schlacht ist verloren.

»Aber«, sagt sie, »ich habe nach dem nächsten Patienten eine Lücke in meinem Kalender. Um 10:45 Uhr. Dann kann ich die Teilnehmer der Trauergruppe anrufen und fragen, ob sie mit Ihnen reden möchten. Und ich werde es unterlassen, ihnen davon abzuraten. Auch wenn ich große Lust dazu hätte.«

»Danke«, sagt er und steckt das Foto weg. »Ich rufe Sie um 11:15 Uhr an, um zu hören, ob Sie irgendetwas haben, was Gry Nørremark weiterhelfen könnte.«

Er gibt Rikke Møller ein Zeichen zum Aufbruch, und Julia Thiessen öffnet ihnen die Tür. Sie sind schon ein gutes Stück den Gang hinunter, als die Therapeutin noch einmal nach ihnen ruft.

Sie drehen sich um.

»Martin Dahl war Ihr Name, oder?«, fragt sie.

»Ja.«

»Gut. Dann weiß ich, über wen ich mich beschweren muss.«

19

09:30 Uhr

»Hallo, hier ist Mark.«

»Thomas Nyland, Polizei Kopenhagen. Spreche ich mit Mark Sørensen?«

»Ja … äh … ich habe gerade mit einem Ihrer Kollegen telefoniert … eine halbe Stunde lang. Ist denn noch nicht alles geklärt, was Sie …«

»Ich weiß«, unterbricht Thomas ihn. »Und es tut mir leid, dass ich Sie noch einmal stören muss.«

»Ist schon okay … es ist nur … ich bin noch ganz verheult von dem ersten Gespräch. Ich weiß nicht, ob ich eine weitere Fragerunde durchstehe.«

Mark Sørensen stößt ein kurzes Lachen aus und zieht die Nase hoch.

»Einen Moment«, sagt er. Es raschelt in der Leitung. Er scheint das Telefon beiseitezulegen, und kurz darauf hört Thomas, wie er sich die Nase putzt. Das Geräusch ist leise und weit entfernt. Dann kehrt die Stimme zurück: »Entschuldigen Sie. Ich wäre dann so weit. Wer, sagten Sie, sind Sie?«

»Mein Name ist Thomas Nyland. Ich leite die Ermittlung zur Aufklärung des Mordes an Moniqa Larsen. Wie ich höre, waren Sie ihr Freund?«

»Ja. Das ist aber schon einige Jahre her.«

»Wie viele?«

»Das kommt ein bisschen darauf an … eine Zeit lang waren wir immer wieder mal getrennt und dann auch wieder zusammen. Moniqa war nicht so leicht zu halten. Es muss jetzt circa vier Jahre her sein, dass wir auseinandergingen, und danach haben wir uns ein paar Jahre nicht gesehen. Aber vor zwei Jahren ist sie plötzlich wieder aufgetaucht und wollte noch einmal von vorn anfangen.«

»Und haben Sie das getan?«

»Das ging nicht so leicht. Ich wohne jetzt in Odense. Mit den Kindern. Und hier wollte Moniqa nicht leben.«

Thomas spürt, wie sich sein Puls beschleunigt. Er erinnert sich an das, was Moniqa Larsen zu ihrem Bruder gesagt hat, nachdem dessen Sohn gestorben war: »Ich kann dich verstehen.«

Hat sie damit vielleicht angedeutet, dass sie selbst Kinder hatte?

»Mit den Kindern, sagen Sie. Moniqas und Ihren?«

Mark Sørensen lacht wieder. »Nein. Es sind nicht Moniqas. Ich habe sie aus einer früheren Beziehung. Zwei Jungs im Alter von 13 und 15.«

»Ach so. Wissen Sie, ob Moniqa eigene Kinder hatte? Vielleicht auch, bevor Sie sie trafen?«

»Warum fragen Sie?«

»Reine Neugier.«

»Ich glaube nicht, dass sie welche hatte. Sie schien nicht besonders viel von Kindern zu halten. Zumindest nicht von meinen. Ich glaube, sie fand sie zwar ganz nett, aber sie wollte lieber nicht allzu viel mit ihnen zu tun haben.«

»Wie meinen Sie das?«

»Zuerst wollte sie sie am liebsten gar nicht treffen. Sie hat immer gesagt, dazu wäre sie noch nicht bereit. Also sahen wir uns nur, wenn die Jungs bei meiner Exfrau waren. Schließlich konnte ich Moniqa davon überzeugen, dass sie meine Kinder kennenlernen musste, wenn das zwischen uns mehr als ein unverbindlicher Flirt sein sollte. Das gehörte nun mal zu mir dazu. Sie ließ sich darauf ein. Widerwillig.«

»Wieso widerwillig?«

»Sie hat sich nicht mit ihnen unterhalten, wenn sie da waren. Bis auf ein bisschen Small Talk und … Sie wissen schon … Höflichkeitsfloskeln.«

»Das klingt nach einem angestrengten Verhältnis.«

»Das war es wohl auch. Aber nur, wenn die Kinder da waren. Wenn wir allein waren, war sie ganz anders. Lustig und quirlig und voller Energie. Zumindest das erste Mal, als wir ein Paar waren.«

»Aber nicht, als sie Sie vor zwei Jahren wieder aufgesucht hat?«

»Nein.«

»Warum nicht?«

»Das weiß ich nicht so genau. Es war, als hätte sich irgendetwas verändert. Sie war immer schon ein bisschen alternativ drauf … wir haben uns damals in einem Handlesekurs kennengelernt … aber auf einmal wirkte sie geradezu besessen von irgendwelchen esoterischen Ideen. Sie meinte, sie hätte Grenzen überschritten, die zu überschreiten sie nie für möglich gehalten hätte.«

»Wissen Sie, was für Grenzen sie damit meinte?«

»Nein. Sie nannte es die ultimative Grenze. Ich glaube, sie meinte vielleicht den Tod. Sie hat von etwas geredet, das sie ›weißer Schmerz‹ nannte, aber ich weiß nicht, was sie damit meinte.«

»Sie haben nicht genauer nachgefragt?«

»Nein. Um ehrlich zu sein, interessierte es mich nicht so richtig. Wir sind uns nicht mehr so nah gekommen wie früher. Ich war nicht mehr so verliebt in sie. Ich dachte, die Gefühle kämen wieder, wenn ich der Sache nur eine Chance geben würde, aber … tja, vielleicht war ich mit dem Alter einfach klüger geworden.«

»Was ist mit ihrem Bruder? Sind Sie dem jemals begegnet?«

»Nur ein einziges Mal. Die beiden verstanden sich nicht so gut. Sie waren sehr verschieden. Sie meinte, er sei ihr zu konform. Aber er war mir eigentlich ganz sympathisch. Auch weil er offenbar nichts mit Moniqas Exfreund anfangen konnte.«

»Wer war das?«

»Er war der andere Grund, warum die Beziehung zwischen Moniqa und mir nie so richtig ernst werden konnte. Moniqa hat im Grunde die ganze Zeit den Kontakt zu ihm gehalten. Manchmal ganz offen, manchmal heimlich. Hat ihm heimlich SMS und E-Mails geschrieben und so weiter. Es gab Zeiten, da ist sie komplett ausgerastet, wenn ich ihr auch nur ihr klingelndes Handy gereicht habe. Dann hat sie mir vorgeworfen, ich würde sie ausspionieren, und gesagt, sie brauche ihre persönliche Freiheit. Was auch immer das bedeutete. Aber in Wirklichkeit war ich ziemlich geduldig, was das Verhältnis zu ihrem Exfreund anging. Wenn ich das mal so sagen darf.«

»Worauf spielen Sie an?«

»Ich habe sie selbst einmal zu ihm gefahren. Ihre Beziehung war ungeklärt, und ich dachte, sie könnte vielleicht endlich mit ihm abschließen, wenn sie alles mal in Ruhe durchsprechen. Doch das konnte sie nicht.«

»Wie heißt ihr Exfreund?«

»David Hald.«

Thomas notiert sich den Namen auf einem Zettel.

»Gut«, sagt er. »Erinnern Sie sich noch an seine Adresse?«

20

11:20 Uhr

Martin beendet das Telefonat und legt das Handy in seinen Schoß. Schaut auf die Liste mit Namen und Telefonnummern, die er auf der Rückseite eines alten Berichts aus dem Handschuhfach des Dienstwagens notiert hat. Vier Namen insgesamt. Julia Thiessen hat erzählt, dass in den Trauergruppen eine gewisse Fluktuation herrscht, da immer wieder neue Patienten hinzukommen, während andere ihre Therapie beenden und die Gruppen verlassen. Alles in allem muss Gry Nørremark mit etwa zwanzig anderen Patienten an den Gruppensitzungen teilgenommen haben, doch Julia Thiessen hat nur wenige davon erreicht, und von denen, mit denen sie gesprochen hat, wollten nur vier freiwillig mit der Polizei reden.

»Will sie denn versuchen, im Laufe des Tages noch mehr zu erreichen?«, fragt Rikke Møller und wirft einen skeptischen Blick auf die kurze Liste.

»Das glaube ich kaum«, sagt Martin. »Aber die vier Personen auf der Liste müssten uns doch sicher noch ein paar andere Teilnehmer nennen können.«

Er greift nach dem Pappbecher mit Kaffee, den sie sich während der Wartezeit in Riccos Kaffeebar besorgt haben.

Es ist nur noch ein kleiner Schluck übrig, und der ist während des Telefonats kalt geworden.

»Sollen wir einfach der Reihe nach vorgehen?«, schlägt er vor, trinkt aus und stellt den leeren Becher zurück in den Becherhalter.

Rikke Møller dreht den Schlüssel im Zündschloss. »Wohin zuerst?«

Er schaut auf die Liste. »In den Svanevej. Zum Svane-Wohnheim.«

Sie fahren auf dem Jagtvej quer durch Østerbro und Nørrebro. Stoßen auf die Nørrebrogade und bleiben sofort im dichten Verkehr stecken. Ein Lastwagen mit Bierreklame auf der Seite steht mitten auf der Straße und will entgegen der Fahrtrichtung in die Holtegade, eine Einbahnstraße, zurücksetzen. Durch das Manöver haben sich auf beiden Seiten der Nørrebrogade lange Autoschlangen gebildet. Rikke Møller hupt und schimpft. Der Lastwagen bremst kurz vor einem Fahrradfahrer ab, der nur wenige Zentimeter davon entfernt war, von einem der Hinterreifen erfasst zu werden, und bald ertönt um den Laster herum ein lautes Hupkonzert.

Martins Gedanken schweifen einen Moment ab. Sein Blick fällt aus dem offenen Fenster auf die schreiend gelben Schilder der *Shawarmabude Kebabistan*. Er wird vom Klang der hupenden Autos eingehüllt. Von den Rufen und Schreien auf der Straße. Einem chaotischen, durchdringenden Lärm, der es ihm unmöglich macht, einen klaren Gedanken zu fassen.

Der Lastwagen setzt langsam Stück für Stück zurück. Schließlich ist so viel Platz auf der Straße, dass die Autos sich an ihm vorbeizwängen können, wenn sie die Hälfte des Fahrradwegs mitbenutzen. Rikke Møller folgt den Autos vor ihr über den Bordstein auf den Fahrradweg.

»Ich glaube, ich habe mich nie bei dir bedankt«, sagt Martin, als der Verkehr wieder normal weiterfließt.

»Dich bei mir bedankt?«, fragt Rikke Møller.

»Für das im November.«

Rikke Møller winkt ab. »Das war doch nur mein Job. Du bist in meinem Bezirk verschwunden, da konnte ich euch ja wohl meine Hilfe nicht verweigern.«

»Nein, konntest du wohl nicht.«

»Außerdem hat Nyland die Ermittlung geleitet. Bei ihm solltest du dich bedanken.«

»Vielleicht. Aber wenn du nicht gewesen wärst, dann wäre er jetzt auch weg vom Fenster. Tot.«

»Ja. Und ich habe vor, ihn von jetzt an täglich daran zu erinnern.«

»Hast du deshalb den Job angenommen?«

»Unter anderem«, antwortet sie mit einem Lächeln.

Sie blinkt und wartet auf eine Lücke im Gegenverkehr, bevor sie links in die Hillerødgade abbiegt. Fährt am Nørrebro Park und am Nørrebro Skatepark vorbei. Ein junger Mann in Shorts und mit Helm und Ellbogenschützern fährt auf seinem Skateboard ein Metallgeländer hinunter. Er gerät aus dem Gleichgewicht und stürzt mit dem Rücken auf eine Betontreppe. An eine Hauswand hinter dem Park hat jemand auf Höhe der siebten Etage »FUCK COPS« geschrieben. Genau unterhalb des Daches.

»Ich kenne Nyland noch von der Polizeischule«, sagt Rikke Møller. »Also, eigentlich kannten wir uns damals nicht besonders gut. Aber wir waren im selben Jahrgang. Ich habe immer viel von ihm gehalten. Auch wenn man keine normale Unterhaltung mit ihm führen kann.«

Martin nickt.

»Hast du vor hierherzuziehen?«, will er wissen. »Da du doch jetzt eine Stelle hier hast, meine ich.«

»Ja, sobald ich eine Wohnung für die ganze Familie gefunden habe.«

»Hast du Kinder?«

»Ja, zwei. Und ich habe tatsächlich auch einen Mann gefunden, der es mit mir aushält.«

»War das schwierig?«

»Eigentlich nicht. Ich kenne ihn seit der Grundschule. Und bin seit der Oberstufe mit ihm zusammen.«

»Nicht schlecht.«

»Was ist mit dir? Du hattest doch auch Familie, soweit ich mich erinnere.«

»*Hatte*, ja.«

»Sind sie … gestorben?«

Martin stößt ein kurzes Lachen aus. »Nein. Aber ich bin wohl mehr oder weniger gestorben für sie.«

»Dann bist du also nicht mehr mit deiner Frau zusammen?«

»Nein.«

»Wie viele Kinder hast du?«

»Zwei. Beides Mädchen.«

»Ich habe einen Jungen und ein Mädchen. Und das war's wahrscheinlich noch nicht.«

»Wirklich?«

Er betrachtet ihren Bauch.

»Im Moment ist da noch nichts drin«, sagt sie und legt sich die freie Hand aufs T-Shirt. »Bis auf zwei Cheeseburger und einen Erdbeer-Milchshake, die ich auf dem Weg ins Präsidium verdrückt habe. Aber die rumoren fast genauso, als wär's was Lebendiges.«

»Ein Bandwurm vielleicht?«

»Oder ein Alien. Versprich mir, dass du ihn einfängst, wenn er aus meiner Bauchdecke hervorbricht.«

»Ich habe schon Schlimmeres mit bloßen Händen gefangen«, sagt Martin. »So ist das, wenn man Kinder hat.«

Sie schaut ihn an. »Was ist das Schlimmste, was du jemals mit bloßen Händen gefangen hast?«

»Ich weiß nicht, ob ich darüber reden will.«

»Doch, komm schon. Das ist eine gute Möglichkeit, sich besser kennenzulernen.«

»Müssen etwa alle deine neuen Bekanntschaften solche Fragen beantworten?«

»Ja. Bis auf meine Schwiegermutter. Die würde es mir nie verzeihen, wenn ich ihr solche Fragen stellen würde.«

Martin schüttelt ungläubig den Kopf.

»Also«, sagt Rikke Møller. »Was antwortest du?«

»Gar nichts. Ich finde, wir sollten über etwas anderes reden.«

»Worüber möchtest du denn reden?«

»Nichts«, stöhnt er. »Einfach … gar nichts. Falls sich das irgendwie machen lässt.«

»Okay. Ich werde versuchen, die Klappe zu halten.«

Das Svane-Wohnheim ist ein unpersönliches Betongebäude.

Vier Etagen hoch, mit langen Reihen von Fenstern, die dicht an dicht nebeneinander angeordnet sind. In dem bunten Svanevej, wo sich lauter auffällige Häuser vollkommen willkürlich aneinanderreihen, macht das Wohnheim nicht besonders viel her. Genau gegenüber befinden sich eine große weinrote Lagerhalle und ein chaotischer Parkplatz, der von einer hohen, mit vielen kleinen Metallzacken besetzten Betonmauer umgeben ist. Jenseits des Parkplatzes hausen die Hells Angels in einem streng rechteckigen Backsteinhaus, über dessen Tür das Logo des Rockerklubs prangt. Seite an Seite mit dem Wohnheim steht ein frisch renovierter Wohnblock, weiß gestrichen und mit glänzenden neuen Balkons sowie einer großen Dachterrasse, der vom Bauboom zu Beginn des neuen Jahrtausends zeugt. Ein Stückchen weiter die Straße hinunter, nur durch ein paar große blaue Müllcontainer voller Industrieabfall von dem Wohnblock getrennt, befinden sich die Adventistenkirche und eine dazugehörige Privatschule in einer großen Villa vom Anfang des zwanzigsten Jahrhunderts.

Rikke Møller findet eine Lücke zwischen den parkenden Autos und hält am Straßenrand. Sie geht auf ein geschlossenes Gittertor zu, das sowohl zur Haustür des Wohnheims als auch zum Hinterhof führt. Eine Frau Ende zwanzig steht im Hinterhof im Sonnenschein und raucht. Sie trägt kurze Shorts und ein Oberteil mit schmalen Trägern, und Martin muss nüchtern feststellen, dass der Anblick des schlanken, jungen Körpers ihn nicht mit Lust, sondern eher mit Angst davor erfüllt, dass seine eigenen Töchter in wenigen Jahren ebenso leicht bekleidet um die Häuser ziehen werden.

»Mit wem wollen wir hier sprechen?«, fragt Rikke Møller

und lässt den Blick über die vielen Namen auf dem Türschild gleiten.

»Mit einer Frau namens Gitte Vithner«, sagt Martin und streckt seinen linken Arm an ihr vorbei aus, um auf die entsprechende Klingel zu drücken.

Sie warten, doch nichts geschieht.

»Vielleicht ist sie nicht zu Hause«, sagt Rikke Møller.

»Julia Thiessen meinte, sie hätte mit ihr besprochen, dass sie zu Hause auf uns wartet.«

Die junge Frau im Hinterhof blickt auf. Sie drückt ihre Zigarette an der Ferse ihres rechten Flipflops aus und steckt den Stummel zurück in die Packung. Dann kommt sie auf das Gittertor zu.

»Sind Sie von der Polizei?«, fragt sie.

Martin und Rikke Møller antworten wie aus einem Mund.

»Gitte Vithner«, stellt sich die Frau vor und reicht ihnen die Hand zum Gruß. »Zwei Sekunden, ich mache Ihnen auf.«

Sie führt sie ins Haus und geht mit ihnen die Treppe hinauf in den dritten Stock. Die Einzimmerwohnungen befinden sich hinter weißen Türen zu beiden Seiten eines langen Ganges. Eine davon ganz in der Nähe ist angelehnt. Die Tür zu Gitte Vithners Wohnung. Einem kleinen Raum mit einer Pantryküche gleich hinter der Tür, einem kleinen Badezimmer und zwei großen Fenstern zum Hof. Martin schaut hinaus. Ein paar Etagen weiter unten befindet sich eine große Holzterrasse, und an der Seite des Gebäudes windet sich eine alte Feuertreppe zur Terrasse hinunter.

»Julia sagte, Sie wollten mit mir reden. Aber sie hat mir nicht erzählt, worum es geht.«

»Routinefragen«, sagt Martin. »Wir suchen nach einer Frau, die bei Julia Thiessen in Behandlung war. Sie hat dieselbe Trauergruppe besucht wie Sie.«

Gitte Vithner setzt sich auf ihren Couchtisch.

»Okay«, sagt sie. »Bringen wir es hinter uns. Schießen Sie los, aber machen Sie es kurz. Ich ertrage es nicht, über damals zu reden.«

Martin holt die Aufnahmen von Gry Nørremark, Moniqa Larsen und der Kommune hervor. Breitet sie auf der Tischplatte aus, damit Gitte Vithner sie sich ansehen kann.

»Erkennen Sie jemanden auf diesen Fotos?«

Sie wirft einen kurzen Blick darauf. Schüttelt den Kopf.

»Sehen Sie bitte genau hin«, sagt Martin. »Sind Sie sicher?«

»Ich erkenne niemanden.«

Martin deutet auf das Bild von Gry Nørremark. »Auch sie nicht?«

»Ist das die Frau, nach der Sie suchen?«

»Ja.«

Gitte Vithner schüttelt noch einmal den Kopf. »Ich kenne sie nicht. Aber wenn Julia Ihnen gesagt hat, dass sie in derselben Trauergruppe war wie ich, dann stimmt das sicher. Ich erinnere mich nicht an besonders viel von damals. Manchmal habe ich das Gefühl, als wäre es überhaupt nicht passiert. Es gehört in ein ganz anderes Leben. Ich war sehr jung und habe eine Tochter bei der Geburt verloren. Die Zeit danach ist ein einziger Nebel für mich.«

»Was ist mit den Leuten auf diesem Bild hier?«, fragt Martin und nimmt das Foto von der Kommune in die Hand.

»Die Gesichter sind nicht so gut zu erkennen, aber ich bin

mir ziemlich sicher, dass ich keinem von ihnen jemals begegnet bin.«

»Wie lange waren Sie bei Julia Thiessen in Therapie?«

»Etwa ein Jahr.«

»Und wie lange haben Sie an der Trauergruppe teilgenommen?«

»Ungefähr einen Monat. Das war nichts für mich. Es gab dort niemanden, der in einer ähnlichen Situation war wie ich, deshalb haben mir die Erfahrungen der anderen im Grunde nichts gebracht.«

»Können Sie uns die Namen anderer Teilnehmer nennen? Von Leuten, die die Frau auf dem Bild vielleicht gekannt haben könnten?«

»Nein. Tut mir leid. Ich erinnere mich an keine Namen.«

Martin sammelt die Fotos wieder ein, bedankt sich für die Hilfe und verabschiedet sich. Als er mit Rikke Møller wieder unten auf der Straße steht, seufzt er. »Das kann dauern.«

Rikke Møller nickt. »Wohin jetzt?«

»Zum Rørmosevej, gleich um die Ecke. Da wohnt ein gewisser Esben Lindholt.«

»Lindholt? Warum kommt mir der Name so bekannt vor?«

»Weil Esben Lindholt schon ein paarmal eingesessen hat. Organisierte Kriminalität. Grobe Gewalt. Bewaffneter Überfall. Aber das ist alles zehn bis fünfzehn Jahre her. Ich glaube, mittlerweile arbeitet er in der Sicherheitsbranche.«

»Er beschützt jetzt also Unternehmen vor seinen alten Freunden?«

»Ja, so ungefähr. Sollen wir mal sehen, ob er zu Hause ist?«

21

11:30 Uhr

In jedem anderen dänischen Wohngebiet wäre David Halds Haus wohl in der Menge untergegangen. Ein eingeschossiges gelbes Backsteinhaus aus den Sechzigerjahren mit zwei Eingängen, die beide zur Straße hin liegen. Einer führt in die Waschküche, der andere in den eigentlichen Eingangsbereich. Ein Typenhaus wie Tausende anderer Typenhäuser im ganzen Land. Doch ausgerechnet in dieser Straße fällt es durch seine Gewöhnlichkeit auf. Thomas ist in Richtung Norden nach Hellerup gefahren, und das Navigationssystem hat ihn in eine der Sundstraßen zwischen dem Strandvejen und dem Øresund geführt. Hier stehen weiße Patriziervillen mit glänzenden schwarzen Ziegeldächern neben riesigen Herrenhäusern im englischen Stil.

Thomas fährt vor dem Haus rechts ran. In der Auffahrt steht ein Mann mittleren Alters in einer schwarzen langen Hose und einem taubenblauen Hemd, dessen Ärmel hochgekrempelt sind. Er legt gerade eine cognacfarbene Ledertasche in den Kofferraum eines großen, alten Jaguar XJ. Als Thomas aussteigt, schlägt der Mann die Heckklappe zu und wirft einen Blick über die Schulter. Thomas holt seinen Ausweis hervor und hält ihn vor sich, während er sich nähert.

David Hald schirmt sein Gesicht mit der Hand gegen das Sonnenlicht ab. Kneift die Augen zusammen.

»Thomas Nyland, Polizei Kopenhagen«, stellt Thomas sich vor.

David Hald reicht ihm die Hand. Sie ist dunkel gebräunt und mit Muttermalen übersät.

»Polizei?«, sagt er und hebt eine Augenbraue.

»Es geht um Moniqa Larsen.«

»Moniqa, sagen Sie? Als ich sie kennengelernt habe, hieß sie Mona. Aber wir sprechen wohl von derselben Frau. Was ist mit ihr?«

»Ich muss Ihnen leider mitteilen, dass sie tot ist. Sie wurde gestern Abend ermordet in ihrer Wohnung gefunden.«

David Hald lässt Thomas' Hand los.

»Ermordet?«, sagt er. »Wie meinen Sie das?«

»Sie wurde Opfer eines Verbrechens. Ich würde Ihnen gern ein paar Fragen stellen. Können wir ins Haus gehen?«

David Hald schaut zu seinem Auto. Klopft sich auf die Taschen.

»Ja …«, sagt er zögernd. »Ja, das können wir. Ich muss nur schnell telefonieren und eine Besprechung verschieben. Wie lange wird es denn dauern?«

»Eine halbe Stunde.«

»In Ordnung. Warten Sie einen Moment. Ich regele das eben.«

Er geht ein paar Schritte zur Seite und kehrt Thomas den Rücken zu. Während er telefoniert, lässt Thomas den Blick über das Wasser am Ende der Straße gleiten. Erst jetzt fällt ihm ein kräftiger, undefinierbarer Geruch auf, der von dem wellenreichen Meer herüberzuziehen scheint.

»Das ist fauliger Seetang«, ertönt David Halds Stimme hinter ihm. Als hätte er Thomas' Gedanken gelesen. »Er wird angespült und liegt dann am Strand herum und fault in der Sonne. Seit sie angefangen haben, tonnenweise Erde ins Wasser zu kippen, um die Tuborg Marina etwas weiter in Richtung Zentrum zu bauen, gibt es damit Probleme. Nicht gerade das, was man erwartet, wenn man einen zweistelligen Millionenbetrag für eine fünfzig Jahre alte Bruchbude hinlegt. Sollen wir reingehen?«

Er legt Thomas eine Hand auf die Schulter und geht mit ihm zu der Tür, die in den Haupteingangsbereich führt.

»Lassen Sie die Schuhe ruhig an«, sagt er, als sie das Haus betreten. Sie gehen durch ein großes Wohnzimmer und anschließend weiter durch eine schwere Fensterschiebetür in den Garten.

Eine Treppe führt von der Terrasse hinunter auf einen breiten Rasen.

David Hald bittet Thomas, auf einem niedrigen Sofa Platz zu nehmen, das mit weißem Stoff bezogen ist. Es steht unter einem Sonnensegel, das zwischen dem Giebel und einem hohen, aus einem der Beete emporragenden Holzmast aufgespannt ist.

»Kann ich Ihnen etwas zu trinken anbieten?«, fragt er dann. »Etwas Kaltes?«

»Einfach ein Wasser bitte.«

»Mit Kohlensäure?«

»Ja gern, wenn Sie haben.«

»Sonst würde ich nicht fragen. Ich kann Ihnen auch Rum, Rohrzucker, Minze und Limetten reinmischen, aber ich nehme an, Sie dürfen während der Arbeitszeit nicht trinken.«

»Richtig«, brummt Thomas und unterlässt die Bemerkung, dass er dieses Angebot auch außerhalb der Arbeitszeit nicht angenommen hätte. 120 Kilogramm Körpergewicht unter Kontrolle zu halten ist schon in nüchternem Zustand schwierig genug. Wenn Thomas betrunken ist, hat er die vielen Kilos überhaupt nicht mehr im Griff.

David Hald verschwindet im Haus.

Thomas spürt, wie die Sonnenstrahlen durch den eigentlich recht dicken weißen Stoff über ihm fallen und ihn im Nacken kitzeln. Er wischt sich mit dem Handrücken den Schweiß von Stirn und Oberlippe. Als er das Klirren von Gläsern hört, wendet er sich dem Haus zu und sieht, wie David Hald ein Tablett mit zwei Gläsern und einer schlanken zylinderförmigen Flasche darauf nach draußen balanciert, auf deren Vorderseite längs der Name Voss eingeprägt ist.

David Hald schenkt ihnen Wasser ein, und Thomas trinkt.

»Es tut mir leid, das von Mona zu hören«, sagt David Hald und setzt sich.

»Sie wirken nicht sehr schockiert.«

»Ach nein? Na ja, wahrscheinlich haben Sie recht.«

Er hält sein Glas mit beiden Händen fest. Dreht es zwischen den Handflächen hin und her.

»Ich habe mich schon vor langer Zeit von Mona verabschiedet. Damals weinten wir beide sehr. Als hätten wir nicht schon genug geweint, als wir noch zusammen waren. Ich glaube, ich habe einfach keine Tränen mehr übrig. Ich habe meine Ration aufgebraucht.«

»Dann war es also keine glückliche Beziehung?«

»Wie man's nimmt. Wir hatten einander gern, falls Sie das meinen. Aber das Leben war nicht besonders gut zu uns.«

»Wie meinen Sie das?«

David Hald nimmt einen Schluck von seinem Mineralwasser. Bewegt es einmal im Mund, bevor er es hinunterschluckt.

»Jetzt hätte ich doch lieber Rum im Glas«, sagt er mit einem Lächeln.

Er bekommt einen leeren Blick und fährt sich mit der Zungenspitze über die Lippen.

»Ich habe meine Tochter verloren, als Mona und ich zusammen waren. Die kleine Liva. Mona war zwar nicht ihre leibliche Mutter, aber sie hätte es gut sein können. Sie war in mein Leben getreten, als Liva gerade drei Jahre alt war, und die beiden hatten eine Beziehung zueinander wie Mutter und Tochter. Wir sind zu dritt um die halbe Welt gereist.«

»Wie alt war Liva, als sie starb?«

»Sieben. Es war ein Verkehrsunfall.«

Er schluckt.

»Das ist schon lange her«, wiederholt er noch einmal. Thomas kommt es so vor, als sage er das vor allem sich selbst.

»Wie ist Mona damit fertig geworden?«

»Sie … sie hat viel intensiver gelebt als wir anderen. Als Liva starb, ist sie völlig zusammengebrochen, und in den Monaten nach Livas Tod war alles ziemlich extrem. Wir haben geweint und gestritten und miteinander geschlafen und einander geschlagen. Ich hatte so viel Wut in mir, und Mona hat mich absichtlich gereizt, um eine Reaktion von mir zu provozieren. So als wollte sie, dass ich sie schlage.«

»Warum, glauben Sie, wollte sie das?«

»Ich glaube, ihre Trauer war so tief, dass sie nicht wusste, wohin damit. Wenn ich sie schlug, spürte sie einen äußerlichen Schmerz, der ihrem inneren entsprach. Ich habe ihr empfohlen, eine Therapie zu machen …«

Er hält inne, als er bemerkt, dass Thomas ihn prüfend betrachtet. Er schaut auf und begegnet Thomas' Blick.

»Mona wurde wieder und wieder geschlagen und erlag schließlich ihren Verletzungen«, sagt Thomas.

David Hald reißt die Augen auf.

»Ich habe sie nicht …«, setzt er an. Der Rest des Satzes kommt ihm nicht über die Lippen.

»Ich muss Sie fragen, wo Sie sich in der Zeit von Dienstag bis Donnerstag letzter Woche befanden.«

David Hald stellt sein Glas ab. Denkt nach.

»Also tagsüber war ich auf der Arbeit. Bis um 19 oder 20 Uhr immer. Und abends dann zu Hause. Meine Angestellten können bestätigen, dass ich jeden Tag im Büro war.«

»Und was ist mit den Abendstunden? Kann auch jemand bestätigen, dass Sie sich hier im Haus aufgehalten haben?«

»Nein. Ich wohne allein. Ich habe nie wieder eine neue Freundin gefunden oder eine neue Familie gegründet.«

»Was war gestern Abend?«

»Gestern Abend? Als sie gefunden wurde?«

»Ja.«

»Da war ich auch zu Hause. Ich habe ferngesehen. Irgendeinen Film, glaube ich.«

»Okay. Ich würde Sie gern noch etwas anderes fragen.«

»Ja?«

»Haben Sie Mona jemals von einem ›weißen Schmerz‹ sprechen hören?«

»Weißer Schmerz? Was soll das sein? Ist das irgendso ein SM-Mist?«

»Ich weiß es nicht. Ich hatte gehofft, Sie könnten dazu eventuell etwas sagen.«

»Nein, leider nicht. Mit solchen Sachen bin ich nicht so …«

Thomas nickt. »Nichts für ungut.«

Er betrachtet David Halds Hände. Sieht, dass sie zittern. David Hald schiebt sie sich unter die Oberschenkel, um es zu verbergen.

»Ich habe nur noch ein paar einfache Fragen«, sagt Thomas. »Dann lasse ich Sie zu Ihrer Besprechung fahren.«

»Danke. Ich bin spät dran.«

»Es geht um die Zeit nach Ihrer und Monas Trennung. Wissen Sie zufällig, wohin Sie damals ging?«

»Nein, ich … wobei doch, das weiß ich sehr wohl. Sie ist eine Zeit lang ins Ausland gegangen. Ich weiß nicht genau, wohin. Irgendwann hatte sie einen neuen Freund. Wenn ich mich recht erinnere, hieß er Mark. Ich bin ihm nur ein einziges Mal begegnet. Mona und ich haben uns noch weiterhin gesehen, während die beiden zusammen waren. Es war nichts Sexuelles, aber … wir konnten uns einfach nicht so richtig voneinander lösen. Als die Beziehung zwischen ihr und Mark in die Brüche ging, ist sie in eine Kommune gezogen.«

»Eine Kommune?«

»Ja, ich meine schon.«

»Wissen Sie, wo sich diese Kommune befand?«

»Nein. Kurz bevor sie dort einzog, habe ich das letzte Mal etwas von ihr gehört.«

»Aber wissen Sie vielleicht, wie sie auf diese Kommune gekommen ist? Wer hat ihr davon erzählt?«

»Ich bin mir nicht ganz sicher, aber …«

»Aber?«

»Sie war zu diesem Zeitpunkt in Therapie. Und hat auch an einer Trauergruppe teilgenommen, glaube ich. Ich meine, über diese Trauergruppe ist sie mit den Bewohnern der Kommune in Kontakt gekommen.«

22

12:30 Uhr

»Ich kenne sie nicht.«

Esben Lindholt sitzt auf einem weißen Gartenstuhl auf seinem Balkon, der so winzig ist, dass nur zwei Stuhlbeine darauf Platz finden. Die anderen beiden stehen in der Küche. Unter dem Gewicht von Esben Lindholts riesigem, muskelbepacktem Körper biegen sich alle vier Stuhlbeine leicht nach außen. Der Mann ist kahl rasiert, und wo sonst sein Haar wäre, ist die Tätowierung eines roten Drachen zu sehen, der wie eine schlafende Katze zusammengerollt auf seinem Schädel liegt. Der Drachenschwanz sieht aus wie eine Locke, die ihm in die Stirn fällt. Auch auf seinem nackten Oberkörper prangen bunte Tätowierungen: Totenschädel, Flammen, der Teufel, ein Panzer und nackte Frauen. Auf der linken Brust das lächelnde Gesicht eines kleinen Jungen. Über den ganzen Rücken erstreckt sich ein riesiges keltisches Kreuz. Unter dem Auge hat er eine kleine schwarze Träne.

Er sieht immer noch aus wie einer, der lieber die Klappe hält, wenn die Polizei was von ihm will, denkt Martin. *Ich wüsste ja gern mal, warum der eingewilligt hat, mit uns zu reden.*

Er hört sein Handy in der Tasche vibrieren, geht jedoch

nicht ran. Stattdessen hält er dem Tätowierten ein Foto aus der Kommune hin. Esben Lindholt verschränkt die Arme und schüttelt den Kopf. Martin fällt es schwer, sich den schweigenden Muskelprotz als aktiven Teilnehmer einer Trauergruppe vorzustellen. Es erscheint ihm unwahrscheinlich, dass der Mann in der Lage ist, seinen Gefühlen anders als mithilfe seiner Fäuste Ausdruck zu verleihen. Andererseits hätte Martin aber auch nie gedacht, dass dieser aufgepumpte Kerl mit den kleinen, stechenden Augen ein Teetrinker ist. Doch auf dem Boden neben seinem Stuhl steht eine Tasse mit dampfendem, nach Süßholz duftendem Kräutertee. Und Martin hat mit eigenen Augen gesehen, wie Esben Lindholt bereits ein paarmal davon getrunken hat.

»Wir würden gern wissen, ob Sie uns vielleicht ein paar Namen nennen können, von anderen Teilnehmern der Trauergruppe«, sagt Martin dann. Ohne eine Antwort zu erwarten.

So was betrachtet der doch sicher als Verrat an seinen Freunden.

Martin überlegt, ob er irgendwie Informationen aus ihm herauspressen kann. Ob er das Foto vom Tatort zücken und sein Gegenüber damit aus der Fassung bringen soll, so wie in Julia Thiessens Praxis. Doch er schiebt den Gedanken beiseite. Er hat keine Lust zu erleben, wie Esben Lindholt reagiert, wenn er aus der Fassung gerät.

»Ich habe kein gutes Namensgedächtnis«, sagt der Mann auf dem Plastikstuhl, und Martin will schon gerade Danke sagen und sich verabschieden, als Esben Lindholt noch einmal den Mund öffnet: »Aber ich erinnere mich an einen jungen Kerl namens Lasse. So ein schmächtiger Typ. Wir sind ins

Gespräch gekommen, weil er auf ganz ähnliche Weise wie ich einen Sohn verloren hatte. Und unsere Söhne waren beide ein Jahr alt, als es passierte.«

»Erinnern Sie sich auch an seinen Nachnamen?«

»Nein. Aber ich weiß, wo er arbeitet. Beziehungsweise, wo er damals gearbeitet hat. Er war so einer, der Scheiße aus der Kanalisation gepumpt hat.«

»Er hat bei der Kanalreinigung gearbeitet?«

»Ja. Das weiß ich noch, weil er immer gewitzelt hat, sein ganzes Leben wäre scheiße.«

Esben Lindholt lächelt schief.

»Verrückter Typ«, sagt er dann.

»Wissen Sie noch, für welche Firma er gearbeitet hat?«, fährt Martin fort.

»Nein, aber das war irgendwo in Kastrup oder so. Ist sicher ganz leicht zu finden. Von solchen Firmen kann es in Kastrup unmöglich mehr als eine geben.«

»Danke. Fallen Ihnen noch andere Namen ein?«

»Nein, ich glaube nicht.«

»Was ist mit Samantha?«, mischt Rikke Møller sich ein. »Ist Ihnen irgendwann mal eine Frau namens Samantha begegnet?«

»Nein.«

»Okay. Dann haben wir wohl keine weiteren Fragen.«

Esben Lindholt steht auf, und der Plastikstuhl ächzt erleichtert.

»Ich bringe Sie noch zur Tür«, sagt er.

Er folgt ihnen in den Flur, und bevor er die Tür hinter ihnen schließt, sagt er: »Ich hoffe, Sie finden die beiden wohlbehalten wieder. Sowohl den Jungen als auch die Frau.«

Unten auf der Straße bleibt Rikke Møller stehen.

»Macht sie das mit Absicht?«, fragt sie.

»Wovon redest du?«

»Julia Thiessen. Wir haben zwar erst mit zwei Leuten auf der Liste gesprochen, aber es kommt mir irgendwie komisch vor, dass sich keiner von ihnen an Gry erinnern kann.«

»Meinst du, sie will uns in die Irre führen? Warum sollte sie das tun?«

»Vielleicht, weil du sie so auf die Palme gebracht hast?«

»Ja, könnte sein.«

Sie gehen zum Auto.

»Wohin fahren wir jetzt? Zum Nächsten auf der Liste? Oder sollen wir versuchen, den Kloakenmann aus Kastrup zu finden?«

Rikke Møller schaut Martin über das Autodach hinweg an. »Wenn Julia Thiessen uns bewusst in die Irre führen will, gibt es keinen Grund, mit den anderen auf der Liste zu reden. Sowohl Esben als auch Gitte schienen nicht besonders fest in die Trauergruppe eingebunden gewesen zu sein. So als hätten sie ein bisschen Abstand zu dem Ganzen bewahrt. Vielleicht hat Julia Thiessen ja damit gerechnet, dass sie sich nicht an Gry oder die Namen anderer Leute aus der Gruppe erinnern.«

»Willst du damit sagen, dass wir zu ihr zurückfahren und sie noch mal in die Mangel nehmen sollen?«

»Nein, ich glaube nicht, dass uns das weiterbringt. Ich finde, wir sollten nach Kastrup fahren und mal mit jemandem reden, dessen Namen wir nicht von Julia Thiessen haben. Wenn du fährst, kann ich mit dem Handy nach der Firma suchen. Und anschließend gehen wir einfach mal davon aus, dass der Mann auch gerade arbeitet.«

Rikke Møller wirft Martin die Schlüssel zu, und sie fahren los. Sie richtet den Blick auf ihr Handy und sitzt dann eine ganze Weile auf dem Beifahrersitz, ohne ein Wort von sich zu geben.

»Esben Lindholt hat sich geirrt«, sagt sie schließlich nach mehreren Minuten des Schweigens. »In Kastrup gibt es sechs verschiedene Firmen, die Kanalreinigungen durchführen. Ich rufe sie einfach alle der Reihe nach an. Und dann werden wir mal sehen, wie viele von ihnen Mitarbeiter haben, die Lasse heißen.«

Martin hört, wie sie bei der ersten Firma anruft und sich vorstellt.

»Ich suche nach einem Mann, der möglicherweise bei Ihnen angestellt ist. Ich kenne leider nicht seinen Nachnamen, aber sein Vorname ist Lasse. Gibt es …«

Sie schweigt wieder.

Martin schielt zu ihr hinüber. Sieht, wie ihr entspanntes Gesicht einen konzentrierten Ausdruck annimmt. Auf ihrer Stirn bilden sich senkrechte Falten, und sie kraust die Nase beim Sprechen.

Als sie das Telefonat beendet hat, wendet sie sich zu ihm und sagt: »Wie viel Glück kann man eigentlich haben?«

»Keine Ahnung«, sagt er verwirrt. »Wie viel denn?«

»Ich habe fast das Gefühl, das war ein Treffer beim ersten Versuch«, sagt sie. »Ich habe nur den Namen Lasse erwähnt, und schon wusste er, von wem die Rede war. Ein junger, schmächtiger Typ, der vor fünf Jahren seinen Sohn verloren hat. Weißt du, warum ihm sofort klar war, um wen es geht?«

»Woher soll ich das wissen?«, entgegnet Martin, aber Rikke Møller fährt unverdrossen fort: »Weil der Typ vor drei Jahren verschwunden ist. Er ist einfach eines Tages nicht mehr zur Arbeit erschienen. Der Chef hat bei seiner Freundin angerufen, und die hat ihm erzählt, dass auch sie von Lasse sitzen gelassen wurde. Und dass er ihr nicht verraten wollte, wohin er gegangen war.«

»Hat sie eine Vermisstenanzeige aufgegeben?«

»Das fragen wir sie am besten selbst. Aber dazu brauchen wir nicht nach Kastrup zu fahren. Wir fahren zum Einkaufszentrum Field's. Da arbeitet sie nämlich in einem Friseurladen.«

»Ist sie denn im Moment auf der Arbeit?«

»Ich kann im Salon anrufen und es herausfinden.«

23

13:40 Uhr

Vor seiner Entführung im November war Martin der Meinung, das Einkaufszentrum Field's wäre der Ort, der der Hölle auf Erden am nächsten kommt. Mittlerweile weiß er, dass ein zugemauerter, pechschwarzer Kellerraum noch ein ganzes Stück näher dran ist. Doch auch wenn sich seit damals die Dinge für ihn relativiert haben, hegt er nach wie vor alles andere als liebevolle Gefühle für diesen monströsen klimatisierten Glaskasten, der mit Lifestyle-Artikeln und lauter überflüssigem Krempel vollgestopft ist.

Er spürt, wie seine Augen trocken werden, wenn er von der Parkebene ins Center hinaufkommt. Und jedes Mal, wenn seine Finger ein Regal, eine Wand oder einen anderen Menschen unter dem Glasdach streifen, bekommt er einen elektrischen Schlag. So auch, als er Josefine Larsson die Hand gibt. Sie sitzt bereits im Hinterzimmer des Friseursalons, und ihren geröteten Augen nach zu urteilen hat sie geweint, seit Rikke Møller mit ihr telefoniert hat. Oder aber ihre Augen reagieren ebenso empfindlich auf die trockene Luft im Einkaufszentrum wie Martins.

»Es tut uns leid, dass wir Sie bei der Arbeit stören müssen«, sagt Martin.

»Ist schon okay. Ich muss nur gerade … aufhören zu heulen«, sagt sie und lächelt verlegen. »Es ist zwar schon eine Weile her, aber was damals passiert ist, kann mich immer noch echt fertigmachen.«

Martin nimmt ihr gegenüber Platz.

»Das ist verständlich«, sagt er.

»Wir suchen Lasse, wie gesagt, im Zusammenhang mit einer Ermittlung. Wir haben mit seinem ehemaligen Arbeitgeber gesprochen, und der hat uns erzählt, dass Lasse vor drei Jahren einfach verschwunden ist.«

»Ja, kann man so sagen. Man kann auch sagen, dass er mich mit einer viel zu teuren Wohnung und lauter Rechnungen, die ich nicht bezahlen konnte, im Stich gelassen hat.«

Sie schüttelt beim Reden den Kopf, sodass ihre großen Plastikohrringe klappern.

»Dann hat er Sie also aus freien Stücken verlassen?«, fragt Martin.

»Ja. Zuerst haben wir unseren kleinen Jungen verloren, und dann ist er abgehauen. Er meinte, er könnte es nicht mehr ertragen, mich zu sehen. Ich würde in meiner Trauer und meinem Selbstmitleid versinken, anstatt etwas dagegen zu tun.«

»Etwas dagegen zu tun?«, fragt Martin. »Was sollte das denn sein?«

Sie breitet die Arme aus. »Das müssen Sie nicht mich fragen. Das waren seine Worte.«

»Wissen Sie, wohin er gegangen ist, als er Sie verließ? Wir würden uns gern mit ihm unterhalten.«

»Dann können Sie ihm auch gleich einen Stapel Überweisungsträger von mir mitbringen.«

»Sie wissen also, wo wir ihn finden können?«

»Nein, weiß ich nicht. Wenn ich es wüsste, hätte ich die Inkassoleute direkt zu ihm geschickt. Ich weiß nur, dass er vorhatte, in irgendeine Wohngemeinschaft zu ziehen.«

Martin und Rikke Møller sehen einander an.

»Eine Wohngemeinschaft?«, fragt Rikke Møller.

Josefine Larsson schaut zu ihr auf. »Ja, oder eine Kommune oder wie auch immer Sie dazu sagen wollen. Ich weiß leider nicht, wo die ist. Das hat er mir nicht verraten.«

»Wissen Sie, wie er auf die Idee gekommen ist? Also, in diese Kommune zu ziehen? Kannte er jemanden, der dort wohnte?«

»Darüber hat er nichts gesagt. Alles, was ich über die Wohngemeinschaft weiß, musste ich ihm förmlich aus der Nase ziehen, während er durch unsere Wohnung gerannt ist und seine Tasche gepackt hat. Das einzig Positive, was ich über ihn sagen kann, ist, dass er so gut wie nichts mitgenommen hat. Nur ein paar Klamotten. Den Rest hat er mir dagelassen. So konnte ich zumindest was verkaufen, als die Rechnungen bezahlt werden mussten.«

»Was konnten Sie ihm denn aus der Nase ziehen?«

»Nicht sehr viel. Aber ich konnte mir zusammenreimen, dass ihn die Leute aus seiner Trauergruppe dazu gebracht hatten, mich zu verlassen. In den letzten Monaten unserer Beziehung hat er von nichts anderem mehr geredet. Ich habe ihn gefragt, ob ich nicht mal zu einem der Treffen mitkommen und die Leute kennenlernen könnte, mit denen er auf einmal so viel Zeit verbrachte, aber er meinte, das wäre nichts für mich. Und diese Psychotante war offenbar derselben Meinung.«

»Sprechen Sie jetzt von Julia Thiessen?«

»Ja, kann gut sein, dass sie so heißt. Ich habe sie angerufen und gefragt, ob ich eine Therapie bei ihr machen könnte, aber sie sagte nur, sie könnte keine neuen Patienten annehmen. Sie hätte keine Zeit. Ich habe versucht, ihr zu erklären, dass ich Lasses Freundin bin, aber das war ihr egal. Sie hat mich komplett abgewiesen.«

Josefine fährt mit der flachen Hand durch die Luft, um ihrer Bemerkung Nachdruck zu verleihen.

Martins Handy klingelt. Ihm fällt ein, dass es auch schon bei Esben Lindholt geklingelt hat.

»Entschuldigen Sie mich«, sagt er und bittet Rikke Møller, zu übernehmen. Er zieht das Handy aus der Tasche und geht aus dem Laden, bevor er den Anruf entgegennimmt.

»Dahl«, meldet er sich.

»Dahl, hier ist Nyland«, erklingt ein tiefes Brummen am anderen Ende. »Ich habe etwas Wichtiges zu berichten.«

»Das habe ich auch. Aber du zuerst.«

»Ich habe mit zwei Exfreunden von Moniqa Larsen gesprochen. Dabei ist herausgekommen, dass der eine von ihnen eine Tochter hatte, die bei einem Verkehrsunfall ums Leben gekommen ist. Für Moniqa war sie wohl wie eine eigene Tochter. Und noch etwas … Der Exfreund hat auch erzählt, dass Moniqa durch eine Trauergruppe, die Teil ihrer Therapie war, in Kontakt mit der Kommune gekommen ist.«

Martin spürt, wie sein Puls sich beschleunigt.

»Witzig, dass du das sagst …«, beginnt er.

24

14:10 Uhr

»Wo ist Julia Thiessen jetzt?«, will Thomas wissen, nachdem Dahl ihm erzählt hat, was er und Rikke Møller in den letzten Stunden herausgefunden haben.

»Sie ist noch in ihrer Praxis«, erklingt Dahls Stimme am anderen Ende.

»Fahr zurück nach Østerbro, schnapp sie dir und bring sie zum Verhör aufs Präsidium.«

»Mit dem größten Vergnügen. Bist du jetzt im Büro?«

»Nein, ich habe noch ein paar Dinge zu erledigen. Aber fahr sie ruhig schon mal hin. Dann kann sie dort warten und mürbe werden, bis ich zurück bin.«

»In Ordnung. Bis dann.«

»Nein, warte«, sagt Thomas. »Hat einer von den Leuten, mit denen ihr gesprochen habt, zufällig den Ausdruck ›weißer Schmerz‹ verwendet?«

»Weißer Schmerz?«

»Ja. Darüber hat Moniqa Larsen mit einem ihrer Exfreunde mal geredet. Er wusste allerdings nicht, was es bedeutet.«

»Ist uns nicht untergekommen. Vielleicht kann Julia Thiessen uns ja etwas darüber erzählen.«

»Ja, vielleicht. Dann bis nachher im Präsidium.«

»Ja, bis …«

Mit einem Druck auf einen Knopf am Lenkrad unterbricht Thomas die Verbindung über die Freisprechanlage, und nachdem Dahls Stimme verschwunden ist, ertönt allmählich wieder Radiomusik aus den Lautsprechern des Autos.

Thomas schaltet das Radio aus. Er braucht jetzt Ruhe zum Nachdenken. Überlegt, ob er auch das nervige, monotone Rauschen der Klimaanlage abstellen soll, doch er befürchtet, dass sich das Auto dann in einen Dampfgarer verwandelt. Er sieht sich bereits selbst als Gericht auf der Karte eines zweifelhaften Restaurants: *Nr. 34. Gedünsteter Bulle im eigenen Saft.*

Auf dem Strandvejen von Hellerup in Richtung Zentrum steckt er im Stau. Seit zehn Minuten schon hat er nicht mehr aus dem ersten Gang hochgeschaltet. Es hat länger gedauert als erwartet, die Vernehmung David Halds zu beenden. Der Mann war von einer Flut von Erinnerungen überwältigt worden und hatte die Besprechung, zu der er eigentlich auf dem Weg war, offenbar völlig vergessen.

Thomas hat versucht, Fragen zu der Kommune in die immer tränenreichere Erzählung über das Leben mit der flatterhaften Mona vor ihrer Zeit als Moniqa einzustreuen. Ohne Erfolg.

Er bickt auf die Uhr im Auto. Es ist fast Viertel nach zwei. Mittlerweile sind mehr als zehn Stunden vergangen, seit Gry Nørremark zur Hintertür ihrer Wohnung hinausgelaufen und verschwunden ist. Und mehr als fünfzehn Stunden, seit Lucas Hvornum entführt wurde. Die Wahrscheinlichkeit, ihn lebend zu finden, wird zunehmend geringer.

Thomas muss an die acht Stunden lange Tonaufnahme aus Gry Nørremarks Wohnung denken. Wenn tatsächlich ein Zusammenhang zwischen der Länge der Aufnahme und der Dauer der rituellen Folter besteht, wie er und Møller annehmen, hatte der Täter jetzt reichlich Zeit, Lucas Hvornum zu töten.

Er versucht, nicht daran zu denken. Konzentriert sich stattdessen auf Gry Nørremark. Er ist überzeugt davon, dass der Weg zu Lucas Hvornum über sie führt.

Versteckt sie sich vor Moniqa Larsens Mörder? Oder hat er – oder sie – sie möglicherweise schon gefunden? Ist Gry bereits tot? Nein. Wenn die Person, die Moniqa Larsen umgebracht hat, auch hinter Gry Nørremark her gewesen wäre, dann wäre Gry wohl schon vor einer Woche tot gewesen. Oder etwa nicht? Warum sollte der Täter oder die Täterin Moniqa Larsen umbringen und dann erst eine Woche später auf Gry Nørremark losgehen?

Thomas zweifelt nicht daran, dass Gry Nørremark große Angst hatte, als sie verschwand.

Aber wenn sie Angst davor hatte, dass jemand zu ihr kommt und sie tötet, warum hat sie dann nichts davon erzählt, als Møller und ich bei ihr waren? Warum hat sie uns nicht um Schutz gebeten?

Seine Gedanken kreisen wieder um den Zettel, den sie auf dem Tisch hinterlassen hat. Den Zettel mit der kurzen Nachricht »Entschuldigung«.

Wofür entschuldigt sie sich? Für den Mord an Moniqa Larsen? Für Lucas Hvornums Entführung? Gry Nørremark könnte an beidem beteiligt gewesen sein. Vielleicht war sie

Mittäterin. Und ist dann mit ihrem Komplizen aneinandergeraten und hatte auf einmal Angst vor dem Mann, mit dem sie vorher zusammengearbeitet hat.

Er schüttelt den Kopf. Um seine Gedanken aufzulockern. Sie aufzuwirbeln und wieder neu zusammenzusetzen.

Die Entschuldigung könnte auch an die Tochter gerichtet sein. An Maja. Oder es ist eine Entschuldigung für etwas, was Gry Nørremark während ihrer Zeit in der Kommune getan hat. Sie wollte mit ihrem Vater nicht darüber sprechen, was hinter den Mauern der Kommune vor sich gegangen ist. Vielleicht, weil sie dort etwas getan hat, was sie im Nachhinein bereut. Etwas Falsches. Etwas Illegales.

Womöglich war der Zettel aber auch gar nicht für die Polizei bestimmt. Sie hatte ja mit ihrem Vater telefoniert. Vielleicht hatte sie ihm versprochen, in der Wohnung auf ihn zu warten. Sie könnte ihm eine Entschuldigung geschrieben haben, weil sie nicht geblieben ist, bis er da war.

Oder vielleicht ist es auch eine Art Abschiedsbrief? Wie man ihn vor einem Selbstmord schreibt?

Thomas lässt sich den Gedanken einen Moment durch den Kopf gehen.

Aber andererseits: Wenn sie Selbstmord begehen wollte, wieso hat sie es dann nicht in ihrer Wohnung getan?

»Entschuldigung«, sagt er vor sich hin.

Lässt das Wort los, sodass es gleichsam von dem kühlen Luftstrom aus der Klimaanlage erfasst und durch den Wagen gewirbelt wird.

Er hätte an der Konditorei am Margrethevej gegenüber vom Lille Strandvej abfahren sollen. Dann hätte er den Svanemøllevej nehmen können, der parallel zum Strandvej verläuft, und wäre nicht in diesen Stau geraten.

Vermutlich sollte er die Gelegenheit nutzen und den Musiker und Religionswissenschaftler Jonathan Flory anrufen, da er gerade sowieso nicht vom Fleck kommt.

Er sucht die Nummer des Wissenschaftlers heraus.

Zögert.

Er muss immer zuerst seine Scheu überwinden, wenn er Englisch sprechen soll, vor allem, wenn sein Gesprächspartner Muttersprachler ist. Für ihn ist es schon schwierig genug, eine Unterhaltung auf Dänisch in Gang zu halten, auf Englisch erscheint ihm das geradezu unmöglich.

Er betätigt den Anrufknopf am Lenkrad und hört ein Klicken, bevor das Freizeichen aus den Lautsprechern des Autos ertönt. Es klingelt wieder und wieder, ohne dass der Anruf entgegengenommen wird. Thomas kommen Zweifel, ob er den Zeitunterschied richtig im Kopf hat. Vielleicht sind es ja doch mehr als sechs Stunden. Vielleicht ist es dort drüben jetzt gar nicht acht Uhr morgens, sondern erst sieben oder sechs Uhr. Dann ist Jonathan Flory sicher noch nicht aufgestanden.

Er legt wieder auf. Hat einen neuen Einfall und ruft Tina Juhl Madsen an.

»Ich möchte, dass du einen kleinen Ausschnitt aus Gry Nørremarks Tonaufnahme in die USA schickst. Ich gebe dir eine E-Mail-Adresse. Kannst du das bitte so schnell wie möglich erledigen?«

Er hört Juhl Madsen am anderen Ende seufzen. Sie hat bereits reichlich zu tun. Das weiß er.

»Es ist wichtig«, beharrt er. »Es hat oberste Priorität. Ich habe den Namen eines Musikers und Religionswissenschaftlers bekommen, der uns hoffentlich mehr über die Geräusche in dieser Aufnahme erzählen kann. Schreib ihm eine kurze Nachricht, dass er sich bei mir melden soll, sobald er sich die Datei angehört hat.«

Er gibt ihr Jonathan Florys E-Mail-Adresse, bedankt sich und legt auf.

Rückt mit dem Wagen ein paar Meter weiter vor.

Ruft dann Natalja an.

Es vergeht verblüffend wenig Zeit, bis sie sich meldet. So als hätte sie auf seinen Anruf gewartet.

»Thomas?«, dröhnt ihre Stimme aus den Lautsprechern. Viel lauter als Tina Juhl Madsens kurz zuvor.

»Äh«, hört er sich selbst sagen, während er die Lautstärke ein wenig herunterregelt.

»Thomas? Bist du da?«

»Ja, ich … ich hatte, ehrlich gesagt, nicht damit gerechnet, dass du ans Telefon gehst.«

»Warum rufst du dann an?«

Er stößt ein trockenes Lachen aus. »Das ist eine gute Frage.«

»Hast du mit Jonathan Flory gesprochen?«

»Ich habe gerade versucht, ihn zu erreichen, aber er geht nicht ans Telefon. Und dann ist mir etwas anderes eingefallen, womit du mir vielleicht weiterhelfen kannst.«

»Und was?«

»Kennst du jemanden, der sich mit Sekten oder kleinen religiösen Gemeinschaften hierzulande auskennt? Hat vielleicht einer deiner Kollegen am Institut für Volks- und Völkerkunde Kontakt zu solchen Gruppierungen?«

»Hat das etwas mit deinem Fall zu tun?«

»Ja. Ich habe dir doch gestern Nacht erzählt, dass der Mord, in dem ich gerade ermittele, etwas Rituelles hat, oder?«

»Heute Morgen.«

»Was?«

»Du hast gesagt, wir hätten gestern Nacht miteinander gesprochen. Aber das war heute Morgen.«

»Ja, ja, aber weißt du noch, dass ich das erwähnt habe?«

»Ja. Der Mörder hat laute Geräusche abgespielt. Glocken, Schellen und ein Rauschen wie aus einer Turbine. Deshalb habe ich dich an Jonathan Flory verwiesen.«

»Genau.«

Er reibt sich die Stirn. Fährt fort: »Wir haben herausgefunden, dass die Ermordete in einer Kommune gewohnt hat. Oder zumindest wurde diese Gemeinschaft von allen, mit denen wir gesprochen haben, so genannt.«

»Und du meinst, diese Kommune ist in Wirklichkeit eine Sekte?«

»Das wäre zumindest möglich. Also, kennst du jemanden, der sich mit so etwas auskennt?«

»Da gibt es mehrere. Aber an deiner Stelle würde ich erst einmal Morten Sjellund fragen.«

»Wer ist das?«

»Er hat eine Doktorarbeit über religiöse Sekten geschrieben. Außerdem war er selbst einmal Mitglied einer neureligiösen Gruppe.«

»Wo finde ich ihn?«

»Er hatte eine Stelle am religionswissenschaftlichen Institut der Universität Kopenhagen, aber mittlerweile arbeitet er wohl als Journalist. Freiberuflich.«

»Danke«, sagt Thomas. »Ich habe auch noch über etwas anderes nachgedacht.«

»Ja?«

»Im Zusammenhang mit der Ermittlung ist ein Name gefallen. Samantha. Sagt der dir etwas? Könnte dahinter irgendeine religiöse Bedeutung stecken?«

»Meinst du vielleicht ›samana‹?«

»Möglicherweise. Warum?«

»Weil du mich in unserem letzten Gespräch nach Geisterbeschwörern gefragt hast. Nach Schamanen.«

»Ja … und?«

»Das Wort Schamane geht auf das altindische Wort für Mönch oder Asket zurück. Samana. Vielleicht hast du ja etwas verwechselt. Samantha und Samana klingen zumindest sehr ähnlich.«

»Das könnte gut sein«, sagt Thomas. »Nochmals danke. Ich will dich nicht länger stören.«

»Ist schon gut. Es ist …«

Sie zögert.

»Ja?«, sagt er.

»Ach nichts. Ich wollte nur sagen, es ist nicht so schlimm, ein bisschen gestört zu werden.«

25

15:00 Uhr

Als Martin und Rikke Møller neuerlich in den Nøjsomhedsvej kommen, stehen zwei Frauen vor Julia Thiessens Praxis. Eine von ihnen hat die Türklinke nach unten gedrückt und lehnt sich mit ihrem ganzen Gewicht gegen die Tür, während die andere ihre Nase gegen das große Sprossenfenster presst, um hineinzusehen.

»Haben Sie einen Termin bei Julia Thiessen?«, fragt Rikke Møller, als sie aus dem Auto steigt.

Die eine der beiden dreht sich zu ihr um. Eine Frau mittleren Alters. Sie ist kräftig gebaut, hat ganz kurzes rotes Haar und trägt eine schwarze Brille auf der Nase.

»Das dachten wir zumindest«, sagt sie. »Aber es scheint niemand da zu sein.«

»Ich glaube, der Termin wurde abgeblasen«, sagt Martin und geht an der rothaarigen Frau vorbei, um sich selbst gegen die Tür zu lehnen.

»Abgeschlossen«, sagt er.

»Selbstverständlich ist sie abgeschlossen«, fährt die Rothaarige ihn an. »Dachten Sie vielleicht, ich wäre zu blöd, um die Tür aufzumachen?«

Martin betrachtet sie von oben bis unten.

»Jetzt, wo sie es sagen …«, murmelt er und klopft kräftig gegen die Tür. Sucht am Türrahmen nach einer Klingel, ohne Erfolg.

Er zückt sein Handy und wählt Nylands Nummer, doch sein Chef meldet sich nicht.

»Sie müssen wohl ein anderes Mal wiederkommen«, sagt Rikke Møller, fasst die Frauen an den Schultern und führt sie sanft fort.

»Was machen wir jetzt?«, fragt sie, als sie wieder bei Martin ist.

»Keine Ahnung. Sollen wir reingehen?«

»Was sagt denn der Chef?«

»Er geht nicht ans Handy.«

Rikke Møller fährt mit dem Daumen über das Türschloss. Es ist ein Schloss älteren Datums. Mit rundem Zylinder.

»Macht Julia Thiessen sich etwa gerade aus dem Staub?«, überlegt sie laut.

Martin wirft durch das Fenster in der Tür einen Blick in den Empfangsbereich. Nichts ist umgestürzt, nichts zerbrochen. Es gibt keinerlei Anzeichen für einen Einbruch oder Gewalt.

Wo ist der große Typ am Empfangstresen? Hat sie ihn nach Hause geschickt? Oder ist ihm etwas zugestoßen?

»Wir schießen das Schloss auf«, sagt er. »Durchsuchung nach eigenem Ermessen. Falls da drinnen nichts zu finden ist, gibt es halt später einen Anschiss.«

Rikke Møller schaut ihn mit einem kleinen Lächeln an. »Du bist ja überhaupt nicht so langweilig, wie immer alle sagen.«

Martin holt eine kleine blaue Brockhage BPG-10-Sperrpistole und einen silbergrauen Spanner aus dem Kofferraum und geht vor dem Schloss in die Hocke. Er braucht ein paar Minuten, um es zu knacken, und als die Tür endlich aufgleitet, sind die tiefen, gedämpften Töne zu hören, die wie bei ihrem ersten Besuch aus Lautsprechern in den Raum strömen.

Martin geht hinein, und Rikke Møller folgt ihm. Er ruft: »Hallo? Julia?«

Niemand antwortet ihm. Martin hört nichts als seinen Puls, seine Schritte und die gedämpfte Musik, die sanft dahinplätschert.

Entspannen Sie sich, erklingt es zwischen den tiefen Tönen. *Seien Sie ganz entspannt. Alles ist gut. Alles ist gut. Alles ist gut …*

Mit ruhigen Schritten geht er hinter den Empfangstresen. Er zieht sich den Jackenärmel über die Hand und öffnet die Tür, aus der vor ein paar Stunden noch der weiß gekleidete, breitschultrige Mitarbeiter kam. Dahinter befindet sich ein kleines Büro, in dem eine Stereoanlage steht und die beruhigenden Töne in Julia Thiessens Praxis strömen lässt. Ringordner und Bücher reihen sich dicht an dicht auf schmalen Regalen, und auf dem Schreibtisch liegt ein Stapel Papier. Das Fenster, das auf den Hinterhof hinausgeht, ist durch ein Metallgitter geschützt. Martin wirft einen Blick in das Badezimmer, das sich in der Verlängerung des Büros befindet. Es ist ein schlichter Raum mit Toilette, Waschbecken und Dusche. Weiße Fliesen vom Fußboden bis zur Decke. Ein tropfender Wasserhahn. Kalkablagerungen um den Ablauf in der Dusche.

Er dreht sich um und geht zurück zum Empfangsbereich.

Sieht, dass Rikke Møller mittlerweile den Flur mit den weißen Türen hinuntergegangen ist. Die Tür zur Praxis steht offen, und sie hat den Kopf hineingesteckt.

»Ist sie da?«, fragt Martin und folgt ihr.

»Nein. Und der Computer auf dem Tisch ist heruntergefahren. Aber die Schreibtischlampe ist noch an.«

Martin öffnet die Tür zum angrenzenden Zimmer. Einem großen, weißen Konferenzraum, in dem etwa zwölf Stühle auf einem schwarzen Teppich um einen runden Tisch stehen.

Hier muss sich die Trauergruppe versammelt haben.

»Daraus können wir wohl schließen, dass sie abgehauen ist, oder?«, sagt Rikke Møller.

»Und ihren Chippendale hat sie mitgenommen. Oder in den Stripklub zurückgeschickt.«

»Bist du etwa neidisch auf den heißen Mitarbeiter?«, fragt Rikke Møller.

Martin antwortet nicht.

»Wir müssen herausfinden, wo sie wohnt«, sagt er nur. »Vielleicht ist sie ja dort.«

26

15:00 Uhr

Wie durch ein Wunder findet Thomas in der Valkendorfsgade hinter der Heiliggeistkirche im Stadtzentrum einen Parkplatz. Er stellt den Wagen ab und geht zu Fuß zum Gråbrødretorv, einem kleinen kopfsteingepflasterten Platz gleich in der Nähe der beiden großen Fußgängerstraßen von Kopenhagen. Rings um den Platz stehen mehrere jahrhundertealte, schiefe, mehrgeschossige Häuser in kräftigen roten, gelben und mintgrünen Farbtönen, und durch das tiefgrüne Laub der großen Platanen flimmert das Licht der hellen Nachmittagssonne. Touristen und Einheimische sitzen unter breiten Sonnenschirmen und trinken Kaffee oder nehmen ein spätes Frühstück ein. Der Duft von Essen bringt Thomas' Magen zum Knurren und erinnert ihn daran, dass er nichts mehr gegessen hat, seit Moniqa Larsens Leiche gefunden wurde. Doch sein Magen muss sich noch ein wenig gedulden. Selbst wenn Thomas jetzt Zeit für eine Mahlzeit hätte, würde er sich mit seinem vernarbten Gesicht nicht in einem Restaurant voller Menschen blicken lassen.

Auf dem Weg hierher hat Thomas den Journalisten Morten Sjellund erreicht und mit ihm ein Treffen in dessen Büro vereinbart, das sich zwei Etagen über dem Restaurant Peder

Oxe befindet. Durch ein Tor neben dem Eingang zum Restaurant gelangt er ins Treppenhaus. Die Tür steht offen, genau wie die Fenster zum Hof, doch nichtsdestotrotz wirkt die Luft im Inneren des Gebäudes fettig, und über der Treppe hängt der Geruch von gebratenem Fleisch und heißem Öl. Thomas' Hunger wird dadurch nicht geringer, und er ertappt sich bei dem Wunsch, seinen Magen vom Körper ablösen und ihn einfach in der Küche des Restaurants lassen zu können, während der Rest von ihm sich mit dem Journalisten unterhält. Anschließend könnte er ihn dort wieder abholen und wäre satt.

Im zweiten Stock angekommen ist ihm ganz schwindelig vor Hunger, und er muss einen Moment stehen bleiben und sich sammeln, bevor er die Tür zu der Bürogemeinschaft öffnet, in der Morten Sjellund arbeitet. Er betritt einen Raum, bei dem es sich um eine Art Flur mit Küchenzeile handelt, von dem nach rechts und links lange Gänge abgehen, in denen sich Büros und Konferenzräume aneinanderreihen.

Er sieht sich nach beiden Seiten um. Entdeckt eine junge Frau, die mit einer Tasse in der Hand auf die Küche zukommt.

»Entschuldigen Sie«, brummt er, »wissen Sie vielleicht, wo ich …«

Er hält inne, als er sieht, dass sie Ohrhörer trägt. Sie ist mitten in einem Telefonat. Er geht an ihr vorbei bis zum Ende des Ganges, aus dem sie gekommen ist. Auf einem Schild neben der letzten Tür rechts steht Morten Sjellunds Name, und im Büro sieht Thomas einen Mann am Schreibtisch sitzen und telefonieren, den Hörer zwischen Schulter und Wange geklemmt. Als er Thomas bemerkt, winkt er ihn zu sich herein. Thomas schließt die Tür hinter sich und bleibt einen Moment stehen. An der Wand hinter dem Journalisten hängt ein riesiges Farbfoto von einem jungen Asiaten mit einem schmalen, schwarzen Schnurrbart. Er trägt etwas, was wie eine rote Schürze mit aufgenähten Pailletten in verschiedenen Goldtönen aussieht. In beiden Wangen hat er ein Loch, durch das er sich jeweils den Lauf eines silbern glänzenden Trommelrevolvers gesteckt hat. Sein Mund ist weit aufgerissen und verzerrt, damit für die Revolverläufe genug Platz ist, und auf dem glänzenden Metall ist frisches Blut zu sehen. Der Mann schaut mit leerem Blick nach oben. Vorbei an der Kamera.

»Er nimmt die Sünden der Welt auf sich«, sagt Morten Sjellund und legt den Hörer zurück auf den Telefonapparat.

Thomas wendet den Blick von dem Foto ab und schaut den Journalisten an. Er ist Anfang bis Mitte vierzig, kräftig gebaut und hat langes, blondes Haar und einen rötlichen Vollbart. Auf der Nase trägt er eine runde Brille, die Thomas' eigener zum Verwechseln ähnlich sieht.

Thomas fragt sich, ob Sjellund wohl von demselben hellgrünen Augenpaar dazu gebracht wurde, ein halbes Monatsgehalt für seine Brille hinzulegen, wie er selbst. Doch das behält er für sich.

»Wie bitte?«, fragt er stattdessen.

»Der Typ auf dem Bild«, sagt Sjellund und wendet sich zu dem Foto um. »Er nimmt die Sünden der Welt auf sich. Eine fantastische Aufnahme, oder?«

»Ja ... ja, sicher.«

»Die hat ein französischer Fotograf gemacht. Archambault. Sie ist während des jährlichen Vegetarierfestes auf Phuket in Thailand entstanden. Der junge Mann hier gehört einem chinesischen Tempel an, dessen Anhänger sich während des Festivals Schwerter, Pistolen und Lanzen durch die Wangen stecken. Sie glauben, dass sie dadurch für die Sünden der Welt büßen und sich durch Selbstkasteiung reinigen.«

»Das klingt … hingebungsvoll.«

»Kann man so sagen. Aber sie sind bei Weitem nicht die Einzigen, die glauben, der Weg zur Erlösung führe über Selbstkasteiung. Denken Sie nur mal an die Flagellanten.«

»Wer ist das?«

»Leute, die sich selbst peitschen, um den Körper für die Sünden zu bestrafen, die er verursacht. Die Katholiken fuhren im dreizehnten Jahrhundert voll darauf ab, und manche Gläubige betreiben das sogar heute noch. Auf den Philippinen gibt es zum Beispiel einen Tag im Jahr, an dem Hunderte von Christen durch die Straßen ziehen und sich selbst mit Peitschen blutig schlagen. Vor dem Umzug ritzen sie sich den Rücken mit einem Messer ein. Durch den Schmerz soll eine größere Nähe zu Jesus hergestellt werden. Mittlerweile hält die katholische Kirche aber nichts mehr davon.«

Er grinst breit. »Ja, so ist das … Und Sie?«

»Ich?«

Morten Sjellund deutet mit dem Kopf auf Thomas' Narben. »Für welche Sünden mussten Sie büßen?«

Thomas berührt sein Gesicht mit den Fingerspitzen.

»Meine eigenen«, murmelt er. »Nur meine eigenen.«

In dem dichten, roten Bart des Journalisten wird ein Lächeln sichtbar. »Das ist eine ausgezeichnete Antwort, Thomas Nyland. Womit kann ich dienen? Mich macht es ja schon ein bisschen neugierig, wenn an so einem ganz normalen Mittwoch die Polizei bei mir anruft.«

»Ich brauche Ihre Hilfe«, sagt Thomas.

»Aha? Wollen Sie sich nicht setzen?«

»Doch. Danke.«

Er nimmt Platz.

»Ich ermittele in einem Fall, der vielleicht gar nicht so weit von dem entfernt ist, was auf diesem Foto da vor sich geht«, sagt er.

Morten Sjellund beugt sich vor. »Jetzt haben Sie mein ungeteiltes Interesse, Herr Kommissar.«

»Wie man mir sagte, haben Sie zu neureligiösen Gemeinschaften hierzulande geforscht.«

»Unter anderem. Ich habe zu allen möglichen Arten von religiösen Gruppierungen und Sekten auf der ganzen Welt geforscht. Als ich jünger war, habe ich auch selbst einer kleinen neuchristlichen Gemeinde angehört.«

»Ja, davon habe ich gehört.«

»Wer hat Ihnen eigentlich von mir erzählt?«

»Eine Bekannte. Natalja Rudova. Wissen Sie, wer das ist?«

Morten Sjellund stößt einen Pfiff aus. Wie ein Handwerker, der einem sich hin und her wiegenden Hinterteil nachsieht.

»Sie kennen sie also?«, fragt Thomas.

»Ja, es ist noch gar nicht so lange her, dass ich mit ihr gesprochen habe.«

Thomas reißt ungläubig die Augen auf. »Mit ihr gesprochen?«

»Ja. Sie hatte ein paar Fragen an mich, und ich habe ihr geholfen. Von Kollege zu Kollege.«

Thomas spürt, wie seine Handflächen feucht werden.

»Ihre Arbeit über den slawischen Volksglauben ist beeindruckend«, fährt Morten Sjellund fort. »Außerdem ist sie ziemlich attraktiv.«

Er fährt sich mit der Zunge über die Lippen. Thomas weiß nicht, ob das nur ein Reflex oder seine volle Absicht war.

»Woher kennen Sie sie?«, will Sjellund dann wissen. »Hat das etwas mit dem Tod ihres Vaters zu tun?«

»Dazu kann ich leider nichts sagen«, bringt Thomas mühsam hervor und versucht, all die Fragen zurückzuhalten, die plötzlich in seinem Gehirn Gestalt annehmen. Er will nicht vom Thema abkommen, bevor sie sich überhaupt ernsthaft damit befasst haben.

Was um alles in der Welt wollte Natalja von Morten Sjellund?

Thomas war sich sicher, er sei Nataljas einziger sozialer Kontakt. Außer vielleicht noch Marianne Christensen – ihrer Chefin und Freundin.

»Können wir vielleicht bei dem Fall bleiben, für den ich Ihre Hilfe brauche?«, sagt Thomas. Ihm ist wieder leicht schwindelig.

Morten Sjellund lehnt sich ein Stück zurück. »Ja, selbstverständlich. Erzählen Sie mir, worum es geht.«

»Gestern Abend wurde in Amager eine Frau ermordet in ihrer Wohnung gefunden. Die Leiche war nackt und mit Klebeband an einem Stuhl fixiert. Die Frau muss unzählige Male am ganzen Körper geschlagen worden sein, sowohl mit Fäusten als auch mit einem Hammer. Mehrere Knochen waren gebrochen, unter anderem ihre Finger. Außerdem war ihre Zunge mit einer Schere herausgeschnitten worden, und wir haben einen Bleistift neben dem Stuhl gefunden. Möglicherweise hat man sie gezwungen, irgendetwas aufzuschreiben oder zu zeichnen, während sie an den Stuhl gefesselt war.«

»Sagten Sie nicht gerade, ihre Finger wären gebrochen gewesen?«

»Doch, aber trotzdem … Wir glauben, dass der Täter ihr den Bleistift in die gefesselte Hand gedrückt und sie dazu gebracht hat, Striche auf ein Stück Papier zu malen.«

»Fuck«, entfährt es Morten Sjellund.

»Ja, tut mir leid, dass ich so ins Detail gehe«, sagt Thomas. »Aber um mir weiterhelfen zu können, müssen Sie wohl oder übel alles erfahren.«

»Ist schon okay. Erzählen Sie ruhig weiter.«

»Wir haben Grund zu der Annahme, dass der Täter während der Misshandlung eine Aufnahme mit lauten Geräuschen abgespielt hat. Glocken, Schellen und ein lautes Rauschen. Gleichzeitig wurden die Schreie des Opfers mithilfe eines Diktafons oder eines digitalen Aufnahmegeräts aufgenommen. Wir haben die letzte Nacht damit verbracht, in der Vergangenheit der Frau zu graben, und es hat sich herausgestellt, dass sie vor zwei, drei Jahren in einer Kommune gewohnt hat. Wir sind uns relativ sicher, dass zwischen dieser Kommune und ihrer Ermordung ein Zusammenhang besteht.«

»Und Sie glauben, die Kommune ist in Wirklichkeit eine Sekte. Weil der Mord einen rituellen Charakter aufweist.«

»Ja. Aber auch, weil wir mit Verwandten und ehemaligen Lebenspartnern von Bewohnern der Kommune gesprochen haben. Sie sagen, es sei fast unmöglich gewesen, mit den Leuten in der Kommune in Kontakt zu kommen. Sie haben nicht mehr auf E-Mails geantwortet und waren so gut wie gar nicht telefonisch erreichbar.«

»Für Nichtmitglieder war die Kommune also gewissermaßen Sperrgebiet.«

»Ja. Aber es gibt noch mehr … Der Täter hat einen dreijährigen Jungen entführt. Wir suchen gerade nach ihm, aber bislang scheint es, als seien sowohl er als auch der Täter spurlos verschwunden.«

Morten Sjellund nickt. »Ich soll Ihnen also sagen, ob mir eine Sekte bekannt ist, deren Rituale zu Ihrer Beschreibung passen. Und Sie haben es eilig und wollen deshalb eine schnelle Antwort von mir.«

»Genau.«

»Das ist leider nicht so einfach. In Dänemark gibt es hundert bis dreihundert Sekten, und von den meisten wissen wir nicht einmal. Es ist schlicht und ergreifend unmöglich, sich einen Überblick zu verschaffen. Es gibt keinerlei Register. Und die meisten Sekten sind ohnehin extrem geschlossene Gemeinschaften. Die Geheimniskrämerei macht es ihnen leichter, neue Mitglieder zu rekrutieren, weil sich die Leute damit anlocken lassen, dass ihnen eine große, göttliche Wahrheit zuteilwird, wenn sie der Gemeinschaft beitreten. Zugleich gründen sich die meisten Sekten auf Ideen, die so weit von dem entfernt sind, woran die meisten Menschen in der Regel glauben, dass die Drahtzieher dieser Sekten den

Schleier nur nach und nach lüften können. Ansonsten würden sie die neuen Mitglieder abschrecken. Indem das Gedankengut der Sekte nur ganz allmählich enthüllt wird, hält man die Mitglieder über einen längeren Zeitraum bei der Stange.«

»Aber Sie sagen …«, setzt Thomas an.

»Es gibt aber noch einen anderen Grund für die Geheimniskrämerei«, unterbricht Morten Sjellund ihn. »Sowohl die Anführer als auch die Mitglieder solcher sektiererischer Gruppen wissen genau, dass die Umwelt nicht verstehen und akzeptieren kann, was in den Sekten vor sich geht. Und so entsteht ein Widerwille dagegen, sich mit Fremden zu unterhalten. Das hängt natürlich auch damit zusammen, dass die Sektenmitglieder meist strenge Regeln zu befolgen haben und oft gar nicht mit Leuten außerhalb der Gruppe reden dürfen.«

»Aber Sie sagen also, dass Sie keine Sekte hierzulande kennen, deren Rituale an das von mir Beschriebene erinnern?«

»Ja, genau das sage ich. Tut mir leid.«

»Was ist mit dem Ausdruck ›samana‹. Ist Ihnen der schon einmal begegnet?«

»Sie meinen, ob ich Sekten kenne, in denen Schamanen eine Rolle spielen?«

»Nein, das meine ich nicht. Ich möchte wissen, ob es hier irgendwelche Sekten gibt, die genau diesen Ausdruck verwenden.«

»Ist mir noch nie untergekommen«, sagt Morten Sjellund.

Thomas seufzt und sinkt auf seinem Stuhl ein wenig in sich zusammen.

»Gibt es eventuell noch jemanden, den ich danach fragen könnte?«, sagt er.

»Hier in Dänemark sind wir nur eine Handvoll Leute, die sich mit diesen neureligiösen Gruppen beschäftigen. Ich kann Ihnen eine Liste schicken, wenn Sie möchten.«

Thomas reicht ihm seine Karte. »Ja, tun Sie das bitte.«

»Aber erwarten Sie nicht zu viel«, sagt Morten Sjellund. »Es gibt, wie gesagt, mehrere Hundert kleiner Sekten in Dänemark, und niemand hat den vollen Überblick. In der Regel fallen sie erst auf, wenn irgendetwas Schlimmes passiert. So wie das, was mit der Frau geschehen ist, von der Sie erzählt haben. Aber vielleicht kann ich Ihnen trotzdem ein wenig weiterhelfen …«

Morten Sjellund zwirbelt seinen langen, roten Bart zwischen Daumen und Zeigefinger.

»Falls Sie tatsächlich einer Sekte auf der Spur sind … und es spricht ziemlich viel dafür … dann könnte es möglicherweise hilfreich für Sie sein zu erfahren, wie solche Gruppen funktionieren. Womit Sie rechnen müssen, wenn Sie mit ihnen zu tun haben.«

»Ja, ich …«

Thomas wird vom Brummen seines Handys unterbrochen.

»Entschuldigen Sie mich«, sagt er und holt es hervor. Auf dem Display steht »Martin Dahl«.

Der muss jetzt warten.

Thomas weist den Anruf ab und steckt das Handy wieder in die Tasche.

»Mich würde interessieren, wer überhaupt Mitglied einer solchen Sekte wird. Wer wird davon angezogen?«

»Ganz allgemein kann man sagen, dass Sekten Menschen anziehen, die verletzlich und unsicher sind. Wie zum Beispiel junge Menschen, die gerade dabei sind, sich von ihrem Elternhaus zu lösen, und noch keine neue Gemeinschaft gefunden haben, die die Familie ersetzt. Es können auch frisch Geschiedene sein oder Leute, die einen guten Freund verloren haben oder aus einer zerrütteten Familie kommen. Wenn man aus dem Gleichgewicht geraten ist und nach einem neuen Sinn im Leben sucht, wird man leichter angeworben.«

»Was ist mit Leuten, die ein Kind verloren haben?«

»Ja. Absolut naheliegend.«

»Und wie gewinnen die Sekten die Leute für sich?«

»Zunächst einmal bieten sie dem zukünftigen Mitglied etwas an, wonach er oder sie sich sehnt. Das kann eine starke Gemeinschaft sein oder ein Sinn im Leben. Manchmal sind es aber auch materielle Dinge. Will man junge Männer werben, kann man ihnen zum Beispiel schicke Sportwagen oder süße Mädels zeigen, die sie in der Sekte dann näher kennenlernen können. Sobald das neue Mitglied ein Teil der ›Familie‹ geworden ist, wird es in der Regel durch die Anführer von Menschen und Dingen ferngehalten, die sie oder ihn mit der Außenwelt verbinden. Telefon und Internet zum Beispiel. Dann haben sie den Betreffenden dort, wo sie ihn haben wollen. Oft versuchen Sekten auch, ihre Mitglieder gleichzuschalten, indem zum Beispiel allen die gleiche Kleidung vorgeschrieben wird oder ein kahl rasierter Kopf. Ziel der Sekte ist es, das Leben der Mitglieder vollständig unter ihre Kontrolle zu bringen. Sie jeglicher Form von eigenständiger Gedankentätigkeit zu berauben. Die Sekte bestimmt, wann die Mitglieder schlafen, arbeiten, sich unterhalten sollen, und auch, wann sie Sex haben sollen. Und mit wem. In manchen

Fällen hat der Anführer der Sekte das alleinige Recht auf Sex mit den weiblichen Mitgliedern. Wie eine Art Alphamännchen in einem Affenrudel.«

»Ich nehme an, damit so eine Sekte funktioniert, braucht sie einen charismatischen Anführer.«

»Einen charismatischen Psychopathen. Ungefähr so wie die Topmanager in der Wirtschaft. Sektenanführer sind oft Psychopathen oder haben andere Persönlichkeitsstörungen. Sie sind manipulativ, narzisstisch und entbehren jeglicher Empathie. Denken Sie beispielsweise an Charles Manson. Oder an Jim Jones, der Jonestown in Guyana gründete und neunhundert seiner Sektenmitglieder in den Massenselbstmord trieb. Charles Manson wuchs mit einer Mutter auf, die Alkoholikerin war und die meiste Zeit im Gefängnis saß. Jim Jones hatte einen alkoholkranken Vater und eine Mutter, die davon überzeugt war, den neuen Messias zur Welt gebracht zu haben.«

»Wenn wir nun davon ausgehen, dass die ermordete Frau ein Sektenmitglied war und dass die Sekte hinter dem Mord steht …«

Thomas stockt. Denkt nach.

»Ja?«, sagt Morten Sjellund.

»Wenn die Sekte sie nun umgebracht hat«, wiederholt Thomas. »Was könnte das Motiv gewesen sein? Warum tötet eine Sekte ihre Mitglieder?«

Wieder klingelt Thomas' Handy. Dieses Mal ignoriert er es einfach und lässt es in der Tasche, bis der Signalton verstummt.

»Das weiß nur die Sekte selbst«, meint Morten Sjellund.

»Aber Sie sagten, die Frau wurde in einer Wohnung in Amager gefunden, nicht wahr?«

»Ja.«

»Hat sie allein dort gewohnt?«

»Ja.«

»Dann war sie wahrscheinlich gar kein Mitglied mehr.«

»Das heißt, sie könnte ermordet worden sein, weil sie die Sekte verlassen hat?«

»Ja. Oder weil sie damit gedroht hat, die Sekte zu verraten. Es wäre nicht das erste Mal, dass eine Sekte gewalttätig reagiert, wenn sie sich von ehemaligen Mitgliedern oder Leuten außerhalb der Sekte bedroht fühlt. Das sollte Ihnen bei Ihren Ermittlungen auch unbedingt klar sein. Je näher Sie der Sekte kommen, desto mehr erhöhen Sie damit den Druck auf sie.«

»Sie vermuten also, die Mitglieder der Sekte werden den Kampf aufnehmen?«

»Es scheint zumindest so, als würde diese Sekte keine Gewalt scheuen. Entweder nehmen die Mitglieder also den Kampf auf … oder Sie riskieren, dass die Sekte sich selbst auslöscht.«

»Reden Sie jetzt von Gruppenselbstmord?«

»Ja.«

Thomas steht auf und gibt Morten Sjellund die Hand. »Ich habe erst einmal keine weiteren Fragen.«

»Sie sind mir jederzeit willkommen, wenn ich Ihnen sonst irgendwie helfen kann.«

»Danke. Gegebenenfalls komme ich darauf zurück.«

»Soll ich …«

»Nein, ich finde allein raus. Danke.«

Thomas wirft einen letzten Blick auf das Foto des jungen Mannes mit den Pistolenläufen in den Wangen, bevor er sich umdreht und geht. Er versucht, nicht an Nataljas Telefonat mit Morten Sjellund zu denken.

Was hast du denn erwartet, du Trottel? Dass Natalja die ganze Zeit neben der Freisprechanlage sitzt und nur darauf wartet, dass du vorbeikommst und klingelst? Nicht im Ernst, oder? Im Übrigen geht es dich überhaupt nichts an, was Natalja tut.

»Gry Nørremark«, sagt er laut, als er die Treppe hinuntergeht, und versucht sich zu zwingen, an etwas anderes zu denken. An das, womit er sich eigentlich beschäftigen sollte.

Er sieht die Wohnung in der Colbjørnsensgade vor sich. Das Schlafzimmer. Den Gedenkaltar mit den Bildern von Maja. Dem kleinen, dunkelhaarigen Mädchen, das Gry Nørremark letztlich in die Kommune geführt hat. Weil sie durch die Geisterbeschwörungen, die dort durchgeführt wurden, in Kontakt mit ihrer verstorbenen Tochter treten konnte.

Er nimmt noch einmal den Gedanken auf, den er früher am Nachmittag im Auto hat fallen lassen: *War der Zettel auf dem Wohnzimmertisch eine Art Abschiedsbrief? Wie man ihn vor einem Selbstmord schreibt? Und wenn Gry Nørremark sich das Leben nehmen wollte, wieso hat sie es dann nicht in ihrer Wohnung getan?*

27

16:15 Uhr

Die Straße ist nur ein schmaler Asphaltstreifen, der sich durch den dichten Wald schlängelt. Von beiden Seiten neigen sich die Bäume über das Autodach, die Baumkronen sind ineinander verschränkt, sodass kaum Sonnenlicht hindurchfällt. Die Luft unter dem Blätterdach ist feucht, und ein kräftiger Erdgeruch dringt durch die offenen Fenster in den Wagen. Seit der Autobahnabfahrt südlich von Herfølge sind Martin und Rikke Møller kurvigen Sträßchen durch ein paar Ortschaften Südseelands gefolgt, bis sie sich schließlich im Wald befanden. Dem Hundemose Skov, wie er hier heißt. Martin spürt, wie der Wind ihm durch das spärliche Haar weht. Nimmt eine seltsame Leichtigkeit in seinem Körper wahr.

»Vielleicht solltest du es noch mal versuchen«, sagt Rikke Møller, ohne den Blick von der Straße abzuwenden.

»Was versuchen?«, fragt Martin geistesabwesend.

»Nyland zu erreichen. Er will bestimmt wissen, wohin wir gerade auf dem Weg sind.«

Martin sucht nach seinem Handy, ohne es aber zu finden. Erinnert sich daran, dass er es in den Becherhalter des Wagens gesteckt hat.

Er ruft Nyland an.

»Dahl, ich muss eine Frage mit euch diskutieren«, erklingt die Stimme seines Chefs am anderen Ende, noch bevor Martin sich überhaupt gemeldet hat.

»Eine Frage?«

»Ja. Stell doch mal eben auf Lautsprecher.«

Martin nimmt das Handy vom Ohr und aktiviert die Freisprechfunktion. »So.«

»Gut. Møller, kannst du mich hören?«

»Ja.«

»Es geht um den Zettel, den wir bei Gry Nørremark auf dem Tisch gefunden haben. Ich überlege, ob es sich dabei um einen Abschiedsbrief handeln könnte. Eine letzte Nachricht entweder an uns oder an ihren Vater, bevor sie sich das Leben nehmen wollte. Mir fallen nur zwei mögliche Gründe ein, warum sie uns verschwiegen haben könnte, dass jemand hinter ihr her war: Entweder ist sie nicht davon ausgegangen, dass wir sie schützen könnten, oder sie hat selbst Dreck am Stecken. Vielleicht war sie während ihrer Zeit in der Kommune in irgendetwas Illegales verwickelt. Oder sie hatte etwas mit Moniqa Larsens Ermordung zu tun.«

»Aber wenn sie …«, setzt Martin an.

»Moment, Dahl«, unterbricht Thomas ihn. »Lass mich kurz zu Ende erzählen. Gry Nørremark ist in die Kommune gezogen, weil sie dachte, sie könnte dort in Kontakt mit den Toten treten. Dann aber hat sie herausgefunden, dass sie für dumm verkauft wurde. Dass so etwas nicht möglich ist. Wenn sie sich obendrein bedroht fühlte, hat sie vielleicht beschlossen, ihrem Leben ein Ende zu machen.«

»Aber warum hat sie das dann nicht in ihrer Wohnung getan?«, fragt Martin.

»Genau das wollte ich euch auch fragen«, sagt Nyland.

»Weil sie in Majas Nähe sein wollte«, wirft Rikke Møller ein.

Martin sieht sie an. »Dann ist sie also in die Kommune zurückgegangen? An den Ort, an dem sie zuletzt in Kontakt mit ihrer Tochter war?«

»Nein, das glaube ich nicht«, sagt Rikke Møller. »Wenn sie nicht mehr an das geglaubt hat, was in der Kommune vor sich ging, hatte sie keinen Grund, dorthin zurückzukehren.«

»Aber wohin ist sie dann gegangen?«

»Na wohin geht man denn, um den Toten nah zu sein?«

Es wird still.

»Natürlich«, sagt Nyland dann. »Danke, Møller. Ich finde sofort heraus, wo Maja beerdigt ist. Es kann auf keinen Fall schaden, mal eine Streife dort vorbeizuschicken. Was ist mit euch? Habt ihr die Psychotherapeutin eingesammelt?«

»Nein«, sagt Martin. »Julia Thiessen ist verschwunden. Als wir wieder vor der Praxis standen, waren sowohl sie als auch ihr Mitarbeiter weg. Sie müssen es eilig gehabt haben, denn sie hatten nicht mal mehr Zeit, die restlichen Termine des Tages abzusagen, bevor sie sich aus dem Staub gemacht haben.«

»Was ist mit ihrer Privatadresse?«

»Wir sind gerade auf dem Weg dorthin. Soweit ich sehe, wohnt sie in einem kleinen Ort namens Atterup. In der Nähe von Karise. Ich glaube, es ist noch nicht mal ein richtiger Ort, eher eine Ansammlung von Höfen.«

»In Ordnung. Wir sprechen uns, wenn ihr da fertig seid. Ich möchte wissen, ob ihr sie aufspüren konntet.«

»Sollen wir sie verhören, wenn wir sie finden? Oder lieber erst mal, wie geplant, ins Präsidium bringen?«

»Macht das direkt vor Ort. Hat übrigens irgendwer überprüft, ob sie schon mal auffällig geworden ist? Irgendwelche alten Fälle? Oder Patienten, die sich über sie beschwert haben?«

»Nein, nichts«, sagt Rikke Møller. »Aber ich habe nur in unseren eigenen Registern nachgesehen und auf Infomedia in alten Zeitungsartikeln gesucht. Beim Amt für Patientenklagen oder beim Psychologenverband habe ich nicht nachgefragt.«

»Okay. Ich rufe da gleich mal an. Möglicherweise liegen ja alte Klagen gegen sie vor, die wir gegen sie verwenden können.«

Der Wald lichtet sich und wird von flachen grünen und goldenen Feldern abgelöst. Vereinzelt sind Höfe zu sehen.

»Hier ist es«, sagt Rikke Møller und biegt rechts auf einen schmalen Schotterweg ab. Fährt im Bogen auf einen Hof zu, der sich im Schutz einer Hecke befindet. Es geht weiter durch ein gewölbtes Tor mitten in einem weiß gekalkten Gebäudeteil. Auf einen Innenhof mit Schotterbelag. Die Ställe und Scheunen ringsherum sind alle weiß, nur das Wohnhaus besteht aus rotem Backstein. Die Haustür steht sperrangelweit auf.

Martin und Rikke Møller sehen einander an.

»Das ist die Kommune«, sagt Martin und weiß nicht, warum ihn das eigentlich überrascht. Auf diesen Gedanken hätte er schon kommen müssen, als sich herausstellte, dass Julia Thiessen in einem kleinen Ort auf dem Land wohnt.

Sie steigen aus. Hören Vogelgezwitscher in der Ferne, doch ansonsten ist es vollkommen still. Martin atmet tief durch die Nase ein und stellt fest, dass es hier weder nach Kühen oder Schweinen noch nach Pferden riecht.

Sie gehen zu der offenen Haustür. Klopfen an und werfen einen Blick hinein. Gleich neben der Tür steht ein Paar grüne Gummistiefel mit trockener Erde und Steinchen in den Rillen unter der Sohle. An einem Haken an der Wand hängen Anoraks und ein einzelner Regenschirm.

»Hallo?«, ruft Martin ins Haus.

28

16:30 Uhr

Neben Thomas' Schreibtisch steht ein Pappkarton, und als er auf dem Weg zu seinem Stuhl durch den Raum geht, stößt er mit dem Fuß dagegen. Irgendjemand war so unachtsam und hat den Karton ganz ohne Warndreieck und -blinker einfach dort abgestellt.

Er stützt sich mit der Hand an der Schreibtischkante ab, um sein Gleichgewicht wiederzufinden. Schaut auf den geschlossenen Pappkarton hinab. Ein moderiger Geruch steigt daraus empor. Das muss Moniqa Larsens Karton aus dem Keller im Englandsvej sein. Eigentlich wollte er beim Psychologenverband oder beim Amt für Patientenklagen anrufen, sobald er im Büro war, doch nun wirkt der Karton weitaus interessanter. Er öffnet ihn. Die rote Geldkassette mit den Fotos liegt ganz oben, und darunter befinden sich der Schuhkarton mit den alten Briefen und ein Fotoalbum. Er greift hinein und zieht das Album hervor. Legt es auf der Schreibtischkante ab und wischt die Wörter vom Whiteboard, die er früher am Tag darauf festgehalten hat. Seine Hand wird ganz blau. Er nimmt den Stift und schreibt »Moniqa Larsen« mitten auf die weiße Fläche. Wischt den Namen wieder weg. Schreibt stattdessen »Lucas Hvornum«

dorthin. Malt einen Kreis um den Namen. Schreibt »Moniqa Larsen« daneben. Fügt die Namen ihres Bruders und dessen Familie hinzu, einschließlich des verstorbenen Sohnes Jonas. Die Namen von Moniqa Larsens Exfreunden. Gry Nørremark und ihren Vater. Maja. Verbindet die Namen kreuz und quer mit Linien. Fügt Julia Thiessen hinzu. Lässt etwas Platz, damit er die Teilnehmer der Trauergruppe dazuschreiben kann, wenn Møller und Dahl mit der Namensliste zurück sind.

In einer Ecke notiert er »Samana«. Tritt dann einen Schritt zurück. Rümpft die Nase. Statt sich einen Überblick über den Fall zu verschaffen, hat er ein einziges Chaos aus Strichen und unförmigen Buchstaben fabriziert.

Er nimmt ein paar Magneten und befestigt Bilder von Gry Nørremark, Moniqa Larsen und Lucas Hvornum an der Tafel. Öffnet das Fotoalbum, um nachzusehen, ob er darin Fotos von Christian Larsen und seiner Frau findet. Blättert vorbei an den Bildern aus Monas und Christians Kindheit. Sieht Mona älter werden: ein Familienfoto in Schwarz-Weiß mit einem Vater im weißen Hemd, einer Mutter im geblümten Rock und einer circa dreijährigen Mona, die verdutzt hinter ihrem stolz danebenstehenden großen Bruder Christian hervorschaut. Eine sieben oder acht Jahre alte Mona im Badeanzug auf einer orangefarbenen Luftmatratze im Swimmingpool. Vielleicht auf Mallorca. Mona als Teenager in einem roten Viersitzer-Velomobil mit gestreiftem Stoffdach. Die Arme verschränkt und den Blick abgewandt, während der Rest der Familie in die Kamera lächelt und winkt.

Thomas legt das Album beiseite. Greift in den Pappkarton

und zieht ein weiteres Album hervor. Die Fotos darin sind neuer. Die meisten von ihnen zeigen Mona als erwachsene Frau mittleren Alters. Noch vor ihrer Namensänderung, wie Thomas mit einiger Sicherheit annimmt. Er sieht sie auf dem Rücken eines Kamels, vor irgendeinem Tempel, in einer Yogahaltung an einem paradiesischen Sandstrand. In Hotelzimmern, Restaurants und Felslandschaften mit verschiedenen Männern an ihrer Seite.

Auf ein paar Bildern ist sie jedoch auch zusammen mit Christian Larsen und dessen Familie zu sehen. Thomas findet ein Foto, das vor einem offenen Kamin in Christian Larsens Villa aufgenommen worden sein muss. Mona hat den Arm um ihre Schwägerin gelegt. Cathrine. Beide sind mitten in einem Lachanfall abgelichtet. Christian Larsen steht ein paar Meter von ihnen entfernt mit dem Rücken zur Kamera. Möglicherweise hat sein Sohn Jonas das Foto geschossen, denn er ist nicht darauf zu sehen. Etwas weiter vorn im Album taucht der kleine, blonde Junge auf einem Sofa schlafend auf, sein Kopf ruht in Monas Schoß, und gleich daneben hat sie ein Foto geklebt, auf dem Jonas auf einem Parkplatz mit einem ferngesteuerten Auto spielt.

Thomas befestigt die Bilder von Christian Larsen und Familie an der Tafel.

Das Whiteboard wirkt dadurch nur noch chaotischer.

Er dreht seinem Werk den Rücken zu. Starrt auf das Telefon auf seinem Schreibtisch, holt tief Luft und wählt Jonathan Florys Nummer. Lässt es ein paarmal klingeln und will gerade wieder auflegen, als am anderen Ende plötzlich jemand den Hörer abnimmt.

»Thomas Neeland?«, ertönt Florys Stimme in der Leitung. »Is that you?«

»Ich … woher wussten Sie …«, stammelt Thomas auf Englisch.

»Ich habe eben Ihre E-Mail gelesen«, antwortet Flory. »Als dann das Telefon klingelte, dachte ich so bei mir, das ist sicher der dänische Polizist, der mit mir reden will. Und da hatte ich ja auch recht, nicht wahr?«

Er lacht.

»Ja«, sagt Thomas. »Das stimmt.«

»Sie haben mich ziemlich neugierig gemacht, Mister Neeland. Ich kann mir nämlich beim besten Willen nicht erklären, warum mir eine Polizeibehörde vom anderen Ende der Welt so einen ohrenbetäubenden Lärm zuschickt. Ich habe einen regelrechten Schock bekommen, als ich die Datei abgespielt habe. Aber vielleicht können Sie mir ja verraten, was das zu bedeuten hat?«

»Das hat mit einem Fall zu tun«, sagt Thomas, verblüfft über den direkten Ton des Amerikaners. »Die Datei, die Sie bekommen haben, ist ein kleiner Ausschnitt aus einer acht Stunden langen Aufnahme, die wir in Verbindung mit einem Mord gefunden haben. Zum Klang dieser Geräusche wurde eine Frau getötet. Es war ein Ritualmord, der möglicherweise im Zusammenhang mit einer neureligiösen Sekte steht. Ich glaube, die Aufnahme spielt eine wesentliche Rolle in dem Ritual, und deshalb muss ich mehr darüber erfahren.«

Thomas hätte den Sachverhalt gern besser erklärt, doch durch den begrenzten englischen Wortschatz, der ihm zur Verfügung steht, gehen einige der feineren Nuancen verloren.

»Aha«, sagt Flory. »Und Sie hoffen also, dass ich Ihnen dabei weiterhelfen kann?«

»Ja.«

»Woher haben Sie meinen Namen?«

»Von einer Freundin. Natalja Rudova.«

Wenn Jonathan Flory jetzt auch wie ein lüsterner Bauarbeiter pfeift, dann knalle ich den Hörer auf, kann Thomas gerade noch denken, als Flory auch schon den Mund aufmacht: »An sie kann ich mich sehr gut erinnern. Eine außergewöhnliche Person. Ihre Forschung zum slawischen Volksglauben ist einzigartig. Und Sie sind also mit ihr befreundet?«

»Ja, kann man so sagen.«

»Dann ist es mir eine Ehre, Ihnen zu helfen, Mister Neeland. Fragen Sie einfach.«

Thomas räuspert sich.

»Wenn ich bloß wüsste, was ich fragen soll«, sagt er. »Ich weiß nichts über die Verwendung von Musik in neureligiösen Ritualen. Deshalb weiß ich auch nicht, welche Fragen ich stellen könnte.«

»Wir kommen auch ohne Fragen zurecht. Ich rede ohnehin lieber einfach drauflos, ohne unterbrochen zu werden.«

Flory lacht wieder.

»Zuerst einmal muss ich Ihnen sagen, dass zu dem Thema noch nicht sehr viel geforscht wurde, was ziemlich unglaublich ist, wenn man bedenkt, was für eine wichtige Rolle Musik in so gut wie allen Weltreligionen spielt. Die Musik hat eine Flüchtigkeit, die sie seit Anbeginn der Menschheit zu einem Symbol für das Göttliche gemacht hat. Musik oder Gesang können uns in eine Art Trance versetzen, die uns in direkten Kontakt mit dem Göttlichen treten lässt. In manchen Religionen ist man sogar der Meinung, dass die Musik eine Verbundenheit mit den Göttern herbeiführen kann. Dass wir durch die Musik eins mit ihnen werden … oder mit *ihm*, je nachdem, zu welcher Religion man sich bekennt. Das ist unter anderem der Grund dafür, dass in so gut wie allen Religionen die wichtigsten Texte nicht einfach nur vorgelesen werden – sie werden gesungen oder als Liturgie vorgetragen. Auch Jesus hat zum Abschluss des letzten Abendmahls mit seinen Jüngern gesungen. Das steht schwarz auf weiß in der Bibel. Aber das gepaarte Auftreten von Musik und Religion ist keine christliche Erfindung. Das geht zurück bis auf die ersten Menschen und zieht sich bis weit in die Moderne hinein. Viele große Komponisten waren Kirchenmusiker. Wussten Sie das?«

»Nicht so richtig. Aber die Aufnahme, die ich Ihnen geschickt habe, hat ja nicht so viel mit Psalmen und Kirchenchören zu tun.«

»Nein, da könnten Sie recht haben. Sie klingt nicht so, als hätte sie überhaupt irgendetwas mit der christlichen Musiktradition zu tun. Ich habe mir die Aufnahme ein paarmal angehört, um herauszufinden, woher die Geräusche stammen könnten. Ich kann Glocken und Schellen heraushören, und dann ist da noch so ein langer, tiefer Ton im Hintergrund. Zuerst hat mich das Ganze an die Trommeln und Glocken erinnert, die man in der buddhistischen Tradition findet, und der tiefe Ton kam mir ein bisschen wie tibetanischer Mönchsgesang vor. Aber eigentlich ist das wohl eher das Geräusch einer großen Turbine, oder?«

»Ja, das glaube ich auch. Aber Sie sagen, Sie fühlen sich an Klänge aus der buddhistischen Tradition erinnert?«

»Ja, aber diese Datei hat nichts mit dem Buddhismus zu tun. Ich glaube sogar eher im Gegenteil, dass es sich einfach um eine Ansammlung willkürlicher Geräusche handelt, die kombiniert wurden, um größtmöglichen Lärm zu erzeugen. Ein Weißes Rauschen schlicht und ergreifend. Diese Geräusche stammen nicht von Gurus oder Mönchen oder Priestern. Das sind Geräusche, die von einem Verrückten zusammengemischt wurden. Oder von jemandem, der moderne Kunst macht. Aber das sind im Grunde nur zwei Seiten derselben Medaille, wenn Sie mich fragen.«

»Könnte denn die Person, die hinter dieser Aufnahme steht, von einem buddhistischen Ritual inspiriert gewesen sein?«

»Das ist durchaus möglich. Doch in dem Fall hat sie nicht verstanden, worum es im Buddhismus eigentlich geht. Es sei denn …«

»Es sei denn?«

»Bei gewissen buddhistischen Ritualen kommen laute Geräusche und Gesang zum Einsatz, um böse Geister zu vertreiben. Man benutzt Trommeln und andere Schlaginstrumente und rezitiert dazu bestimmte Texte, um das Böse in die Flucht zu schlagen. Um so etwas könnte es sich auch hierbei handeln. Nur in vereinfachter, banaler Form. Ohne die spirituelle Dimension der echten Rituale.«

»Durch die Geräusche soll also das Böse in die Flucht geschlagen werden?«

»Ja. Je kräftiger und abscheulicher sie klingen, desto besser.

Aber in der Aufnahme, die Sie mir geschickt haben, ist kein Gesang zu hören. Nur jede Menge Lärm.«

»Wir glauben, dass der Täter die Schreie seines Opfers auf Band aufgenommen und so in das Weiße Rauschen gemischt hat. Vielleicht können die Schreie in der so entstandenen neuen Aufnahme ja als eine Art religiöser Gesang verstanden werden?«

»Also ich weiß nicht ... ja, vielleicht. Wenn man pervers genug ist.«

Thomas bedankt sich und möchte auflegen, doch es vergehen noch fast zehn Minuten, bis es ihm gelingt, das Gespräch mit Jonathan Flory zu beenden.

Er reibt sich das Ohr, an das er den Hörer gehalten hat, und genau in diesem Moment klingelt das Handy in seiner Tasche. Er holt es hervor. Die Nummer auf dem Display ist ihm nicht bekannt.

»Nyland«, sagt er und reibt sich noch einmal das Ohr.

Am anderen Ende meldet sich eine Frau. Thomas bekommt ihren Namen nicht genau mit.

»Entschuldigen Sie, woher rufen Sie an?«

»Polizei Mittel- und Westjütland«, ertönt die Frauenstimme. »Es geht um Gry Nørremark.«

Thomas richtet sich auf. »Haben Sie sie gefunden?«

»Eine Streife in Roskilde hat sie auf dem Ostfriedhof gefunden. Sie hat versucht, sich das Leben zu nehmen.«

»Versucht? Das heißt, sie lebt?«

29

16:30 Uhr

»Hallo? Ist hier jemand?«

Martin ruft noch einmal, doch niemand antwortet.

Er geht weiter in den Flur hinein. Schaut nach rechts in einen engen, dunklen Gang. Dreht sich um und geht in die Küche. Sie ist geräumig. Zwei große Kühlschränke stehen Seite an Seite an einer Wand, die vom Fußboden bis zur Decke mit Holz verkleidet ist. Mitten im Raum stehen zwei lange Tische, die von schlichten Holz- und Metallstühlen umringt sind. Möbel, wie man sie in einer Pfadfinderhütte vorfinden würde. Martin zählt achtzehn Sitzplätze. Er geht ein paar Schritte vor und öffnet einen Küchenschrank voller Teller und Glasschüsseln.

»Wenn das hier eine Kommune ist, wo sind dann alle hin?«, fragt er.

Eine Zweiflügeltür am anderen Ende der Küche führt in einen Aufenthaltsraum, in dem drei schwere Sofas um einen Kacheltisch stehen. Die kahlen Wände sind orangefarben gestrichen. Es gibt keine Regale. Keine Bücher, keinen Fernseher, keinen Computer. Durch eine Tür ist ein großer, eingezäunter Garten mit krummen Obstbäumen und einer sorgfältig gemähten Grasfläche zu sehen.

»Vielleicht haben sie sich davongemacht«, sagt Rikke Møller.

Martin geht an ihr vorbei in den dunklen Gang. Öffnet die erste Tür auf der rechten Seite. Blickt in ein kleines Zimmer, das ihn an seine Zeit beim Militär erinnert. An zwei Wänden stehen Etagenbetten aus Metall, und zwischen den Betten befindet sich ein hoher Schrank. Die eine Schranktür ist geöffnet, und Martin sieht, dass der Schrank leer ist. Die Betten sind unberührt, an den Fußenden liegen Bettdecken ohne Bezug.

»Dahl, sieh mal hier«, ertönt Rikke Møllers Stimme etwas weiter den Gang hinunter. Er dreht sich um. Sie hat die nächste Tür geöffnet und ist im Türrahmen stehen geblieben. Im nächsten Augenblick ist Martin bei ihr. Schaut ihr über die Schulter. Das Zimmer sieht genauso aus wie das erste. Die gleichen Etagenbetten, der gleiche Kleiderschrank. Doch die hintere Wand und ein Teil des Fensters sind mit Blut, kleinen Knochensplittern und Gehirnmasse bespritzt. Eine blutverschmierte Decke liegt auf dem Fußboden.

Rikke Møller tritt einen Schritt zurück und zückt ihr Handy.

»Sieht aus wie eine Erschießung«, sagt Martin. »Aber wo ist die Leiche?«

»Ich hab hier keinen Empfang«, sagt Rikke Møller hinter ihm.

»Wie bitte?«

»Ich kann nicht anrufen. Hier drinnen habe ich keinen Empfang.«

»Vielleicht ist er blockiert«, sagt Martin. »Versuch's mal draußen.«

Rikke Møller nickt. »Ich gehe in den Innenhof und rufe im Präsidium an. Warte hier auf mich.«

Sie geht durch den Gang und verschwindet um die Ecke.

Martin betrachtet das Blut. Es sieht frisch aus. Lange kann es noch nicht her sein, dass hier jemand erschossen wurde. Er geht ein paar Schritte vorwärts. Stößt die Bettdecke mit dem Fuß an. Eine leere Schrotpatronenhülse kommt zum Vorschein und rollt ein paarmal vor ihm auf dem Fußboden im Kreis. Er geht in die Knie, um sie sich genauer anzuschauen. »Grand Prix Bismuth Forest« steht in weißen Buchstaben auf dem blauen Plastikzylinder und daneben die Zahl fünf.

Martin lässt die Patronenhülse liegen und geht zurück in den Gang. Zieht seine Pistole. Kommt an einer offenen Tür zu einem großen Duschraum vorbei.

Noch mehr Blut. Es ist in einer der drei Duschen über die weißen Fliesen der Rückwand gespritzt. Die Fliesen sind zerstört. Mit lauter kleinen, sternförmigen Löchern übersät. Ein schmales Rinnsal Blut ist die Wand hinunter und über den Boden gelaufen und versickert nun im Abfluss.

Zwei Ermordete.

Er geht weiter den Gang hinunter. Die Tür am Ende ist geschlossen, aber Martin sieht, dass der Türrahmen um das Schloss herum zersplittert ist, und an der Türklinke ist der deutliche Abdruck einer Schuhsohle zu erkennen. Die Tür wurde aufgetreten.

Er hält den Atem an und tritt mit der Pistole voran durch die Tür. Hält die Waffe mit beiden Händen fest umschlossen.

Hinter der Tür führt eine schmale Treppe hinauf in den ersten Stock.

»Møller?«, ruft er über seine Schulter.

Sie antwortet nicht. Kann ihn draußen auf dem Hof sicher nicht hören. Einen Moment bleibt er stehen und überlegt, was er tun soll. Dann geht er mit dem Rücken zur Wand die Treppe hinauf. Sie endet an einem kleinen Absatz, auf dem ein alter Sessel steht. Rechts davon befindet sich eine weitere Tür, sie ist ebenfalls aufgetreten. Martin stößt sie auf. Betritt einen kleinen Raum, der komplett schwarz gestrichen und nicht viel größer als ein Kleiderschrank ist. Abgesehen von dem Zugang, durch den er selbst gerade gekommen ist, gibt es noch drei weitere. Gleich gegenüber führt eine geöffnete Tür in ein großes Wohnzimmer, das in krassem Gegensatz zu den spartanisch eingerichteten Räumen im Erdgeschoss steht. Das Zimmer ist hell, und unter den freigelegten Deckenbalken stehen ein streng designtes Sofa mit Metallgestell und zwei dazu passende Sessel. Martin erkennt die Möbel aus einer von Lenes Wohnzeitschriften wieder. Sie waren bestimmt teuer. Zumindest teurer als die Ledersofas und die primitiven Stühle in der unteren Etage. An beiden Wänden hängen unterhalb der Dachschrägen Regale voller Bücher. Mitten im Zimmer steht ein Kaminofen.

Martin geht hinein.

Nun sieht er, dass das Wohnzimmer mit einer Küche verbunden ist und dass sich hinter der Küche noch ein weiterer Raum befindet. Es ist warm hier oben. Martin tritt der Schweiß auf die Stirn, und die Tropfen rinnen ihm ins Auge.

Er blinzelt.

Mitten in dem Zimmer hinter der Küche steht ein Doppelbett. Ein großer Blutfleck hat sich auf dem weißen Laken ausgebreitet, und die Matratze ist von Schrot durchlöchert. Doch auch hier ist keine Leiche zu sehen. Durch einen begehbaren Kleiderschrank gelangt Martin in ein helles Badezimmer mit

Whirlpool und Sauna. Das Waschbecken ist voller Blut, der Spiegel zersplittert.

Er hört ein leises Knarren hinter sich und fährt herum.

»Møller?«, sagt er.

Nichts zu sehen.

Noch einmal blinzelt er den Schweiß weg. Nimmt eine Hand von der Pistole, um sich die Augen zu reiben, führt sie aber schnell wieder zurück. Seine Heckler & Koch USP Compact ist zwar klein, doch am ausgestreckten Arm fühlt sie sich schwer an.

Da ist niemand, denkt er. *Das ist nur der Wind, der übers Dach streicht. Oder vielleicht Møller, die unten herumläuft?*

Er geht zurück ins Wohnzimmer. Entdeckt dort noch eine Tür, die in eine kleine Kammer führt. Darin steht ein Schreibtisch und auf dem Tisch ein Kassettendeck. Ein rechteckiges schwarzes Gehäuse mit einem kleinen Technics-Logo in einer Ecke. Darunter befindet sich ein Verstärker, und in den gegenüberliegenden Ecken des Raumes sind zwei mannshohe Lautsprecher aufgestellt. In einem Regal stehen lauter alte Audiokassetten in langen Reihen nebeneinander. Es sind ein paar Hundert. Vielleicht sogar tausend. Auf dem Rücken der Plastikhüllen stehen Zahlen, und alle Kassetten sind jeweils mit einem farbigen Punkt markiert. Rot, grün, blau, gelb, orange.

Er muss jetzt zusehen, dass er wieder hinunter zu Møller kommt. Das hier sollte sie sehen. Und dann müssen sie die Leichen finden. Die müssen ja irgendwo sein.

In dem kleinen Vorraum zwischen dem Treppenabsatz und dem luxuriösen Wohnzimmer bleibt Martin stehen. Zwei Türen hat er noch nicht geöffnet. Genau wie die Wände, der

Fußboden und die Decke sind sie beide schwarz gestrichen. Hinter der einen verbirgt sich ein schmaler Raum mit einem alten Krankenhausbett. Auf dem Bett liegt eine dünne Matratze, die mit irgendetwas befleckt ist, wie es aussieht, mit Blut. Die Flecken sind jedoch nicht frisch, sondern alt und eingetrocknet. Außerdem steht dort eine leere Metallkommode, deren Schubladen allesamt herausgezogen sind. Auf dem Dielenboden liegt ein Tropfständer, und halb unter dem Bett sieht Martin eine Plastikschüssel mit steifen, blutigen Lappen. Es riecht moderig. Muffig.

Er dreht sich um und öffnet die letzte Tür. Sie ist dicker als die anderen. Schwerer. Als er hindurchtritt, merkt er, dass sie mit Schaumstoff in der Form von Eierkartons bedeckt ist.

Schalldämpfendes Material. Wie in einem Tonstudio.

Der Raum dahinter ist vollkommen dunkel. Es gibt keine Fenster. Nur durch die Türöffnung fällt ein wenig Licht. Martin umfasst seine Pistole fester und geht hinein. Bewegt den Kopf ruckartig von einer Seite zur anderen, sodass es in seinem Nacken knackt. Das Geräusch klingt eigenartig dumpf hier im Raum. Sämtliche Wände müssen mit dem schwarzen, schalldämpfenden Schaumstoff verkleidet sein.

Was ist das hier?

Er nimmt eine Hand von der Pistole, um nach einem Lichtschalter zu tasten. Lässt die Finger über den Schaumstoff rechts von der Tür wandern. Nichts. Wieder hört er ganz in der Nähe ein Geräusch. Ein kurzes Schaben. Wie von einem Schuh, der über den Fußboden schleift. Aus dem Augenwinkel nimmt er eine Bewegung in der Dunkelheit wahr.

Hier versteckt sich jemand.

30

17:30 Uhr

Thomas schaltet sein Handy aus, bevor er die Tür zu Gry Nørremarks Zimmer im Krankenhaus Roskilde öffnet. Weder Dahl noch Møller haben sich noch einmal bei ihm gemeldet.

Sie verhören bestimmt gerade Julia Thiessen, denkt er. *Sie hätten mich sicher angerufen, wenn sie sie nicht gefunden hätten.*

An Grys Bett steht eine Krankenschwester, eine junge Frau mit schmalen Schultern und breiten Hüften. Auf einem Stuhl in der Ecke des Zimmers sitzt Grys Vater und wippt nervös mit beiden Beinen.

»Gry«, sagt Ole Nørremark mit rauer Stimme. »Sieh mal, wer da kommt.«

Er drückt sich mit beiden Händen von den Armlehnen des Stuhls ab und steht auf. Mit zitternden Beinen kommt er auf Thomas zu und gibt ihm die Hand.

»Wie geht es ihr?«, fragt Thomas ihn.

»Mir geht es gut«, ertönt eine heisere Stimme vom Bett her. »Dank meines Vaters.«

Thomas geht an Ole Nørremark vorbei, stellt sich neben die Krankenschwester und sieht Gry an. Sie lächelt schwach. Ist ganz bleich und hat dunkle Ringe unter den Augen. Ihre

Hände und Unterarme sind verbunden. Sie hebt den rechten Arm von der Bettdecke. Nur ein paar Zentimeter. Lässt ihn dann jedoch mit einem Stöhnen erschöpft wieder fallen.

»Als Sie mir erzählt haben, was mit Moniqa geschehen war … da hat mich alles eingeholt. Alles, wovor ich geflohen war. Alles, was ich durchgemacht hatte.«

Sie senkt die Stimme. »Alles, was ich getan habe.«

»Getan?«, fragt Thomas, doch Gry antwortet nicht.

»Ich hatte solche Angst, dass er zu mir kommt«, fährt sie fort. »Deshalb habe ich ein Messer aus der Schublade genommen und wollte mir damit sofort die Pulsadern aufschlitzen, aber dann habe ich es mir noch einmal anders überlegt. Die letzten Augenblicke vor meinem Tod wollte ich mit meiner Tochter verbringen. Aus diesem Grund habe ich die Geräusche abgespielt. Um Maja herbeizurufen. Ich habe die Aufnahme laufen lassen, obwohl ich genau weiß, dass es nicht funktioniert. Aber … ich war so verzweifelt. Und schließlich wurde mir klar, dass ich zum Grab meiner Tochter musste, um ihr nah zu sein. So wie normale Menschen es tun würden.«

Sie hustet.

»Sie müssen sich ausruhen«, sagt die Krankenschwester und legt ihr eine Hand auf den Oberarm. Dann wendet sie sich Thomas zu. »Wenn Sie mit ihr sprechen wollen, machen Sie es bitte kurz«, sagt sie.

Thomas nickt. »Ja, selbstverständlich. Wir können uns später noch ausführlich unterhalten. Ich habe jetzt nur ein paar Fragen, auf die ich eine Antwort brauche. Wie Sie wissen, Gry, hängt vielleicht das Leben eines kleinen Jungen davon ab.«

Gry schaut zu der Krankenschwester auf. »Ich schaffe das schon. Ich möchte ihm gern helfen. Ich möchte dem kleinen Jungen helfen.«

»Wenn Sie etwas brauchen, rufen Sie mich einfach. Okay?«

»Okay.«

Die Krankenschwester geht.

»Ich würde gern mit Ihnen über die Kommune sprechen, Gry«, sagt Thomas. »Da gibt es vieles, was ich noch nicht verstehe. Sind Sie bereit, darüber zu reden?«

Gry scheint in ihrem Bett ein wenig zu schrumpfen.

»Ja«, sagt sie dann leise.

»Hat Moniqa Larsen gleichzeitig mit Ihnen in der Kommune gewohnt?«

»Ja, aber ich kannte sie schon, als wir dort einzogen.«

»Wo haben Sie sich kennengelernt?«

»In einer Trauergruppe. Wir waren beide bei einer Psychotherapeutin in Østerbro in Behandlung.«

»Julia Thiessen?«

Gry nickt. Räuspert sich.

»Sie hat uns von der Kommune erzählt. Nach einer Gruppensitzung. Alle in der Gruppe hatten ein Kind verloren, und in dieser speziellen Sitzung sollten wir einen Brief an unsere verstorbenen Kinder schreiben. Wir sollten ihnen schreiben, wir sehr wir sie lieben und vermissen. Und dann sollten wir unsere Briefe den anderen in der Gruppe vorlesen. Diese Sitzung war sehr emotional, und wir sprachen über all die Fragen, die wir unseren Kindern stellen wollten. Über alles, was wir ihnen gern noch gesagt hätten. Als die Sitzung vorbei war, bat Julia Moniqa und mich, noch einen Moment zu bleiben. Sie sagte, sie habe eine ganz besondere Liebe bei uns bemerkt. Einen besonders großen Schmerz, den der Verlust unserer Kinder bei uns hinterlassen hat. Deshalb wollte sie uns eine einzigartige Möglichkeit geben. So hat sie es ausgedrückt.«

»Und was für eine Möglichkeit war das?«

»Das hat sie uns nicht gesagt. Sie hat uns nur zu sich nach Hause eingeladen. Wenn wir bei ihr wären, sagte sie, würde sie uns alles erzählen.«

»Und dann haben Sie sie besucht? In Atterup?«

»Ja. In der Woche darauf sind wir zu ihr gefahren. Auf ihren Hof. Erst als wir dorthin kamen, stellten wir fest, dass sie in einer Art Kommune wohnte.«

Grys Worte lassen Thomas zusammenfahren.

»Sie wohnte also selbst in der Kommune?«, sagt er.

»Ja, ihr gehört der Hof, glaube ich.«

»Wie viele Leute wohnten dort, als Sie sie besuchten?«

»Zu dem Zeitpunkt waren es wohl so um die sieben, acht Leute. Julia rief sie zusammen, als wir kamen, und dann haben wir im Aufenthaltsraum auf großen Sofas gesessen und uns gegenseitig vorgestellt. Jeder von ihnen hatte einen Menschen verloren, den er liebte. Ein Kind, einen Elternteil, einen Bruder oder einen engen Freund. Sie alle waren Patienten, die bei Julia in Therapie gewesen waren und die ihr zufolge mehr Liebe besaßen als andere Menschen. Einige von ihnen wohnten schon seit einem Monat in der Kommune, andere waren gerade erst dazugekommen. Sie haben uns sehr gut aufgenommen. Und dann …«

Sie räuspert sich. Ihr Blick schweift ab. Ole Nørremark

rückt mühsam mit seinem Stuhl an ihr Bett heran und nimmt ihre Hand. Sie lächelt ihn an.

»Und dann lud Julia uns ein, bei ihr einzuziehen. Wir sollten erst mal nach Hause fahren und darüber nachdenken. Sie sagte, wir hätten das Potenzial, etwas ganz und gar Unglaubliches zustande zu bringen, aber wir müssten es wollen. Wir müssten bereit sein zu tun, was sie von uns verlangte. Wenn wir es nicht selbst wollten, dann sollten wir nicht wiederkommen.«

»Und dann sind Sie nach Hause gefahren?«

»Ja. Aber schon am nächsten Tag war ich wieder da. Ich hatte mich entschieden. Dazu waren keine großartigen Überlegungen notwendig gewesen. Moniqa kam ein paar Tage später. Sie haben ein großes Gartenfest für uns gegeben, und irgendwann im Laufe des Abends erzählte Julia, dass ihr der Hof nicht allein gehöre, sondern dass sie zusammen mit einem Mann in der Wohnung im ersten Stock wohne. Die Tür zur Treppe war abgeschlossen, sodass wir nicht hinaufgelangen konnten. Sie sagte, der Mann, mit dem sie dort wohne, könne uns die unglaublichsten Dinge zustande bringen lassen. Wir wollten wissen, wann wir ihn kennenlernen dürften, aber sie sagte, er sei ein wenig scheu und müsse erst einmal in Ruhe Kräfte sammeln, um uns allen helfen zu können.«

»Wie hieß er?«

»Anfangs hat sie überhaupt keinen Namen für ihn verwendet. Aber nach einer Weile sagte sie, wir sollten ihn Samana nennen.«

»Samana?«, fragt Thomas. »Das haben Sie auch in Ihrer Wohnung gerufen. Als Ihre Nachbarn an die Tür geklopft haben.«

»Habe ich das?«

»Das behaupten sie zumindest.«

»Ich weiß nicht mehr, was ich zu ihnen gesagt habe. Sie haben geklopft und durch den Briefschlitz gerufen, ich solle die Anlage ausschalten und endlich meine Klappe halten. Keine Ahnung, was ich da zurückgerufen habe. Kann schon sein, dass es irgendetwas mit Samana war.«

»Wissen Sie, warum Julia Thiessen ihn so nannte?«

»Nein.«

Ole Nørremark drückt seiner Tochter die Hand. Er wirkt ruhig. Gefasst.

Sie muss ihm die ganze Geschichte schon erzählt haben, bevor ich gekommen bin, denkt Thomas. *Sonst würden ihre Worte ihn wohl deutlicher aufwühlen.*

»Am Tag nach dem großen Fest hat Julia unsere Handys eingesammelt. Ich hatte schon bemerkt, dass ich im Haus weder telefonieren noch Nachrichten verschicken konnte. Man musste hinaus in den Innenhof oder in den Garten hinter dem Aufenthaltsraum gehen, um jemanden per Handy zu erreichen. Julia sagte, sie blockierten den Empfang im Haus, weil die Reise, auf die wir uns begeben würden, unsere ganze Aufmerksamkeit erfordere. Doch es sei nicht genug, nur den Empfang zu blockieren. Sie wollte ganz sicher sein, dass wir keinen Kontakt zu anderen aufnahmen, es sei denn, sie erteilte uns die Erlaubnis dazu.«

»Dann haben Sie ihr also Ihr Handy gegeben?«

»Ja, und auch meinen Computer. Moniqa tat das Gleiche. Alle anderen Bewohner hatten sich ebenfalls von diesen Dingen getrennt und meinten, wir müssten die Welt außerhalb der Kommune loslassen. Es sei eine enorme Erleichterung, einfach loszulassen, sagten sie. Und sie hatten recht.«

Sie schaut zu ihrem Vater auf.

»Tut mir leid«, flüstert sie.

»Ist schon gut«, sagt er. »Du brauchst dich nicht zu entschuldigen. Für nichts.«

»Was ist dann passiert?«, fragt Thomas.

»Dann hat sie uns erklärt, was das Ziel unseres Aufenthalts auf dem Hof war. Darauf war ich zu diesem Zeitpunkt allerdings schon selbst gekommen. Das war auch nicht allzu schwer, wenn man sich überlegte, was wir alle gemeinsam hatten. Ich glaube eigentlich, die meisten von uns konnten sich denken, worauf das Ganze hinauslaufen würde, und trotzdem warteten wir gespannt im Aufenthaltsraum darauf, dass Julia aus ihrem Versteck im ersten Stock herunterkommen und uns das große Geheimnis eröffnen würde.«

»Und wie lautete das?«

»Dass wir alle in direkten Kontakt mit den Toten gebracht werden sollten. Ich könnte zu meiner Tochter Kontakt aufnehmen, sagte sie. Und Moniqa zu ihrer Stieftochter.«

»Wie haben Sie reagiert, als Sie das hörten?«

»Das ist schwer zu sagen. Einerseits sträubte sich alles in mir dagegen. Es widersprach jeder Vernunft. Ich habe nie an solche Dinge geglaubt. Geister und Gespenster. Aber andererseits … wenn auch nur die geringste Chance bestand, dass da etwas dran war … nur eine klitzekleine Chance … war ich bereit, alles dafür zu tun. Julia muss gewusst haben, dass einige von uns zweifeln würden, denn sie hatte noch einen Trick auf Lager, um uns endgültig zu überzeugen.«

»Was für ein Trick war das?«

»Wir bekamen Besuch von einem Mann. Einem jungen Kerl, den niemand von uns jemals gesehen hatte. Er erzählte uns von seinen eigenen Erfahrungen mit Samana. Dass Samana ihm geholfen habe, Kontakt zu seiner verstorbenen Frau aufzunehmen. Er sagte auch, er sei bereits bei mehreren anderen Geisterbeschwörern gewesen, aber niemand habe ihm helfen können. Er sehe uns an, dass wir skeptisch seien, sagte er, und er versichere uns, dass es ihm genauso gegangen sei, bevor er Samana begegnet war. Und dann erzählte er eine lange und rührende Geschichte über das, was seine Frau zu ihm gesagt hatte, als er in Kontakt zu ihr getreten war. Das seien Dinge gewesen, die nur sie habe wissen können. Er war überzeugt davon, dass es kein Schwindel war. Und schließlich hat er auch mich davon überzeugt, dass er tatsächlich Kontakt zum Jenseits aufgenommen hatte.«

»Was haben die anderen zu alldem gesagt?«

»Ein paar von ihnen waren nicht so überzeugt wie ich. Sie sind am nächsten Tag abgereist.«

»Und das durften sie einfach?«

»Ja. Niemand zwang uns zu bleiben. Julia hat immer wieder betont, dass man jederzeit gehen könne, wenn man wollte. Aber die Art und Weise, wie sie das sagte … Man bekam den Eindruck, als würden wir eine einzigartige Chance vertun, wenn wir gingen. Darüber habe ich damals nicht nachgedacht, aber jetzt im Nachhinein sehe ich das. Sie hat uns manipuliert, um uns dazubehalten.«

»Wie viele verließen die Kommune?«

»Das weiß ich nicht mehr. Vielleicht zwei oder drei. Wir

waren auf jeden Fall noch zu fünft, als sie uns das Ritual vorstellte.«

»Das Ritual?«

»Damit sollte der Kontakt zu den Toten hergestellt werden. Die Idee dahinter war, dass die Verstorbenen nur mit dieser Welt kommunizieren können, wenn sie vom Körper eines Lebenden Besitz ergreifen. Dann können sie sich der Stimme und der Hände dieses Menschen bedienen, um Botschaften aus dem Jenseits zu übermitteln.«

Sie lacht trocken.

»Ich weiß, das klingt verrückt, aber als sie davon erzählte, da … da habe ich es geglaubt. Es kam mir logisch vor. Irgendwie ergab es Sinn für mich, dass die Toten Hilfe brauchen, um mit der Welt der Lebenden zu kommunizieren. Dass sie eine Zunge und ein paar Hände benötigen. Julia fragte uns, ob wir dafür bereit seien, dass die Toten, mit denen wir in Kontakt treten wollten, Besitz von uns ergriffen. Wir brachen alle in Jubel aus und riefen Ja. Als ich an diesem Abend ins Bett ging, hatte ich das Gefühl, vor Glück fast zu platzen. Ich dachte daran, dass ich bald wieder etwas von meiner Tochter hören würde. Ich stellte mir vor, was sie mir wohl erzählen würde … was für Dinge sie über das Paradies zu berichten hatte. Und am nächsten Tag … am nächsten Tag hat Julia uns dann genauer erklärt, worin das Ritual bestand, an dem wir teilnehmen mussten. Sie sagte, wir müssten es ein paarmal durchlaufen. Es funktioniere nämlich nicht immer, und wir müssten Geduld haben. Nachdem sie das gesagt hatte, sah sie uns lange an. Und dann erzählte sie uns von dem weißen Schmerz.«

31

17:45 Uhr

Thomas hat das Gefühl, das Krankenzimmer würde sich um das Bett herum zusammenziehen. Er hört die Krankenschwestern und Patienten nicht mehr, die sich draußen auf dem Gang unterhalten, das rhythmische Piepen der Geräte in den umliegenden Zimmern. Nur Gry Nørremarks Stimme dringt zu ihm durch. Aus dem Augenwinkel sieht er, dass Ole Nørremark den Tränen nah ist. Dass seine Lippen beben.

»Der weiße Schmerz war notwendig, damit wir in Kontakt mit den Toten treten konnten«, sagt Gry. »Indem Samana uns starken Schmerzen und lauten Geräuschen aussetzte, konnte er die Seele aus unserem Körper vertreiben. Die Angst und der Schock schlugen sie in die Flucht. Julia sagte, der weiße Schmerz sei das, was eintrete, wenn die Seele sich vom Körper loslöse. Und wenn der Körper seelenlos sei, könne die Seele des verstorbenen Menschen in die leere Seelenkammer einziehen. Dann könne der Verstorbene durch uns reden und kommunizieren. Seine Stimme sei in unseren Schreien hörbar, und seine Worte würden durch unsere Hände fließen, wenn wir einen Bleistift in die Hand bekämen.«

»Das heißt, die Papierbögen, die wir in Ihrer Wohnung gefunden haben, das sind …«

»Ja. Das sind meine Aufzeichnungen, die während der Rituale entstanden sind. Majas Worte, die durch meine Hände flossen.«

»Und konnten Sie lesen, was sie Ihnen zu sagen hatte?«

»Nein. Julia hat gesagt, wir selbst wären nicht in der Lage zu verstehen, was uns die verstorbene Person durch unseren Körper sagen wollte. Die Toten würden ihre eigene Sprache sprechen, sagte sie. Eine Sprache, die nur wenige Menschen verstünden. Samana sei einer davon. Er habe die besondere Gabe, die Sprache der Toten zu verstehen. Wenn er unsere Schreie während des Rituals aufnähme und sich die Striche ansähe, die wir auf das Papier zeichneten, könne er die Worte der Toten für uns deuten. Und dann könne er uns anschließend erzählen, was sie gesagt hatten.«

»Und haben Sie das geglaubt?«

»Ja. Ich war so lange in der Kommune gewesen. Viele Monate. Und wir waren da draußen völlig isoliert. Wir haben über nichts anderes gesprochen als unsere Lieben. Die Verstorbenen.«

»Was ist dann passiert? Wie wurde das Ritual durchgeführt?«

»Zunächst sagte Julia uns, wir wären noch nicht bereit für das Ritual. Wir müssten zuerst den Schmerz kennenlernen. Sie gab uns verschiedene Übungen, mit denen wir uns herantasten sollten. Entweder allein oder zusammen mit den anderen. Kleine Aufgaben. Wie zum Beispiel flüssiges Wachs auf unsere Haut zu träufeln oder einen Finger in die Flamme einer Kerze zu halten. Mit der Zeit wurden die Übungen schwieriger. Der Schmerz wurde größer. Es vergingen ein paar Wochen, und dann wurde der Erste von uns plötzlich geholt. Kurz vor Mitternacht. Wir lagen in unseren Betten, und ein paar waren bereits eingeschlafen.«

»Kurz vor Mitternacht? Warum so spät?«

»Weil das Ritual um Punkt zwölf Uhr nachts beginnen sollte. Um die Zeit wären die Geister am aktivsten.«

»Und es dauerte acht Stunden lang? So wie die Aufnahme, die Sie in Ihrer Wohnung abgespielt haben?«

»Ja.«

Sie befeuchtet die Lippen.

»Ich war die Dritte, die zu Samana gerufen wurde. Julia schloss mir die Tür auf, die sonst immer abgesperrt war. Sie führte mich eine Treppe hinauf und in einen vollkommen dunklen Raum. Dort sollte ich mich in einen Rollstuhl setzen. Sie sagte, am Ende des Rituals wäre ich erschöpft, und dann wollten sie mich in ein Nebenzimmer bringen, wo ich auf einem Bett liegen und mich erholen könnte. Sie band mich mit Klebeband an dem Rollstuhl fest und verließ den Raum. Schloss die Tür. Ich saß mit dem Rücken zum Eingang da. Konnte nicht sehen, wer hereinkam, als die Tür wieder aufging. Aber ich hörte jemanden hinter mir auf- und abgehen, und ich wusste, das musste Samana sein. Ich begann, mit ihm zu reden. Sagte, er müsse mir erzählen, was nun passieren würde. Ich sei nervös. Und er erwiderte, ich brauche keine Angst zu haben. Er sprach ruhig und mit freundlicher Stimme. Er sagte, ich solle mich entspannen. Es sei wichtig, dass ich mich entspanne, denn dann könne ich leichter loslassen. Sodass Maja kommen konnte. Er ging um mich herum, und in dem Licht, das durch die offene Tür fiel, sah ich, dass er eine Maske trug …«

»Was für eine Maske?«

»Eine Holzmaske mit kleinen Löchern für die Augen und den Mund. Ich glaube, sie war mit einem Lederriemen vor seinem Gesicht befestigt.«

»Dann haben Sie sein Gesicht also nicht gesehen?«

»Nein. Aber ich habe gesehen, dass er ganz kurze Haare hatte. Sein Oberkörper war nackt, und er sah kräftig aus. Muskulös und mit dichtem, blondem Haar auf der Brust. Nachdem er einmal um mich herumgegangen war, schloss er die Tür und schaltete die Aufnahme ein. Die lauten Geräusche. Die Glocken und dieses gewaltige Rauschen. Der Lärm erfüllte den ganzen Raum, sodass nichts anderes mehr zu hören war. Und dann schlug er zu …«

Sie schluckt.

»Kann ich etwas zu trinken haben?«, fragt sie. »Mein Hals ist so trocken.«

Ole Nørremark nimmt einen Plastikbecher vom Nachttisch neben dem Bett und hält ihn Gry an den Mund. Sie trinkt nur einen kleinen Schluck.

»Danke«, flüstert sie. »Wo war ich?«

»Sie sagten, dass er Sie schlug«, antwortet Thomas.

»Ja. Zuerst kamen die Schläge in langen Abständen, und sie waren nicht besonders kräftig. So als wollte er sich erst aufwärmen. Oder vielleicht wollte er auch, dass ich mich langsam an den Schmerz gewöhne. Zwischendurch ging er aus dem Raum und ließ mich allein dort sitzen. Jedes Mal, wenn er zurückkam, schlug er kräftiger und schneller zu als zuvor. Bis ich schließlich das Bewusstsein verlor. Julia erschien und gab mir etwas zu trinken. Sorgte dafür, dass ich wieder zu mir kam. Dann betrat Samana wieder den Raum, und die Prügelei ging weiter. Wieder und wieder lief das so. In vollkommener Dunkelheit. Irgendwann wachte ich in einem kleinen Zimmer neben dem dunklen Raum auf und lag in einem Bett, und da wusste ich, dass es Morgen geworden war. Ich sollte dort liegen bleiben, bis ich mich so weit erholt hatte, dass ich zu den anderen hinuntergehen konnte, und währenddessen würde Samana sich die Aufnahmen anhören und sich ansehen, was ich während des Rituals zu Papier gebracht hatte. Ich konnte mich nicht daran erinnern, überhaupt einen Bleistift in der Hand gehalten zu haben. Es verging eine Weile, und dann hörte ich plötzlich seine Stimme. Er sprach durch eine Gegensprechanlage mit mir. Und erzählte mir Dinge … unglaubliche Dinge, die er unmöglich hätte wissen können, wenn er nicht … ja … wenn er nicht Kontakt zu Maja gehabt hätte.«

»Was für Dinge?«

»Er sagte, er habe sie gebeten, ihm ein Geheimnis zu erzählen, sodass er sicher sein konnte, dass er mit der richtigen Seele sprach.«

»Und was für ein Geheimnis war das?«

»Dass sie immer einschlief, wenn ich sie am Ohr streichelte. Das habe ich so gemacht, seit sie ein Säugling war.«

»Woher, glauben Sie, wusste er davon?«

»Darüber habe ich seither viel nachgedacht. Ich muss Julia während meiner Therapie davon erzählt haben. Er kann es eigentlich nur von ihr gewusst haben. Das Merkwürdige ist nur, dass ich mich nicht daran erinnern kann, jemals mit Julia darüber gesprochen zu haben. Und er wusste noch andere

Dinge, von denen ich nie in meiner Therapie gesprochen habe, soweit ich weiß.«

Ein schwaches Lächeln wird auf ihren Lippen sichtbar. »Es ist verrückt, aber … hin und wieder ertappe ich mich bei dem Gedanken, dass er vielleicht tatsächlich Kontakt zu Maja hatte. Dass ihre Seele von meinem Körper Besitz ergriffen hat. Ich weiß ja, dass das nicht sein kann. Aber trotzdem finde ich den Gedanken irgendwie … schön. Verstehen Sie?«

Thomas nickt.

»Wie oft haben Sie das Ritual über sich ergehen lassen?«, fragt er.

»Das weiß ich nicht. Zehnmal? Fünfzehnmal? Fünfundzwanzigmal? Ich habe wirklich keine Ahnung. Die Tage gingen ineinander über. Die Zeit löste sich auf. Mein Vater hat mir erzählt, dass ich ihn von der Kommune aus angerufen habe. Dass ich ihm gesagt habe, ich hätte Kontakt zu Maja aufgenommen, und das Ganze dann später zurückgenommen habe. Aber ich kann mich nicht daran erinnern, ihn angerufen zu haben. Ich muss ja darum gebeten haben, ein Telefon benutzen zu dürfen, und Julia muss es mir erlaubt haben.«

»Hat Samana jemals etwas anderes als seine Hände zum Schlagen benutzt? Einen Stock? Eine Peitsche? … einen Hammer?«

»Nein. Julia meinte, es sei wichtig für ihn, Körperkontakt zu haben. Dann könne er besser spüren, wie kräftig und an welchen Stellen er zuschlagen muss, um einen größtmöglichen Effekt zu erzielen.«

»Dann gab es in dem schwarzen Raum also nie irgendwelches Werkzeug oder Waffen?«

»Nein. Oder doch … Sie haben eine Schere benutzt, um das Klebeband abzuschneiden, mit dem wir an den Rollstuhl gefesselt wurden.«

»Und vor zwei Jahren sind Sie dann aus der Kommune ausgezogen?«

»Ja.«

»Zusammen mit Moniqa?«

»Ja.«

»Was hat Sie dazu bewogen?«

»Einer der Bewohner ist gestorben. Ein älterer Mann. Er hatte seine Frau verloren und war bei Julia in Therapie gewesen, genau wie wir anderen.«

»Wie hieß er?«

»Stefan.«

»Und wie weiter?«

»Das weiß ich nicht mehr. Aber Julia hat ihm erzählt, es sei für ihn besonders leicht, in Kontakt mit den Toten zu treten, weil er schon älter sei. Sie sagte, wenn man selbst dem Tod nah sei, ließe sich die Seele leichter in die Flucht schlagen. Samana erzielte gute Ergebnisse mit ihm, und deshalb haben sie ihn immer wieder nach oben geholt. In kürzeren und kürzeren Abständen. Stefan brannte darauf weiterzumachen, denn sein einziges Ziel im Leben bestand darin, in der Nähe seiner Frau zu sein. Er spürte eine Verbundenheit mit ihr, wenn sie von seinem Körper Besitz ergriff. Wir alle wussten, dass ihm zu hart zugesetzt wurde, aber keiner von uns griff ein. Eines Tages bat Julia uns um Hilfe, ihn aus dem Aufwachzimmer zu tragen. Er konnte nicht mehr gehen. Wir legten ihn in ein Etagenbett und ließen ihn einfach dort liegen, damit er sich erholen konnte. Wir hätten einen Krankenwagen rufen müssen, aber das taten wir nicht. Julia hat es uns streng verboten, und Stefan selbst wollte es auch nicht. Er wusste, wenn er ins Krankenhaus käme, würde die Polizei eingeschaltet, und dann hätte er nie mehr die Gelegenheit, mit seiner Frau in Kontakt zu treten. Für die anderen galt das Gleiche. Sie hatten Angst, dass Samana verhaftet würde. Dass sie ihre einzige Möglichkeit verlieren würden, mit den Toten Kontakt aufzunehmen. Ich bin unzählige Male an Stefans Zimmer vorbeigegangen. Ohne ihn zu berühren. Ohne mit ihm zu sprechen. Schließlich gab sein Herz auf. Am nächsten Tag begruben wir ihn im Garten, und dann sind Moniqa und ich abgereist, die restlichen beiden Bewohner blieben zurück. Wir dachten, Samana oder Julia würden kommen und uns holen, aber das taten sie nicht. Er befürchtete wohl, wir würden ihn verraten, wenn sie versuchten, uns etwas anzutun. Als ich die Kommune erst einmal hinter mir gelassen hatte, sah ich ein, wie wahnsinnig das Ganze gewesen war. Ich verlor den Glauben an das Ritual.«

»Und Moniqa? Verlor sie auch den Glauben?«

»Nein. Deshalb konnten wir auch nicht mehr zusammenwohnen. Sie war der Meinung, was jeder Einzelne von uns durch das Ritual erreicht hatte, könne niemand als Lüge oder Schwindel abtun.«

»Dann glaubte sie also immer noch an die Wirkung? Nach alldem?«

»Ja, das hat sie wohl getan. Aber ich habe lange nicht mehr mit ihr geredet, nachdem wir uns getrennt hatten.«

»Könnte das bedeuten, dass sie diesen Mann … Samana …

selbst zu sich nach Hause eingeladen hat, um ein letztes Mal an dem Ritual teilzunehmen?«

»Das kann schon sein. Aber soweit ich weiß, hat Samana das Ritual nie irgendwo anders als auf dem Hof durchgeführt. Der Raum dort war speziell dafür eingerichtet. Hätte Moniqa noch einmal an dem Ritual teilnehmen wollen, hätte sie ja einfach wieder hinfahren können.«

»Und was ist mit dem entführten Jungen? Lucas Hvornum. Haben Sie eine Idee, wie er in die ganze Geschichte hineinpassen könnte?«

Sie schüttelt den Kopf. »Nein. Nein, leider nicht. Ich habe auf dem Hof nie Kinder gesehen.«

»Dann glauben Sie also nicht, dass Samana oder Julia den Jungen entführt haben könnte, um das Ritual mit ihm durchzuführen?«

Gry Nørremark wendet den Kopf und schaut aus dem Fenster.

»Ich hatte jetzt zwei Jahre lang keinen Kontakt zu irgendwem aus der Kommune. Wer weiß, in welche Richtung sich das Ganze mittlerweile entwickelt hat.«

32

? Uhr

Martin öffnet die Augen. Stöhnt auf. Seine Nase ist verstopft. Beim Einatmen fließt ihm Blut vom Mund in den Rachen und erzeugt ein gurgelndes Geräusch. Er dreht den Kopf und spuckt Blut und Zähne. Hustet.

Sein Kopf dröhnt. Er kann nichts sehen. Sein Angreifer muss die Tür zum Vorraum geschlossen und ihn in dem Raum mit dem schwarzen Schaumstoff an den Wänden zurückgelassen haben.

Wie lange liege ich schon hier?

Er führt eine Hand zum Gesicht. Streift seine gebrochene Nase. Die aufgeplatzte Lippe. Ein stechender Schmerz lässt seine Hand zurückzucken. Seine Fingerspitzen sind feucht geworden, und er wischt sie am Fußboden ab, wobei er die gerillte Struktur des Bodenbelags wahrnimmt. Und die Kälte.

Metall.

Er steht langsam auf. Streckt den Arm nach der Wand aus und tastet sich vor.

Nicht schon wieder, denkt er. *Verdammt noch mal, nicht schon wieder.*

Er geht an der Wand entlang in Richtung Tür. Macht kleine Schritte. Bewegt sich seitlich vorwärts. Er muss den Lichtschalter finden, nach dem er vorhin schon gesucht hat. Falls es hier überhaupt einen gibt.

»Møller?«, ruft er mit einer Stimme, die er kaum wiedererkennt. Er näselt wie ein Boxer. Die Luft pfeift durch die Lücken zwischen den noch übrig gebliebenen Zähnen in seinem Mund. »Møller, verdammt noch mal! Bist du da?«

Seine Stimme überschlägt sich. Er spürt einen Kloß im Hals.

Er steht jetzt an der Tür. Hat die Finger fest um die Türklinke gelegt und versucht, sie hinunterzudrücken, jedoch ohne Erfolg. Die Klinke wird durch irgendetwas blockiert. Er versucht es noch einmal. Kräftiger. Nichts zu machen.

Der Lichtschalter, denkt er. *Den wollte ich doch finden. Aufs Ziel fokussieren, Martin. Keine Panik kriegen. Jetzt bloß keine Panik kriegen.*

Seine Finger fühlen sich steif an. Er spürt einen Druck auf der Brust.

Ihm fällt sein Handy ein. Er holt es hervor und lässt das Display aufleuchten. Wie erwartet, hat er hier keinen Empfang und auch keine Internetverbindung. Doch er kann die Taschenlampe des Handys einschalten. Er hinterlässt einen blutigen Fingerabdruck auf dem Display, und das kühle, blaue Licht der Leuchtdiode an der Rückseite des Handys kämpft gegen die Dunkelheit im Raum an.

Er sieht sich um. Das Zimmer ist etwa zehn bis zwölf Quadratmeter groß, und wie schon vermutet, sind alle Wände mit schalldämpfendem Schaumstoff verkleidet, bis auf eine Stelle, an der ein großer Spiegel von anderthalb mal zwei Metern hängt. Er scheint an der Wand festgeschraubt zu sein.

Mitten im Raum steht ein alter Rollstuhl, und daneben liegt ein Stück abgeschnittenes Klebeband, das mit Blutresten beschmiert ist. Von der Decke hängt eine etwa ein Meter lange Schnur herab, und zunächst denkt Martin, das seien die Reste eines Seils, an dem sich irgendwer erhängen wollte, doch als er näher herantritt, erkennt er, dass es sich um ein Kabel handelt. Am Ende des Kabels befindet sich eine Buchse mit drei kleinen Löchern. Ein Mikrofonanschluss. Er nimmt das Kabel in die Hand.

Was ging hier vor? Ist das eine schwarz gestrichene Folterkammer? Und ist das Nebenzimmer dazu gedacht, dass die Opfer sich auf dem alten Krankenhausbett von der Folter erholen können? Waschen sie sich dort das Blut vom Körper?

Ihm schwindelt. So als ginge der Sauerstoff in dem kleinen Raum zur Neige. Aber das kann nicht sein. Er kann ihn nicht schon aufgebraucht haben. Oder vielleicht doch? Wie lange ist er schon hier? Er hat keine Ahnung.

Keine Panik kriegen, sagt er sich. *Keine Panik kriegen. Keine Panik kriegen.*

Doch die Panik rauscht bereits durch seine steifen Glieder, und er kann nicht mehr klar denken. Sein Körper erinnert sich noch allzu deutlich an das Gefühl, eingesperrt zu sein, und reagiert blitzschnell. Seine Hände zittern. Kalter Schweiß läuft ihm über den Rücken, sodass ihm das beigefarbene Poloshirt am Körper klebt. Und die Jacke. Seine Uniform. Die lächerliche und viel zu warme Windjacke, die bald ganz und gar von Schweiß durchnässt sein wird.

Er versucht, sich herauszuwinden. Wedelt mit den Armen und reißt an den Ärmeln. Doch der Stoff ist feucht und klebt an ihm fest, sodass er es schließlich aufgibt. Er hat das Gefühl, als würde es immer wärmer in dem kleinen Raum, ist sich aber nicht sicher, ob das nicht vielleicht nur Einbildung ist.

Er dreht sich zur Tür. Entdeckt endlich den Lichtschalter, nach dem er gesucht hat. Betätigt ihn und sieht vier schwache, rot gefärbte Glühbirnen in einer Ecke des Raumes aufleuchten. Er schaltet die Leuchtdiode seines Handys aus. Steckt es zurück in die Hosentasche. Ballt die Hände zu Fäusten und spürt, wie sein Herz gegen die Rippen hämmert. Er sieht sich in dem roten Licht um, in der Hoffnung, dass der Peiniger, der hier gewütet hat, irgendein Werkzeug zurückgelassen hat. Einen Gegenstand, mit dem er die Tür öffnen kann. Einen Schraubenzieher. Eine Schere. Irgendetwas.

Doch hier ist nichts.

Bis auf das zerschnittene Klebeband und den Rollstuhl. Er geht zum Stuhl. Möglicherweise lässt der sich ja auseinandernehmen? Vielleicht kann er die hohlen Metallstangen benutzen, aus denen er zusammenmontiert ist. Er hockt sich daneben. Dreht den Stuhl einmal im Kreis. Findet schnell heraus, dass sich die beiden Fußstützen ganz unten abnehmen lassen und der Stuhl in der Mitte zusammengeklappt werden kann. Aber keine dieser Erkenntnisse hilft ihm jetzt weiter. Wenn er sich nur konzentrieren könnte, würde er vielleicht eine Lösung für das Problem finden. Wenn sein Herz nicht so kräftig schlagen würde, dass es ihm den Atem nimmt. Wenn er etwas kreativer wäre.

Oder einfach etwas mehr hätte, wofür es sich zu leben lohnt.

Er versetzt dem Stuhl einen Stoß, sodass er gegen die Wand rollt, von der er sanft wieder abprallt.

Reiß dich zusammen. Noch bist du nicht tot. Du bist nur eingesperrt. Reiß dich jetzt, verdammt noch mal, zusammen.

Er steht auf. Sieht zu dem Spiegel an der Wand hinüber. Einer riesigen, glatten Fläche, die in der Dunkelheit schwarz glänzt. Wie der Lack eines Neuwagens. Er sieht sich selbst darin. Sein Gesicht ist blutig. Geschwollen und deformiert. Die Augen sind nur zwei schwarze Löcher.

Hat es dem Peiniger vielleicht besondere Befriedigung verschafft, sich selbst dabei zu beobachten, wie er sein Opfer zu Brei geschlagen hat? Oder … was, wenn er sich gar nicht selbst beobachten wollte? Was, wenn auf der anderen Seite des Spiegels jemand stand und mit angesehen hat, was hier vor sich ging?

Er umfasst die Armlehnen des Rollstuhls, hebt ihn an und wirft ihn mit aller Kraft gegen den großen Spiegel. Durch die Scheibe geht eine Wellenbewegung, und als der Stuhl mit einem metallischen Klirren auf dem Boden landet, vibriert der Spiegel immer noch nach. Doch der Aufprall hat nur einen kleinen sternförmigen Riss in der Oberfläche hinterlassen. Martin hebt den Stuhl ein weiteres Mal an. Brüllt, als er ihn durch die Luft schleudert, und fällt vornüber, als er die Armlehnen loslässt, auf alle viere. Der Stuhl fliegt in hohem Bogen durch den Raum und trifft genau dieselbe Stelle wie zuvor. Martin schaut zum Spiegel empor, der nun über die gesamte Länge Risse hat.

Ein letztes Mal noch, denkt er und schließt die Finger um die Armlehnen. Der Stuhl fühlt sich jetzt merkwürdig schwer an, und Martin kann ihn kaum anheben. Er beißt die Zähne zusammen. Spannt den Oberkörper an und macht einen Satz nach vorn, mit dem Rollstuhl vor sich. Die Vorderräder treffen auf den Spiegel, der sofort zersplittert. Große Glasscherben fallen zu Boden, und als Martin den Rollstuhl wieder absetzt, ist fast der ganze Spiegel verschwunden.

Martin atmet schwer. Beugt sich vor und stützt sich schnaufend auf den Rollstuhl. Hebt den Blick und erwartet, einen Raum auf der anderen Seite des Spiegels zu sehen.

Aber da ist kein Raum. Kein Beobachtungszimmer, aus dem verborgene Augen mitverfolgen konnten, was die an den Rollstuhl fixierten Menschen hier erleiden mussten. Nur eine kleine Aussparung in der Wand hinter dem Spiegel. Sie ist quadratisch. Nicht größer als ein Meter mal ein Meter. Vielleicht einen halben Meter tief. Mit einer Videokamera darin.

Ich hatte also recht, denkt er. *In gewisser Weise hatte ich recht. Irgendjemand hat mitverfolgt, was hier vor sich ging. Allerdings auf Abstand. Wenn die Folter vorbei war. Vielleicht sogar der Peiniger selbst? Vielleicht hat er oder sie sich alles noch einmal angesehen, so wie ein Fußballspieler ein gerade überstandenes Spiel noch einmal durchgeht. Um Fehler zu finden. Um sich für das nächste Spiel zu verbessern.*

Martin bricht mit dem Gesicht zur Kamera auf dem Rollstuhl zusammen. Er zittert jetzt am ganzen Leib. Aus Angst oder vor Hitze oder Erschöpfung, er kann es nicht sagen. Er weiß noch, dass ihn der Gedanke an Lene, Maria und Sofia am Leben gehalten hat, als er im November durch den niedrigen Kellerraum kroch. Trotz allem, was seine Ehe ihm abverlangt hatte, holte sein Gehirn die Gesichter seiner Frau und Töchter hervor, als es seinem Herzen einen Grund zum Weiterschlagen geben sollte. Damals hat es funktioniert. Mit

Mühe und Not hielt er sich am Leben, bis er wieder frei war. Doch als er nun die Gesichter der Mädchen in dem dunklen Raum vor sich sieht, kann er nur daran denken, wie viel besser es ihnen gehen wird, wenn sie nicht mehr mit ihm zu tun haben müssen. Wenn sie nicht mehr gezwungen sein werden, jedes zweite Wochenende bei ihm zu wohnen, sondern bei ihrer Mutter bleiben können, die sich um sie gekümmert hat, während er selbst immer zu viel zu tun hatte. Und wenn Lene endlich mit dem Liebhaber zusammenziehen kann, der ohnehin schon für ihre viel zu teure Wohnung bezahlt.

Vielleicht ist sie anfangs noch ein wenig traurig, denkt er. *Oder sie ist einfach nur sauer, dass ich mich schon wieder habe einsperren lassen. Als wäre ein Mal nicht genug.*

Er atmet ein. Atmet aus.

Sieht ein neues Gesicht vor sich. Ein kleines, dunkelhaariges Mädchen mit verschrecktem Blick. Ein Mädchen, das nichts von seiner Existenz ahnt, dem er aber trotzdem ein Versprechen gegeben hat, das er nicht brechen kann. Er hätte auf die unnachgiebige Stimme in seinem Inneren hören sollen, die ihn konsequent davon zu überzeugen versuchte, dass er sich auf Abwegen befand. Dass er sich nicht in einen neuen Fall stürzen sollte, solange Emma noch irgendwo da draußen ist. Auch wenn ihm der neue Fall in Aussicht stellte, ein anderes verschwundenes Kind wiederzufinden.

»Es tut mir leid«, murmelt er. »Es tut mir leid, Emma.«

Er hört ein Schaben auf der anderen Seite der Tür. Jemand verrückt das Hindernis, das den Türgriff blockiert.

Das ist der Peiniger. Er kommt zurück. Er kommt zurück, um sein Werk zu vollenden. Um mich umzubringen.

Martin hält den Atem an. Rappelt sich auf. Führt die Hand zur Pistole an seinem Gürtel. Er zieht sie und richtet sie auf die Tür. Seine Arme zittern. Das Gewicht der Waffe ist fast zu viel für ihn. Er ist schwach, doch er hat die Dunkelheit auf seiner Seite. Der Mann, der ihn niedergeschlagen hat, wird ein paar Sekunden brauchen, bis sich seine Augen an die weitgehende Dunkelheit gewöhnt haben. Vielleicht rechnet er sogar damit, dass Martin noch bewusstlos ist. Oder schon tot.

Komm schon. Mach auf. Zeig dein Gesicht.

33

18:45 Uhr

Thomas ruft noch einmal an. Das ist mittlerweile sein fünfter oder sechster Versuch, Dahl und Møller zu erreichen, seit er das Krankenhaus Roskilde verlassen hat. Er hat es abwechselnd bei ihm und bei ihr versucht, ohne dass sich einer der beiden gemeldet hat. Møllers Handy klingelt immer, bis die Mailbox anspringt, und wenn er es bei Dahl versucht, informiert ihn eine Frauenstimme darüber, dass der Empfänger gerade nicht erreichbar ist.

Er drückt noch etwas mehr aufs Gas, sodass das Automatikgetriebe des silbergrauen VW Passat in den dritten Gang hochschaltet und den Wagen noch etwas schneller vorwärts befördert. Er hat beide Hände am Lenkrad und den Blick fest auf die schmale, kurvenreiche Straße gerichtet.

Gry zufolge hat der Mann mit dem Rufnamen Samana das Ritual nie außerhalb der Kommune durchgeführt. Aber was, wenn Julia Thiessen sich selbst dazu berufen fühlte, die Technik auszuprobieren? Was, wenn Moniqa Larsen ihr freie Hand gelassen hat, weil sie immer noch an die Wirkung des Rituals glaubte? Julia hätte die Folterkammer der Kommune nicht benutzen können, ohne dass Samana etwas davon mitbekommen hätte. Die beiden Frauen mussten also einen anderen Ort für ihr Vorhaben finden. Und solange Moniqas Vermieter verreist war, gab es niemanden, der sie in dem Haus im Englandsvej hätte stören können. Das traf sich perfekt.

Aber irgendetwas stimmt daran nicht. Wenn Julia Thiessen Moniqas Peinigerin war, warum hat sie dann einen Hammer verwendet? Und wieso hat sie ihr die Zunge herausgeschnitten? Aus Frustration darüber, dass das Ritual bei ihr keine Wirkung zeigte? Oder weil sie schlichtweg noch wahnsinniger und perverser ist als der Mann, mit dem sie die Kommune betreibt?

In der Ferne taucht ein großer, dichter Wald auf. Thomas wirft einen Blick auf das Navigationssystem. Es sind jetzt noch knapp fünf Minuten bis zur Kommune.

Vielleicht sollte ich Verstärkung rufen, denkt er. Aber andererseits verhören Dahl und Møller womöglich gerade in aller Seelenruhe die Psychotherapeutin und haben nur keinen Handyempfang im Haus, so wie Gry und Moniqa damals.

Die Bäume ziehen in einer einzigen braunen und hellgrünen Masse an ihm vorüber. Der Wald ist dicht, und die Baumkronen bilden ein Dach über ihm. Lassen kein Sonnenlicht hindurch. Die Straße ist dunkel und die Luft feucht. Es ist, als würde er durch einen Tunnel auf einen Lichtpunkt in der Ferne zufahren.

Er spürt ein Kratzen im Hals.

Eine Sommererkältung? Oder die ersten Anzeichen einer Grippe? Ein verdammt schlechter Zeitpunkt, um krank zu werden.

Erst als er bereits mehrere Minuten lang innerlich darüber geflucht hat, die nächste Woche verschnupft und fiebrig zubringen zu müssen, wird ihm klar, dass er keineswegs gerade dabei ist, krank zu werden. Ihm steigt ein Rauchgeruch in die Nase. Zwar schwach, aber trotzdem deutlich wahrnehmbar. Das muss der Grund für das Kratzen in seinem Hals sein. Es riecht nach einer Mischung aus den Autoabgasen zu Hause in Nørrebro und einem Osterfeuer. Vielleicht wird gerade irgendwo ein Feld abgebrannt? Oder ein Haufen Autoreifen?

Er lässt den Wald hinter sich, und sobald er die offenen Felder vor sich liegen sieht, springt ihm eine dichte, schwarze Rauchsäule ins Auge, die einen knappen Kilometer entfernt hinter einer Windschutzhecke fast senkrecht zum Himmel emporsteigt. Auch wenn er Julia Thiessens genaue Adresse nicht kennt, ist er keine Sekunde darüber im Zweifel, dass der Rauch von ihrem Hof kommt.

Er biegt in den schmalen Schotterweg ein, der auf die Rauchschwaden zuführt. Auf einen von vier Gebäuden umgebenen Hof.

Eine Staubwolke steigt hinter ihm auf, und kleine Schottersteinchen schlagen gegen den Boden des Wagens. Er bleibt abrupt vor dem Hof stehen, stößt die Tür auf und läuft durch einen Torbogen in den Innenhof.

Es ist die Scheune, die in Flammen steht. Ein niedriges, weiß gekalktes Gebäude mit einem roten Tor in der Mitte. Der Rauch quillt unter den Dachplatten hervor. Das Tor ist weit geöffnet.

Mitten in dem Innenhof steht der Dienstwagen, mit dem Dahl und Møller hierhergefahren sind, doch Thomas kann seine Kollegen nirgendwo entdecken. Er geht näher an das geöffnete Tor heran. Hält sich den Arm vors Gesicht, um es gegen die Hitze abzuschirmen. Schaut hinein. Sieht das Feuer, das an den Holzträgern mitten in der Scheune emporzüngelt und sich in die Dachsparren frisst. Die Flammen werfen tanzende Schatten an die Wände, und darüber liegt der Rauch dick und schwarz unter dem Dach. Er wird langsam nach unten gedrückt. Zischelnd saugt das Feuer den Sauerstoff aus der Luft ein. Wie einen einzigen langen Atemzug. So als wäre es ein Lebewesen.

Mitten in den Flammen steht ein kleines Auto. Ein schwarzer Kia Picanto.

Thomas greift nach seinem Handy in der Tasche.

»Sie sprechen mit Thomas Nyland«, brüllt er in das Gerät, um das Tosen des Feuers zu übertönen. Er achtet darauf, jedes einzelne Wort genau zu artikulieren, um sicherzugehen, dass er auch verstanden wird. »Es brennt auf einem Hof in Atterup. Auf dem Atterupvej. Ein Gehöft ohne Tierhaltung. Eine Person wurde verletzt. Möglicherweise noch mehr. Hier befinden sich zwei Kollegen von mir, die im Moment vermisst sind. Verstehen Sie, was ich sage?«

»Brand … einem Hof«, ertönt eine Männerstimme am anderen Ende. Die Verbindung ist schlecht.

»Ich bin in Atterup«, wiederholt er. »Auf dem Atterupvej. Die genaue Adresse weiß ich nicht. Schicken Sie Löschfahrzeuge mit Rauchtauchern, Polizei und Krankenwagen her.«

»… Atterup. Feuerwehr … Rauchtauchern … Polizei … schon unterwegs, …wagen und … Arzt …wagen. Bleiben Sie … Augenblick dran, … verbinde Sie …«

Der Anruf wird unterbrochen.

Thomas wirft einen Blick in die Scheune. Er weiß, dass

er draußen stehen bleiben sollte. Dass nur Rauchtaucher in die Flammen hineingehen dürfen. Aber wie lange werden die wohl brauchen, bis sie hier sind? In der Notrufzentrale schien schon ein Anruf wegen des Brandes eingegangen zu sein. Es klang so, als wäre die Feuerwehr bereits unterwegs. Aber wann ist sie aufgebrochen? Und von wo?

Wie lange soll Lucas auf Hilfe warten, falls er irgendwo dort drinnen ist? Und was ist mit Dahl und Møller?

Thomas beugt sich vor und geht hinein. Zum Auto. Zwischen dem Rauch und den Flammen scheint ein Nebel zu liegen, der ihm die Sicht verschleiert. Die Hitze zwingt ihn zu Boden. Hinunter auf alle viere.

Hier unten ist die Sicht etwas freier, und als er sich umsieht, entdeckt er einen Haufen brennender Körper hinter dem Auto. Er zählt sechs Paar Füße. Die Füße erwachsener Menschen. Einige nackt, andere mit Socken bekleidet. Er versucht, sich in Erinnerung zu rufen, was seine Kollegen trugen, als sie hierher fuhren. Dahl hatte natürlich seine Windjacke an und ein Paar braune Schuhe. Aber was ist mit Møller? Er weiß es nicht mehr.

»Møller? Dahl?«, brüllt er. Und dann: »Lucas? Lucas, bist du hier?«

Die Hitze drückt ihm förmlich gegen den Rücken. Der schwarze Rauch kommt immer tiefer herunter. Ist nur noch wenige Meter über ihm.

»Lucas?!«

Der Junge ist nirgendwo zu sehen.

Ist der Kleine vielleicht im Auto? Liegt er auf der Rückbank? Oder im Kofferraum?

Thomas schaut durch die Fenster, aber im Auto scheint niemand zu sein. Er kriecht hinter den Wagen und greift nach der Heckklappe, um den Kofferraum zu öffnen. Die Flammen züngeln um seinen Arm. Versengen ihm die Haare. Er zieht die Hand zurück. Beißt die Zähne zusammen und versucht es noch einmal, doch er bekommt den Kofferraum nicht auf. Entweder ist er abgeschlossen, oder irgendetwas ist dort festgeschmolzen. Er sieht zur Seite. Entdeckt einen weiteren leblosen Körper, der ein paar Meter vom Auto und dem Haufen brennender Leichen entfernt liegt. Er kriecht hinüber. Gelangt bis zu den Füßen und erkennt Møllers Sneakers. Er umfasst ihre Fußgelenke und zieht an ihnen. Kann den Körper einen halben Meter zu sich heranzerren. Møllers Gesicht ist blutverschmiert. Er packt sie am Kragen und schleift sie mit sich. Wirft einen Blick über die Schulter auf das große, offene Tor.

Irgendwo hinter den Flammen zerbirst ein Fenster durch die Hitze, und er hört ein Knarren und dann über seinem Kopf ein lautes Krachen.

Jetzt passiert es, denkt er. *Jetzt stürzt das Dach ein.*

Er krümmt den Rücken. Erwartet, einen Feuerregen auf sich niederprasseln zu spüren, doch es geschieht nichts. Er atmet aus. Packt Møller wieder am Kragen. Strauchelt und fällt vornüber. Dreht sich um und kriecht rückwärts über den Boden, mit Møller im Schlepptau. Er hält den Atem an. Hält ihn an. Hält ihn an. Hält ihn an.

Plötzlich nimmt er links von sich eine Bewegung wahr, und als er den Kopf dreht, sieht er, dass der schwarze Kia Picanto kleine Sätze nach vorn macht. Er starrt den Wagen an. Kann seinen Augen nicht glauben. Das Auto ist leer, und trotzdem bewegt es sich vorwärts.

Wer hat den Motor gestartet?

Im nächsten Augenblick klatscht eine Hand gegen das Seitenfenster auf Höhe der Rückbank, und eine Gestalt taucht im Inneren des Wagens auf. Eine Frau mit langem Haar. Er muss sie vorhin übersehen haben. Sie muss im Auto am Boden gelegen haben, als er hineingeschaut hat. Muss bewusstlos gewesen sein. Nun trommelt sie gegen das Fenster und hinterlässt blutige Abdrücke mit den Händen. Die Türen blockieren offenbar, sodass sie nicht hinausgelangen kann.

Er blickt hinunter auf Møller. Wieder hinüber zu der Frau. Bezweifelt, dass er beiden ins Freie helfen kann.

Die Fenster des Autos zersplittern, und die Frau schiebt sich halbwegs heraus. Ihr Kopf verschwindet im Rauch, der sich jetzt wie eine dichte Decke über das Autodach gelegt hat. Als ihr Gesicht wieder unter dem Rauch erscheint, sieht Thomas, dass ihr Haar Feuer gefangen hat. Ihr Kopf ist von Flammen umgeben, und sie windet sich, steckt aber in der Fensteröffnung fest. Mit einem trockenen Knall explodiert etwas, und kurz darauf brechen riesige Flammen unter dem Boden des Autos hervor und verschlucken den Wagen mitsamt der Frau.

34

18:55 Uhr

Thomas stößt mit dem Rücken gegen die Wand der Scheune. Er lässt Møller los und fährt mit den Händen über die Mauer, in der Hoffnung, sich zu einem Fenster oder dem offenen Tor vortasten zu können, doch die ungleichmäßige gekalkte Mauer erstreckt sich über die gesamte Spannweite seiner Arme. Verschwindet im Rauch. Er greift wieder nach Møllers Kragen. Stößt sich mit den Füßen ab und bewegt sich an der Mauer entlang. Muss unwillkürlich darüber nachdenken, was sich wohl alles in der Scheune verbirgt.

Ein Öltank? Alte Gasflaschen?

Über ihm ertönt ein Knall. Dann ein Krachen, als eine Latte und ein paar Dachplatten irgendwo in der Nähe zu Boden fallen. Eine Wolke aus Staub, Rauch und Funken wirbelt ihm entgegen, und er verdeckt mit dem freien Arm sein Gesicht. Bewegt sich weiter rückwärts, wobei er die Wand als Stütze nutzt. Er muss die Luft aus der Lunge entweichen lassen. Kann den Atem nicht länger anhalten, aber auch keine neue Luft einatmen. Tausende kleiner bunter Sterne tanzen ihm vor den Augen. Er spürt einen wahnsinnigen Schmerz in der Brust. Seine Muskeln verkrampfen sich. Er schiebt sich noch ein Stück zurück. Da verschwindet die Mauer hinter ihm, und er fällt hintenüber. Landet mit dem Rücken auf dem Schotter des Innenhofs, und durch den Rauch sieht er jetzt ein Stück Himmel. Mit hastigen Tritten befördert er sich und Møller ganz hinaus ins Freie. Seine Haut fühlt sich an, als würde sie brennen. Er schaut an sich hinunter. Untersucht seine Arme. An seinem rechten Unterarm sind die Haare versengt, und die Haut ist ganz rot und geschwollen.

Er setzt sich auf. Blickt hinüber zur Scheune. Rauch quillt aus dem Tor und steigt in dicken Schwaden zum Himmel auf. Thomas kommt auf die Knie. Kriecht zu Møller, die regungslos und mit geschlossenen Augen auf dem Boden liegt. Das Gesicht ist mit Blut bedeckt. Die Nase ist schief. Über den Nasenrücken zieht sich eine breite Wunde. Das rechte Auge ist geschwollen, die Augenbraue gespalten. Er zieht sie bis zum Dienstwagen. Hält sein Ohr über ihren Mund und betrachtet ihren Brustkorb. Sieht, wie er sich hebt und senkt. Ganz leicht.

»Møller?«, sagt er.

Legt die Finger unter ihr Schlüsselbein und drückt zu.

Keine Reaktion.

Er spürt, wie sein eigener Körper immer schwerer wird. Seine Hände kribbeln, und ihm wird schwarz vor Augen. Er schließt sie. Nur einen kurzen Moment.

Als er die Lider wieder aufzwingt, liegt er auf dem Rücken mitten im Innenhof und atmet durch eine Sauerstoffmaske. Irgendwo in der Nähe hört er Sirenen. Sie schallen über den ganzen Innenhof. Ein Rettungssanitäter sprüht ihm kühlendes Salzwasser in einer feinen Wolke auf den verbrannten Arm.

Neben ihm erscheint eine Frau in Reflexweste und schwarzer Hose. Thomas zieht sich die Sauerstoffmaske vom Gesicht.

»He, he«, sagt die Frau. »Die Maske behalten Sie besser auf.«

»Meine Kollegin ...«, stöhnte Thomas. »Wo ist sie?«

»Sie ist im Krankenwagen. Wird gerade wegen einer Rauchvergiftung und ihrer Verbrennungen behandelt.«

Sie deutet mit dem Kopf zur Scheune.

»Sind da noch mehr drin?«

»Ich habe vier Personen gesehen. Zwei Männer und zwei Frauen. Alle tot.«

»Sind Sie sicher?«

»Ja. Aber ich glaube, da ist auch noch ein kleiner Junge. Ein Dreijähriger. Lucas Hvornum.«

»Haben Sie ihn gesehen?«

»Nein. Aber ich habe das Auto gesehen, in dem er entführt wurde. Ich habe versucht hineinzugelangen, aber das ging nicht.«

Thomas setzt sich auf.

»Sie müssen liegen bleiben«, sagt die Frau.

»Das kann ich nicht«, brummt Thomas.

Er sieht Feuerwehrleute, die durch die Zufahrt zum Innenhof gelaufen kommen. Sowohl die Frau als auch der Rettungssanitäter drehen sich um und gehen auf sie zu. Sie scheinen ein paar Worte miteinander zu wechseln, aber Thomas kann nicht hören, was sie sagen.

Er kommt auf die Beine. Wankt hinüber zum Wohnhaus.

»Hey«, ruft die Frau hinter ihm. »Was glauben Sie, wo Sie hin wollen?«

Er ignoriert sie. Beschleunigt das Tempo. Fühlt sich immer sicherer auf den Beinen. Nimmt die Treppe zum Wohnhaus mit zwei großen Schritten.

»Dahl?«, ruft er. »Dahl, bist du hier?«

Er läuft nach rechts. Einen langen, dunklen Gang hinunter. Knöpft sein Pistolenhalfter auf, lässt die Waffe aber noch stecken. Kommt an einem Zimmer mit zwei leeren Etagenbetten vorbei. Der Raum erinnert ihn an ein Schullandheim. Er hastet weiter. Zur nächsten Türöffnung. Dort bleibt er stehen. Schaut hinein. An der Wand ist Blut. Eine blutige Bettdecke liegt auf dem Boden.

Vielleicht wurden die Leichen auf der Decke vom Haus in die Scheune gezogen. Das könnte der Grund dafür sein, dass auf dem Boden und dem Schotter keine Blutspuren zu sehen sind.

Als er am Gemeinschaftsbad vorbeigeht, zieht er die Pistole. Er öffnet den Mund, um noch einmal nach Dahl zu rufen, besinnt sich aber. Die Blutspuren weisen darauf hin, dass die Hausbewohner keinen Selbstmord begangen haben. Sie wurden nicht dazu überredet, gemeinsam in den Tod zu gehen. Jemand hat sie getötet, während sie unter der Dusche standen oder sich gerade anzogen. Julia oder Samana vielleicht. Er ist sich ziemlich sicher, dass die Frau in dem brennenden Auto Julia war. Doch möglicherweise lag Samana nicht auf dem Leichenhaufen. Möglicherweise lebt er noch. Möglicherweise ist er hier im Haus.

Thomas läuft bis zum Ende des Ganges. Zu einer aufgetretenen Tür. Er geht seitlich hindurch und schaut eine Treppe hinauf. Drückt sich mit dem Rücken gegen die Wand, während er langsam in den ersten Stock hochgeht. Durch eine offene Tür blickt er in einen kleinen, schwarz gestrichenen Vorraum. Nicht viel größer als sein Badezimmer in Nørrebro. Eine der Türen, die sich darin befinden, ist mit einem alten Archivschrank verbarrikadiert, der unter die Türklinke geschoben wurde. Thomas steigt die letzten Stufen der Treppe hinauf und nähert sich dem kleinen Metallschrank. Sieht sich um, um sicherzugehen, dass er allein ist. Drückt dann mit der Hüfte gegen den Schrank. Mit einem trockenen, schabenden Geräusch bewegt sich das Schränkchen von der Stelle.

Er drückt die Türklinke hinunter. Die Tür geht auf. Der Raum dahinter ist fast vollkommen dunkel. Nur durch vier rot gefärbte Glühbirnen schwach erleuchtet. Thomas hält die Pistole in die Höhe. Sieht eine gekrümmte Gestalt, die mitten im Raum steht und ebenfalls eine Pistole in der Hand hält. Er hört ein rasselndes Atmen.

»Dahl?«, brummt Thomas.

Aus dem Vorraum fällt Licht in das dunkle Zimmer. Erhellt das Gesicht seines Gegenübers. Ein geschwollenes, verfärbtes, blutiges Gesicht.

Thomas senkt die Pistole, und die Gestalt imitiert seine Bewegung wie ein Schatten. Er tritt näher.

»Dahl, was ist passiert?«, fragt er.

Dahl antwortet nicht. Thomas hört, dass er weint. Er bebt am ganzen Leib. Sinkt dann nach vorn und an Thomas' Brust. Die plötzliche Berührung lässt Thomas erstarren. Einen Moment steht er da und betrachtet Dahls fettiges, blutiges Haar.

Dann legt er den Arm um seinen Kollegen.

35

20:30 Uhr

In Maiken Hvornums Wohnzimmer läuft der Fernseher. Mit hoher Lautstärke. Thomas hört ihn, als er sich die Treppe hinaufschleppt. Maiken Hvornum und ihr Mann stehen bereits in der Wohnungstür und warten auf ihn. Der Mann hat einen Arm um ihre Hüfte gelegt, und sie hält seine Hand. Drückt sie so fest, dass ihre Knöchel ganz weiß werden. Als Maiken Hvornum in das Gesicht des großen Polizisten sieht, bricht sie in Tränen aus, und ihr Mann wird blass.

»Darf ich hineinkommen?«, fragt Thomas.

»Wo haben Sie ihn gefunden?«, haucht Maiken Hvornum. »Sagen Sie schon, wo Sie ihn gefunden haben.«

Thomas schaut an dem Paar vorbei in die Wohnung. »Das ist nicht so einfach. Ich finde, wir sollten drinnen darüber reden.«

Sie machen ihm Platz. Lassen ihn in den Flur kommen und schließen die Tür hinter ihm, bauen sich dann aber sofort wieder vor ihm auf wie eine Mauer.

»Clara sitzt im Wohnzimmer und sieht einen Zeichentrickfilm«, sagt Maiken Hvornums Mann. Thomas erinnert sich nicht mehr an seinen Namen. »Sie soll es nicht auf diese Weise erfahren. Sagen Sie es uns einfach, dann erzählen wir es ihr selbst.«

Nikolaj oder Nicklas oder so was in der Richtung, denkt Thomas.

»Wir haben Lucas nicht gefunden, aber wir haben Ihr Auto gefunden«, sagt er. »Es stand in der Scheune eines Hofes ein Stück südlich von Karise.«

»Karise?«, fragt Maiken Hvornums Mann. »Wie ist es denn dahin gekommen?«

Thomas sieht, dass Maiken Hvornum den Griff um die Hand ihres Mannes ein wenig lockert. Dass das Blut wieder in ihre Finger strömt.

»Das werde ich Ihnen erklären«, sagt er. »Aber zuerst muss ich Ihnen etwas anderes mitteilen. Auf dem Hof hat es gebrannt, und in den Flammen sind mehrere Menschen umgekommen. Die Feuerwehr ist immer noch mit den Löscharbeiten beschäftigt, sodass wir noch nicht genau sagen können, wie viele Personen sich auf dem Hof aufgehalten haben, und wir wissen auch nicht, ob Lucas dort war oder nur das Auto.«

Maiken Hvornums Fingerknöchel werden wieder weiß.

»Wieso sollte das Auto dort gewesen sein und Lucas nicht?«, fragt sie.

»Das weiß ich nicht. Wir sind uns noch nicht im Klaren über das Motiv des Täters. Ich sage nur, dass wir Ihren Jungen nicht gefunden haben.«

»Dann glauben Sie also, dass er lebt?«

Nein, durchfährt es Thomas. Er muss die Lippen aufeinanderpressen, damit ihm das Wort nicht entwischt.

»Ich weiß es nicht«, sagt er.

»Wie haben Sie das Auto gefunden?«

»Über die ermordete Frau. Moniqa Larsen. Sie hat eine Zeit lang auf dem Hof gelebt. Wir glauben, dass einer der anderen Bewohner des Hofes sie getötet und anschließend Lucas entführt hat.«

»Ich verstehe nicht …«, sagt Maiken Hvornums Mann. »Was will der Betreffende denn mit Lucas? Was will er mit ihm?«

»Das versuchen wir gerade herauszufinden. Die Ermordete und die restlichen Bewohner des Hofes waren offenbar alle Mitglieder einer Art neureligiöser Bewegung. Einer Sekte.«

Der Mann lässt seine Frau los und nimmt auf einem kleinen Schuhschrank Platz, der an der Wand steht.

»Ich weiß, das klingt schockierend«, fährt Thomas fort. »Aber ich verspreche Ihnen, sobald ich mehr Informationen habe, hören Sie wieder von mir.«

Maiken Hvornum nickt. Mit leerem Blick.

»Ich kann Ida Rasmussen rufen«, sagt Thomas. »Falls Sie mit jemandem sprechen möchten. Oder einen Rat brauchen, wie Sie es Clara am besten beibringen.«

»Was beibringen?«, fährt Maiken Hvornums Mann ihn an. »Einen Scheißdreck haben Sie uns erzählt.«

»Ich habe Ihnen erzählt, was ich weiß«, sagt Thomas. »Soll ich Ida Rasmussen bitten …«

Maiken Hvornum öffnet den Mund, um zu antworten, aber ihr Mann ist schneller. Unterbricht Thomas mitten im Satz: »Nein. Das schaffen wir schon selbst. Wir brauchen nichts.«

Maiken Hvornums Blick zuckt zwischen Thomas und ihrem Mann hin und her. Sie hätte das Angebot offenbar gern angenommen. Doch sie widerspricht ihrem Mann nicht.

»Okay«, brummt Thomas. Er verabschiedet sich von den beiden und geht die Treppe hinunter.

Auf der Straße ruft er Ida Rasmussen an.

»Vielleicht sollten Sie Maiken Hvornum mal anrufen«, sagt er zu ihr. »Ich glaube, sie würde gern mit Ihnen reden.«

36

21.15 Uhr

Schnell rein, schnell wieder raus. Nur eben im Flur Hemd und Hose ausgezogen, etwas Neues übergestreift und dann weiter. Zurück zu der niedergebrannten Scheune. Thomas hat das Manöver genau im Kopf geplant, bevor er seine Wohnungstür aufschließt.

Bereits im Flur muss er nach Luft schnappen. Überwältigt von dem strengen Geruch nach einsamem Mann. Nach fettigen Pizzakartons und Tüten mit halb verzehrten Croissants. Nach Tassen mit angetrockneten Kakaoresten.

Früher einmal hat er seine Wohnung geliebt. Er erinnert sich noch genau daran. Doch egal wie sehr er sich bemüht, er kann das Gefühl einfach nicht wieder wachrufen. Wenn er das zusammengewürfelte Mobiliar betrachtet, das durchweg aus besseren und ordentlicheren Haushalten stammt, kann er nicht begreifen, dass er sich hier jemals zu Hause gefühlt hat. Im Wohnzimmer stehen Tische und Stühle vom Hof seiner Eltern und erinnern ihn daran, dass er sich nie so recht von seinem Elternhaus gelöst hat, auch wenn er ans andere Ende des Landes gezogen ist. Er hat sich nie ein eigenes Leben aufgebaut. Hat einfach nur die Tage verstreichen lassen. Früher konnte er zumindest noch behaupten, dass er sich in der

Zeit, die ihm gegeben ist, als Ermittler nützlich macht. Als Polizist. Doch mittlerweile kommt ihm diese Entschuldigung fadenscheinig vor. Gelinde gesagt.

Im Dezember wollte er eigentlich verreisen. Sobald die Wunden in seinem Gesicht verheilt waren und das rechte Auge wieder klar sehen konnte. Er wollte einfach weg, ohne zu wissen, wann er wieder zurückkehren würde. Der Fall Emma war bereits an andere Ermittler weitergereicht worden, während er sich von Krankenhausaufenthalt zu Krankenhausaufenthalt hangelte, und da die Ermittlungen nach nur wenigen Tagen vollkommen zum Erliegen gekommen waren, hatte Thomas beschlossen, seine Tasche zu packen, zum Flughafen zu fahren und sich einfach in ein Flugzeug irgendwohin zu setzen. Bevor er aber abreisen konnte, musste er sich endgültig von Nataljas Gegensprechanlage in Østerbro verabschieden. Einer Anlage, die monatelang stumm geblieben war, sich aber ausgerechnet an diesem eiskalten Wintertag dazu entschieden hatte zu antworten, als er anklingelte, und mit einem einzigen Satz Thomas' ganzes Vorhaben, sich aus dem Staub zu machen, ins Wanken brachte.

Thomas, bist du da?

Mehr war nicht nötig, um seinen vagen Plan fürs Erste zunichtezumachen, und Thomas fand sich in einem eigenartigen Schwebezustand wieder, aus dem er bisher noch nicht wieder ausbrechen konnte. Er ist gefangen von der Hoffnung auf ein besseres Leben hinter einer Tür, die sich ihm nie öffnet.

Er schließt seine Wohnungstür und windet sich mit einem erschöpften Schnauben aus der Kleidung. Wirft im Flur einfach alles auf einen Haufen, legt die Pistole und seine Brille daneben und geht ins Bad, um sich den Schweiß, den Rauch und den Geruch von verkohltem Fleisch abzuspülen. Er lässt sich Wasser in die Augen und Ohren laufen, sodass er nicht mehr klar sieht und alle anderen Geräusche verschwinden.

Noch feucht vom Duschen zieht er sich ein neues Hemd und eine Hose an. Setzt die Brille wieder auf und greift nach der schmutzigen Hose auf dem Boden, um den Gürtel herauszuziehen und seine Schlüssel und sein Handy aus den Hosentaschen zu holen. Entdeckt eine Made, die sich auf einem Fettfleck unter dem Ledergürtel windet. Er muss sie den ganzen Tag mit sich herumgetragen haben.

Mit festen Schritten geht er in die Küche und kramt eine Mülltüte hervor. Stopft die Hose samt Gürtel und das Hemd hinein, knotet die Tüte zu und stellt sie auf die Hintertreppe. Dann holt er sich einen neuen Gürtel, nimmt die Pistole und verlässt die Wohnung.

Als er wieder im Dienstwagen sitzt, hat er das Gefühl, noch immer nach Rauch zu riechen, und er weiß nicht, ob der Geruch den Polstern oder seiner Haut anhaftet. Er führt den Unterarm zur Nase und stellt fest, dass er selbst nach wie vor nach Lagerfeuer riecht. Als er den Arm wieder senkt, sieht er zu seiner Überraschung, dass seine Haut feucht ist. Der Unterarm ist mit kleinen, glitzernden Tropfen benetzt. Er dreht den Rückspiegel, um sein Gesicht zu betrachten. Seine Wangen sind tränenüberströmt. Er lehnt den Kopf gegen die Nackenstütze und lässt die Tränen fließen. Sein Zwerchfell zieht sich in heftigen Krämpfen zusammen, und irgendwo aus seinem Inneren bricht ein tiefes Schluchzen hervor. Seine inneren Schutzmauern stürzen ein, und er brüllt, macht seinem Gefühl der Ohnmacht unter dem Autodach Luft. Er weiß nicht, wie lange er dort sitzt, bevor die Tränen versiegen und seine Atmung sich wieder beruhigt. Erst als er sich ganz leer fühlt, dreht er den Schlüssel im Zündschloss. Einen Augenblick ist er unsicher, wohin er fahren soll. Zurück zur Kommune? Zu Christian Larsen, um ihm zu berichten, dass sie herausgefunden haben, wer seine Schwester getötet hat? Oder zum Krankenhaus Roskilde, wo Møller und Dahl mittlerweile Gry Nørremark Gesellschaft leisten?

37

22:35 Uhr

Die Sonne ist hinter den Baumwipfeln verschwunden, als Thomas in Atterup ankommt, doch ihre letzten Strahlen färben die vereinzelten Wolken am Himmel rot. Er parkt hinter den Löschfahrzeugen, die am Ende des schmalen Schotterwegs stehen und die Zufahrt zum Innenhof versperren. Am Wegrand parken bereits mehrere Streifenwagen, die Einsatzwagen der Hundeführer sowie einige Zivilfahrzeuge.

Er folgt den Wasserschläuchen in den Innenhof. Die weiß gekalkte Scheune ist jetzt ganz in sich zusammengesunken. Vermummte Feuerwehrleute klettern in den nassen, verkohlten Resten des eingestürzten Daches herum, und mittendrin steht das Skelett von Maiken Hvornums Kia Picanto.

Auf dem Weg hierher hat Thomas gespürt, wie sich sein Magen mehr und mehr zusammenzog, und beim Anblick des ausgebrannten Autos wird ihm schlecht. Die Heckklappe steht offen. Die Feuerwehrleute müssen sie aufgebrochen haben.

Er lässt den Blick suchend über das Gewimmel von Uniformen schweifen, um Meilby irgendwo zu entdecken. Sieht ihn mit einem Beamten in kurzärmeliger Sommeruniform vor der Tür zum Wohnhaus stehen. Als Thomas sich nähert, dreht der Beamte sich um und verschwindet im Haus.

»Haben sie ihn gefunden?«, fragt Thomas. »Lag er im Kofferraum?«

Meilby schüttelt den Kopf. »Da war nichts. Der Kofferraum war leer. Aber das heißt nicht …«

Seine Stimme versagt. Er wendet den Blick ab.

»Ach, zum Teufel«, schnaubt er. Hebt die Schultern und senkt sie wieder. »Ich ertrage den Gedanken nicht, Nyland. Er kann nicht einfach verschwinden. Das kann nicht noch mal passieren.«

»Sind die Spürhunde schon unterwegs?«

»Sie suchen die Felder und den Wald ab. Vielleicht ist er ja weggelaufen, bevor die Schießerei losging. Oder jemand hat ihn freigelassen. Solange wir seine Leiche nicht gefunden haben, weigere ich mich aufzugeben.«

»Was ist mit den anderen Leichen? Wissen wir, wer sie sind?«

»Nein. Und es kann Ewigkeiten dauern, das zu klären. Es ist fast nichts von ihnen übrig. Wir werden ihre Identität sicher anhand der Zähne feststellen müssen, und Sie wissen ja, wie mühsam das ist. Wir kennen nicht mal die Namen der Leute, die hier gewohnt haben, woher sollen wir da, verdammt noch mal, wissen, bei welchem Zahnarzt sie waren?«

»Und die Mordwaffe?«, fragt Thomas.

»Noch nicht gefunden.«

»Sie muss irgendwo in der Scheune sein. Wenn einer der Bewohner zuerst die anderen erschossen, dann die Scheune angezündet und anschließend Selbstmord begangen hat, muss sie ja dort liegen.«

»Ja, vermutlich.«

Meilby bekommt einen abwesenden Blick. Thomas kann sich nicht daran erinnern, ihn jemals so gesehen zu haben. Er hätte nicht mal im Entferntesten daran gedacht, dass sein Chef zu anderen Gefühlsäußerungen als spontanen Wutausbrüchen und milder Nachsicht in der Lage wäre.

»Ich muss die ganze Zeit daran denken, was ich wohl tun würde, wenn mein eigener Junge verschwunden wäre.«

»Sie haben einen Sohn?«

»Er ist jetzt 13. Aber in meinem Kopf ist er immer noch ein kleiner Stöpsel von drei Jahren … ja, Sie wissen sicher, was ich meine.«

»Ich habe keine Kinder«, brummt Thomas.

Meilby sieht hinüber zur Scheune.

»Wie konnte das nur so ausufern?«, sagt er halb zu sich selbst.

Thomas antwortet nicht. Er sieht Morten Sjellund vor sich. Den kräftigen Mann mit dem dichten, roten Vollbart. Hört im Geiste noch seine Warnung, dass eine Sekte auf die Idee kommen kann, sich selbst auszulöschen, wenn sie sich bedroht fühlt. Doch nicht mal in seinen wildesten Fantasien hätte Thomas sich vorstellen können, dass es so plötzlich passieren würde. So explosiv.

Weder Julia noch einer der anderen hatte hier draußen auch nur den Schatten eines Polizeibeamten gesehen. Es muss unzählige andere Möglichkeiten gegeben haben, die wahren Geschehnisse in der Kommune zu verheimlichen. Sie hätten beispielsweise einfach niemanden ins Haus lassen können. Sie hätten sich Zeit verschaffen können.

Das ergibt keinen Sinn.

Seine Idee, dass Julia Thiessen das Ritual mit Moniqa Larsen durchgeführt hat und dabei irgendetwas schiefgegangen ist, erscheint Thomas ja noch nachvollziehbar. Moniqa Larsen könnte den Wunsch gehabt haben, noch einmal mit ihrer Stieftochter in Kontakt zu treten, aber möglicherweise hat Julia Thiessen nicht erreicht, was sie wollte. In ihrer Frustration darüber hat sie dann zu drastischeren Methoden gegriffen und Moniqa schließlich getötet.

Nach dem missglückten Ritual könnte Julia Thiessen Angst gehabt haben, Samana unter die Augen zu kommen, weshalb sie vielleicht in der folgenden Woche noch in dem Haus im Englandsvej geblieben ist. Aber was war mit ihrer Praxis während ihrer Abwesenheit? Blieb die geschlossen? Oder ist Julia Thiessen jeden Tag zur Arbeit gegangen, als wäre nichts geschehen, nur um abends wieder in den Englandsvej zurückzukehren und in der Wohnung zu schlafen?

Das sollte leicht herauszufinden sein.

Die Vorstellung von Julia Thiessen als Peinigerin führt Thomas zu einer weiteren wichtigen Frage. Einer Frage, die nicht so leicht zu beantworten ist: *Warum hat sie Lucas Hvornum entführt? Hat sie selbst vielleicht ein Kind verloren? Ist Lucas der Ersatz für einen Sohn, den sie schmerzlich vermisst?*

In den bisherigen Ermittlungen weist nichts darauf hin, dass Julia Thiessen ein Kind gehabt haben könnte. Hätte sie es durch einen Unfall oder ein Verbrechen verloren, wäre ihr Name in den polizeilichen Registern oder in alten Zeitungsartikeln aufgetaucht.

Er könnte natürlich an einer Krankheit gestorben sein …

Thomas reibt sich die Stirn. Das sind alles nur Spekulationen. Nichts als Hirngespinste. Auch wenn er das Gefühl hat, kurz vor der Lösung des Falles zu stehen, so haben die eigentlichen Ermittlungen doch gerade erst begonnen. Eine wochen- oder monatelange Überprüfung von Julia Thiessens Hintergrund steht ihnen jetzt bevor. Eine Überprüfung der Bewohner der Kommune. Des Mannes, den sie Samana nannten.

»Als ich in der Scheune war, ist etwas Seltsames passiert«, sagt er zu Meilby.

»Was meinen Sie?«

»Maiken Hvornums Auto hat sich plötzlich in Bewegung gesetzt. Ich habe niemanden am Steuer gesehen, aber der Wagen ist trotzdem einfach losgerollt. Als er ein paar Sätze nach vorn gemacht hatte, erschien auf einmal eine Frau im Innern. Ich glaube, es war Julia Thiessen. Doch sie saß nicht am Steuer. Sie saß auf der Rückbank. Es wirkte nicht so, als hätte sie den Motor gestartet. Es war, als würde der Wagen von unsichtbarer Hand gesteuert. Von einem Geist.«

Meilby schüttelt den Kopf. »Das war kein Geist. Ich habe so etwas schon einmal bei einem Auto gesehen, das auf einem Parkplatz angezündet wurde. Durch das Feuer kommt es zu einem Kurzschluss, und dann startet der Motor. Wenn der Wagen im ersten Gang steht und die Handbremse nicht angezogen ist, kann er anfangen, sich vorwärtszubewegen. Das sieht seltsam aus, aber es ist …«

Meilby hält inne, als ein Feuerwehrmann von dem ausgebrannten Auto her etwas ruft.

Beim Klang der Stimme schlägt Thomas das Herz bis zum

Hals. Der Feuerwehrmann hebt einen Arm und winkt die nächststehenden Beamten zu sich.

»Er hat etwas gefunden«, ruft Meilby und läuft hinüber zur Scheune.

Thomas folgt ihm. Zögernd. Er ist immer noch mehrere Meter von dem heruntergebrannten Gebäude entfernt, als Meilby schon über die feuchten, verkohlten Balken klettert. Neben dem Feuerwehrmann bleibt er stehen und schaut hinunter. Kratzt sich hinter dem großen abstehenden Ohr.

»Was ist es?«, ruft Thomas.

Meilby hört ihn nicht.

Thomas geht durch die Überreste des roten Tores und klettert seinem Chef hinterher.

»Was ist es?«, fragt er noch einmal, als er näher herangekommen ist. »Ist es der Junge? Haben Sie Lucas gefunden?«

Meilby schaut auf. Schüttelt den Kopf.

»Es ist ein Gewehr«, sagt er. »Das muss die Schrotflinte sein, mit der geschossen wurde.«

Thomas schluckt den Kloß in seinem Hals hinunter und spürt, wie sein Herz sich wieder beruhigt.

»Es besteht noch Hoffnung«, murmelt Meilby vor sich hin. »Es besteht noch Hoffnung.«

Thomas dreht sich um. Merkt, wie sich Unruhe in ihm breitmacht. Hier gibt es nichts für ihn zu tun. Nichts, wobei er behilflich sein kann. Und er hat nicht vor, hier herumzulaufen und sich überflüssig zu fühlen, während er darauf wartet, dass entweder die Feuerwehrleute oder die Spürhunde Lucas Hvornum finden.

38

23:00 Uhr

Martin sitzt auf der Kante seines Krankenhausbettes. Durch weiße Vorhänge auf allen Seiten von der Welt abgeschirmt. Genauso stellt er sich das Wartezimmer vor dem Himmelreich vor. Die luftigen Vorhänge. Die weiße Bettwäsche. Die locker sitzende weiße Kleidung an seinem Körper. Und jedes Mal, wenn der Vorhang zur Seite gezogen wird, stehen dort Krankenschwestern in weißen Einheitstrachten oder Ärzte in weißen Kitteln.

Doch die Ringe unter den geröteten Augen des Personals, die Bartstoppeln und der nach Kaffee riechende Atem verraten, dass sie nichts mit Engeln zu tun haben, sondern nur ganz normale Menschen sind, deren üblicher Dienst längst in die Verlängerung gegangen ist.

Und dann die Schmerzen natürlich. Auch sie sind ein eindeutiger Hinweis. Martin tut der Kopf viel zu sehr weh, als dass es sich hier auch nur im Entferntesten um das Himmelreich handeln könnte.

Sein Mund ist trocken. Die Lippen sind aufgesprungen. Beides Folgen des Umstandes, dass er nicht durch die gebrochene Nase atmen konnte. Beim Ausatmen stößt er jedes Mal ein leises Pfeifen aus. Die Patienten, die auf der anderen

Seite der dünnen Vorhänge liegen, muss dieses regelmäßige, zischelnde Geräusch wahnsinnig machen. Er selbst ist jedenfalls kurz davor, darüber den Verstand zu verlieren.

Er sieht die Umrisse einer Gestalt auf der anderen Seite des Vorhangs. Sicher eine Krankenschwester, die nachsehen will, wie es ihm geht. Das letzte Mal, als der Vorhang zur Seite gezogen wurde, stand dort ein Arzt, der ihm erzählte, dass Rikke Møller mittlerweile bei Bewusstsein und wohlauf sei. So wohlauf, wie man eben sein kann, wenn man zuerst niedergeschlagen wurde und anschließend minutenlang in einem brennenden Gebäude lag. Martin wollte sie gern sehen, doch der Arzt sagte, ihr Mann sei gerade da und sie wollten nicht gestört werden.

Auch gut.

Wenn sich das nächste Mal eine Krankenschwester zeigt, wird er sie fragen, ob er nicht bald gehen kann. Und wenn sie Nein sagt, wird er sich trotzdem aus dem Staub machen. Wozu soll er hier herumsitzen?

Der Vorhang wird beiseitegezogen, und er schaut auf. Aber dort steht keine Krankenschwester und auch kein Arzt.

»Lene?«, sagt er näselnd und hat den Eindruck, sich genau wie der zusammengeschlagene Rocky Balboa anzuhören, der am Ende des ersten Rocky-Films nach seiner Freundin ruft.

»Wie siehst du nur aus?«, sagt sie und zieht den Vorhang hinter sich zu. Bleibt ein paar Schritte vor dem Bett stehen.

»Wer ist bei den Kindern?«, bringt Martin hervor.

»Das ist geregelt«, sagt Lene. »Was ist mit dir passiert? Steffen Meilby hat mich angerufen und gesagt, du seist niedergeschlagen worden.«

»Wer ist bei den Kindern?«, wiederholt Martin.

Lene seufzt. »Das ist alles geregelt, Martin. Mach dir darüber keine Sorgen.«

»Willst du nicht antworten?«

»Ich habe gesagt, das ist geregelt. Du brauchst dir darüber keine Sorgen zu machen.«

Er steht auf. »Sind sie etwa bei ihm? Willst du es mir deshalb nicht erzählen?«

»Nicht so laut. Hier sind noch andere …«

»Ich scheiße auf die anderen Patienten. Ich will wissen, ob der Mann, mit dem du vögelst, gerade bei meinen Kindern ist. Das will ich wissen, Lene. Das ist doch wohl eine ganz einfache Frage, oder? Soll ich sie noch einmal wiederholen? Lässt du deinen Stecher auf unsere Mädchen aufpassen?«

Martin wird plötzlich klar, dass er mit zitterndem Zeigefinger auf sie zeigt.

Lene starrt ihn an. Schüttelt den Kopf.

»Martin«, sagt sie. »Was geht eigentlich in deinem Kopf vor? Ich habe keinen Freund. Ich hatte nie einen anderen Mann, während wir noch zusammen waren, und auch jetzt habe ich keinen. Die große Schwester einer Freundin von Sofia passt auf unsere Mädchen auf. Sie hatte zum Glück kurzfristig Zeit, sodass ich herkommen konnte. Ich wollte mich versichern, dass es dir gut geht. Und ich bin froh, dass ich gekommen bin, denn so kann ich dir deine lächerlichen Ideen aus dem Kopf schlagen.«

»Das sind keine lächerlichen Ideen«, verteidigt er sich. Doch seine Stimme ist jetzt kraftlos. »Du hast meine eigenen Töchter gegen mich aufgebracht. Sie haben schon gar keine

Lust mehr, mit mir zu reden. Wollen mich am liebsten gar nicht sehen.«

Lene greift nach seinem Finger und drückt ihn nach unten.

»Ich finde, du solltest mal gründlich darüber nachdenken, wer hier eigentlich schuld daran ist, dass sie dich nicht mehr sehen wollen.«

Einen Moment hält sie seine Hand fest. Sieht ihn an, ohne mit der Wimper zu zucken. Sie steht jetzt so dicht vor ihm, dass er ihren Duft wahrnehmen könnte, wenn seine Nase nicht zu einem unförmigen, verkrusteten Klumpen verkommen wäre.

Dann lässt sie ihn los. Dreht sich um und geht.

Einen Augenblick bleibt er stehen und betrachtet den flatternden Vorhang, den sie hinterlässt.

Manche verschwinden einfach, denkt er. *Man kann sie einfach nicht festhalten oder wiederfinden, egal, wie lange man sucht. Egal, wie sehr man sich bemüht.*

Er senkt den Blick. Muss an seine Dienstwaffe denken.

39

23:40 Uhr

Christian Larsens Villa ist in Dunkelheit gehüllt. Thomas hält am Straßenrand vor dem Gittertor und sieht zu den schwarzen Fenstern hinauf. Er hat das Seitenfenster des Dienstwagens heruntergelassen, und genau wie bei seinem letzten Besuch kann er das Wasser der Kopenhagener Seen jenseits der großen Bäume am Ende der Straße riechen. Irgendwo in der Ferne lacht jemand, und er hört Autos, die auf dem Vodroffsvej vorbeifahren.

In der Villa ist alles still. Entweder schlafen Christian Larsen und seine Frau schon, oder sie sind nicht zu Hause. Das hätte ihm klar sein müssen, als er beschloss, um diese Uhrzeit hier aufzulaufen, doch erst jetzt vor dem Haus wirft er einen Blick auf die Uhr und stellt fest, wie spät es eigentlich ist.

Vielleicht sollte ich doch lieber bis morgen warten, denkt er.

Es gibt genügend anderes zu erledigen. Er muss Julia Thiessens Kalender überprüfen und herausfinden, ob ihre Praxis die letzte Woche über geschlossen war. Außerdem muss er feststellen, ob sie ein Kind verloren hat. Und dann die Besprechung, zu der er das gesamte Ermittlungsteam morgen früh einberufen muss. Nicht nur seine eigenen Leute, sondern die ganze erweiterte Gruppe, die sich mit Lucas Hvornums Verschwinden und dem Mord an Moniqa Larsen befasst hat.

Darauf wird er sich vorbereiten müssen. Er muss bei dieser Besprechung irgendetwas sagen, was die Gruppe motivieren kann, die Ermittlungen mit unvermindertem Engagement fortzusetzen, auch wenn der Fall gerade vor ihren Augen in sich zusammengestürzt ist.

Eine unmögliche Aufgabe. Er kann sich ja nicht einmal selbst motivieren. Irgendwann im Laufe der Nacht werden die Feuerwehrleute Lucas Hvornums Leiche ausgraben. Da ist er sich vollkommen sicher. Und wenn es den kleinen Jungen nicht mehr gibt, für den die Ermittler kämpfen können, dann werden ihnen die riesigen Aktenstapel auf ihren Schreibtischen wie unüberwindbare Berge vorkommen. Normalerweise würde Thomas seine Mitarbeiter dann mit dem Hinweis darauf zu motivieren versuchen, dass die Verantwortlichen für ihre Verbrechen zur Rechenschaft gezogen werden müssen und deshalb jedes einzelne Stück Beweismaterial und jeder noch so entfernte Zeuge unter die Lupe genommen werden müssen, sodass der Täter dingfest gemacht werden kann. Doch in diesem Fall ist die Täterin tot. Verbrannt. Es gibt niemanden, der zur Rechenschaft gezogen werden kann. Und es besteht keine Chance, dass sie jemals die volle Wahrheit über das Motiv der Entführung und des Mordes an Moniqa Larsen erfahren werden.

Thomas schließt das Fenster und steigt aus dem Wagen. Er hat zwar keine Lust, Christian Larsen und seine Frau zu wecken, aber die Alternative ist noch unangenehmer.

Mit einem Finger klingelt er und lehnt sich zu der Gegensprechanlage an der mannshohen Mauer vor, die die Einfahrt umgibt.

Niemand antwortet.

Er richtet sich auf. Schaut durch die großen schmiedeeisernen Gitterstäbe. Die Einfahrt ist leer. Der große BMW, der in der vergangenen Nacht hinter dem Tor stand, ist nicht mehr da. Vielleicht steht er jetzt in der neuen Garage am Ende der Einfahrt. Der Wagen war alt, sah aber gut gepflegt aus. Extrem gut gepflegt. Christian Larsen scheint der Typ zu sein, der gut auf seine Dinge achtgibt. Der Typ, der sein Auto immer in die Garage stellt.

Wieder zieht sich Thomas der Magen zusammen. Sein Körper reagiert schneller als sein Verstand.

Irgendetwas stimmt hier nicht.

Er hört, wie ein Auto sich hinter ihm nähert, und fährt herum. Geblendet von den Scheinwerfern, hält er sich eine Hand vors Gesicht. Im selben Moment gleitet das schmiedeeiserne Tor auf. Fast lautlos. Gleichzeitig öffnet sich die Garage. Jetzt sieht Thomas, dass draußen auf dem Sveasvej Christian Larsens BMW hält. Der Wagen wartet, bis das Tor ganz offen ist, fährt dann ein paar Meter am Haus vorbei und setzt langsam zurück in die Einfahrt. Und weiter in die Garage.

Thomas folgt ihm. Das Gesicht noch immer in Scheinwerferlicht gebadet.

Dann verstummt der Motor des BMW, und die Scheinwerfer gehen aus. Thomas blinzelt ein paarmal, um die grünen Flecken loszuwerden, die das grelle Licht auf seiner Netzhaut hinterlassen hat. Er hört, wie eine Autotür geöffnet wird. Hört Christian Larsens Stimme: »Was machen Sie denn hier? Gibt es etwas Neues?«

»Ja«, brummt Thomas. »Können wir drinnen darüber sprechen?«

Die grünen Flecken verschwinden allmählich, und er sieht Christian Larsen jetzt deutlicher. Genau wie in der vergangenen Nacht trägt er ein helles Hemd mit hochgekrempelten Ärmeln. Er sieht müde aus. Sein Haar ist zerzaust.

»Meine Frau schläft. Ich will sie nicht wecken. Können wir das hier draußen besprechen?«

Thomas zuckt mit den Schultern. »Okay. Ist in Ordnung.«

»Und können wir es kurz machen? Ich brauche auch bald ein bisschen Schlaf.«

»Ich versuche es.«

Christian Larsen geht um den Wagen herum. Öffnet den Kofferraum und bückt sich. Thomas nähert sich der Garage.

»Kommen Sie mir lieber nicht zu nah«, sagt Christian Larsen. »Ich glaube, mir steckt eine Grippe in den Knochen, ich will Sie nicht anstecken.«

Thomas bleibt stehen. »In Ordnung. Dann bleibe ich hier. Ich wollte Ihnen nur erzählen, dass wir herausgefunden haben, wer Ihre Schwester getötet hat.«

Christian Larsen richtet sich auf. Blickt über die offene Heckklappe zu Thomas hinüber.

»Ach wirklich?«, sagt er. »Das ging ja schnell.«

»Nicht schnell genug, fürchte ich.«

»Wie meinen Sie das?«

»Wir sind uns ziemlich sicher, dass die Täterin tot ist. Dass sie mit mindestens drei anderen Personen aus der Kommune, in der Moniqa gelebt hat, verbrannt ist. In einer Scheune.«

»Mona«, berichtigt Christian Larsen ihn.

Thomas hört darüber hinweg.

»Sie sprechen von einer Täterin«, fährt Christian Larsen fort. »Dann wurde Mona also von einer Frau getötet?«

»Davon gehen wir aus, ja.«

»Und der entführte Junge?«

»Wir … beziehungsweise ich glaube, dass er ebenfalls tot ist. Wir haben das Auto gefunden, in dem er entführt wurde. Es stand in der Scheune, die komplett heruntergebrannt ist.«

»Warum hat die Scheune gebrannt?«

»Sie wurde angezündet. Sicher von irgendwem aus der Kommune.«

»Das klingt doch wahnsinnig. Warum in aller Welt sollte einer der Bewohner die Kommune in Brand setzen?«

»Wir glauben, dass die Bewohner der Kommune Mitglieder einer Sekte waren. Als unsere Ermittlungen drohten, die Existenz der Sekte aufzudecken, beschlossen die Anführer der Bewegung, die Mitglieder aus dem Weg zu räumen.«

Christian Larsen schüttelt den Kopf. Hustet. Es ist ein trockener Husten. Er schließt den Kofferraum.

»Danke, dass Sie hergekommen sind, um mir davon zu erzählen. Ich hatte ein angestrengtes Verhältnis zu meiner Schwester, aber sie war trotz allem meine Schwester. Und es tut mir schrecklich leid, von dem kleinen Jungen zu hören.«

Thomas nickt.

»Tja, dann werde ich mal wieder …«

Er dreht sich um und will gehen. Als er sich dem offenen Tor nähert, wird das ungute Gefühl in seinem Bauch stärker und stärker. Er bekommt den großen BMW einfach nicht aus dem Kopf. Den glänzenden, alten Wagen.

Warum stand das Auto gestern Nacht nicht in der Garage?, durchfährt es ihn.

Bisher hat er keinen Gedanken daran verschwendet. Es muss ja auch nicht unbedingt etwas zu bedeuten haben. Vielleicht war es nur ein Zufall?

Nein. Christian Larsen ist ein Mann, der auf seine Dinge achtgibt.

Er gibt acht auf seine gut erhaltene alte Villa. Die originalen Holzböden. Er hat gerade erst eine nagelneue Garage für einen Wagen gebaut, den die meisten Leute mit seinen finanziellen Möglichkeiten längst gegen einen neueren ausgetauscht hätten. Aber nicht Christian Larsen. Der behält seine Dinge. Er hegt und pflegt sie. Er stellt sein Auto in die Garage, wenn er zu Hause ist. Um es gegen Sonne, Wind und herabfallendes Laub zu schützen.

Es sei denn, dort steht schon ein anderes Auto. Ein kleiner schwarzer Kia Picanto zum Beispiel.

Thomas macht auf dem Absatz kehrt, und im selben Moment vollzieht sich in seinen Gedanken eine Kehrtwende: *Christian Larsen hat Geweihe an der Wand hängen. Von Hirschen. Die muss er geschossen haben. Er jagt also. Er besitzt eine Schrotflinte. Und was hat Meilby noch gleich an der niedergebrannten Scheune über seinen Sohn gesagt?*

»In meinem Kopf ist er immer noch ein kleiner Stöpsel von drei Jahren«, murmelt Thomas vor sich hin.

Christian Larsen kam für Thomas als Verdächtiger nicht infrage, weil sein Sohn zu alt war, als er starb. Thomas war überzeugt davon, dass der Täter ein Kind im Alter von Lucas Hvornum verloren haben muss.

Dieser Fehler wäre Meilby nicht unterlaufen.

Als Thomas aufschaut, hat Christian Larsen eine Schrotflinte auf ihn gerichtet. Ihm wird abwechselnd heiß und kalt. Er denkt an seine Pistole im Halfter. Die kann er jetzt unmöglich noch ziehen.

»Wir haben Ihr Gewehr in der Scheune gefunden«, sagt er. »Sie haben es bei den Leichen liegen lassen.«

»Glauben Sie etwa, ich habe nur eins?«

Christian Larsen umfasst das Gewehr fester. Der Kolben ruht an seiner Schulter.

»Legen Sie Ihre Pistole auf den Boden«, sagt er.

Mit langsamen Bewegungen knöpft Thomas das Pistolenhalfter auf. Greift nach dem Schaft der Pistole und zieht sie heraus.

»Auf den Boden damit«, wiederholt Christian Larsen.

»Sagen Sie mir zuerst, wo Lucas Hvornum ist. Was haben Sie mit ihm gemacht?«

Christian Larsen kommt einen Schritt auf ihn zu. Nun nimmt Thomas den Rauchgeruch wahr, der Christian Larsens Kleidung anhaftet.

Deshalb wollte er also, dass ich ihm nicht zu nah komme.

»Lucas ist tot«, sagt er ruhig. »Ich habe ihn neben das Auto in der Scheune gelegt, bevor ich sie angezündet habe.«

»Sie … Sie lügen«, entgegnet Thomas.

Ihm ist heiß und schwindelig.

»Legen Sie die Pistole auf den Boden. Ich wiederhole mich nicht gern. Tun Sie, was ich Ihnen sage.«

Thomas gehorcht. Geht in die Knie und legt die Pistole neben sich ab.

»Und jetzt gehen Sie rückwärts. Genauso ruhig. Wir werden eine kleine Runde in Ihrem Wagen drehen.«

Thomas macht einen Schritt zurück. Und noch einen. Sieht hinunter auf die Pistole. Christian Larsen geht darauf zu und versetzt ihr einen Tritt, sodass sie zur Seite fliegt.

»Ich hätte den Jungen nicht mitnehmen sollen«, sagt er. »Das war ein spontaner Einfall. Ich habe ihn durch Monas Küchenfenster gesehen und fand, dass er aussah wie Jonas. Er ähnelte dem Jonas, mit dem ich auf dem Teppich im Wohnzimmer Legohäuser gebaut habe. Dem Jonas, den ich getröstet habe, wenn er hier draußen auf der Straße mit seinem Fahrrad hinfiel. Dem Jonas, den ich aus tiefstem Herzen vermisse.«

Thomas schluckt. Geht nur einen kleinen Schritt rückwärts. Um den Abstand zum Gewehr zu verringern. Er hofft, dass Christian Larsen es nicht bemerkt.

Lucas ist tot, dröhnt es ihm durch den Kopf. *Lucas ist tot.*

Er versucht, den Gedanken fortzuschieben. Muss jetzt einen klaren Kopf bewahren. Kann sich nicht mit unliebsamen Worten aufhalten.

»Das ging natürlich nicht«, fährt Christian Larsen fort. »Lucas war nicht Jonas. Kurz nachdem ich mit ihm davongefahren war, wurde mir klar, dass ich ihn nicht behalten konnte. Aber ich konnte ihn ja auch nicht zurückbringen, ohne mich dadurch selbst zu verraten. Er hatte mein Gesicht gesehen. Er hätte mich identifizieren können.«

»Sie haben Mona aufgesucht, weil Sie Kontakt zu Jonas aufnehmen wollten«, sagt Thomas, um Zeit zu gewinnen. Um Christian Larsen davon abzulenken, dass sich der Abstand zwischen ihnen langsam verringert. »Deshalb hat sie Sie vor einer Woche angerufen, oder? Weil sie das Ritual mit Ihnen durchführen wollte?«

»Ja.«

»Hat sie Ihnen nicht gesagt, dass Sie selbst den weißen Schmerz erfahren müssen, um mit Jonas in Kontakt treten zu können?«

Christian Larsen nickt. Thomas sieht, dass er schwitzt. Sieht, wie sich unter seinen Achseln dunkle Ringe ausbreiten.

»Doch«, erwidert Larsen. »Aber das konnte ich nicht. Ich hatte Angst.«

»Sie hatten Angst?«

»Ja. Vor dem Schmerz. Mona hat gesagt, dass sie meinen Platz einnehmen könne. Sie vermisse Jonas auch und wolle in Kontakt zu ihm treten. Das sei genug, hat sie gesagt. Mehr als aufrichtig empfundene Sehnsucht sei nicht notwendig. Aufrichtige Liebe. Und sie habe schon Übung darin, daher sei das Loslassen leichter für sie. Ihre Seele könne sich leichter lösen.«

Den letzten Satz sagt er abschätzig.

»Hat es denn nicht funktioniert?«, fragt Thomas.

Er hat aufgehört, sich weiter rückwärtszubewegen. Ist dem Lauf des Gewehrs nun näher. Aber noch nicht nah genug, um danach greifen zu können.

»Ich weiß nicht, ob es funktioniert hat«, sagt Christian Larsen. Er kneift die Augen zusammen. Öffnet sie mühsam wieder.

Er ist müde, denkt Thomas. *Genauso müde wie ich.*

»Ich habe sie geschlagen. Immer wieder, bis sie irgendwann verstummte. Bis ich sie schließlich getötet hatte.«

»Und als sie tot war, konnte sie ihre eigenen Schreie nicht

mehr deuten. Ihre Bleistiftstriche. Sie konnte Ihnen nicht erzählen, was Jonas Ihnen sagen wollte, und Sie selbst waren nicht in der Lage, die Sprache der Toten zu verstehen.«

»Nein. Das war ich nicht. Ich wurde wütend. Ich nahm einen Hammer und eine Schere … und … Sie wissen schon. Ich schlug immer weiter auf sie ein, obwohl sie längst tot war. Schnitt ihr ihre unnütze Zunge aus dem Mund und warf sie weg.«

»Und anschließend sind Sie noch eine Woche in der Wohnung geblieben. Warum?«

»Ich wusste nicht, wohin ich sollte. Ich befand mich wie in einem Vakuum. So als wäre ich zwischen der Welt der Lebenden und der Welt der Toten gefangen. Erst als ich Lucas sah, wusste ich, was zu tun war. Da wurde mir klar, wie ich die Leere ausfüllen konnte, die seit Jonas' Tod in mir herrschte. Beziehungsweise … ich *dachte*, der Junge könnte sie ausfüllen, aber … wie ich schon sagte, das ging nicht. Er konnte meinen Sohn nicht ersetzen. Und als ich erkannte, dass ich ihn nicht behalten konnte, musste ich mir überlegen, wie ich ihn wieder loswerden konnte. Ich beschloss, den Tod meiner Schwester und Lucas' Entführung Julia Thiessen und ihrer lächerlichen Kommune anzuhängen. Mona hatte mir schon vor vielen Jahren erzählt, wo sie wohnte.«

»Sie hatte Ihnen die Adresse gegeben? Wann? Während sie selbst noch dort wohnte?«

»Nein. Noch vorher. Bevor sie dort einzog. Aber das ist jetzt egal. Ich fuhr jedenfalls in dem kleinen Kia Picanto mit Lucas im Kofferraum dorthin.«

»Hat er zu diesem Zeitpunkt noch gelebt?«

»Nein, da hatte ich ihn schon umgebracht.«

»Wie?«

»Ich ... Ich habe ihn erdrosselt. Habe ihn am Hals gepackt und zugedrückt. Als ich zu der Kommune kam, habe ich den Wagen im Innenhof stehen lassen und bin ins Haus gegangen. In einem Schlafraum habe ich einen jungen Mann erschossen und danach eine Frau, die gerade unter der Dusche stand. Ich habe eine Tür eingetreten und bin in die obere Etage gegangen. Habe noch eine Tür eingetreten. Im Schlafzimmer war ein Mann. Eine richtiges Muskelpaket. Komplett kahl rasiert. Er sah eigentlich so aus, als könnte er sich gut verteidigen, aber als er das Gewehr sah, hat er sich in die Hose gepinkelt. Ich habe gesehen, wie der feuchte Fleck in seinem Schritt immer größer wurde. Da habe ich ihm in die Brust geschossen. Bin ins Badezimmer gegangen und wollte auch Julia Thiessen erschießen, die sich dort versteckte, aber das Gewehr hat blockiert. Also habe ich ihr ein paarmal damit gegen den Kopf geschlagen. Ich habe eine Decke vom Bett genommen und sie darin eingewickelt. Dann habe ich sie die Treppe hinunter und in die Scheune geschleift. Auch die anderen habe ich dorthin gebracht. Ich habe den kleinen Kia in die Scheune gefahren und Julia Thiessen hineinverfrachtet. Aus meinem eigenen Wagen hatte ich ein paar Kanister Benzin mitgenommen. Die habe ich in der Scheune entleert, und als ich die Leichen gerade anzünden wollte, sind Ihre Kollegen aufgetaucht.«

»Und die wollten Sie dann auch noch umbringen?«

»Nein. Ich wollte sie nicht töten, aber ich musste sie unschädlich machen. Ich wusste, dass ich keine Chance haben würde, solange sie zusammen auf dem Hof herumliefen, aber zum Glück waren sie so unvorsichtig und haben sich getrennt. Und da habe ich zugeschlagen.«

Er schluckt.

»Als ich fertig war, habe ich meine Frau angerufen und sie gebeten, mich mit dem BMW abzuholen.«

»Und das hat sie nicht gewundert?«

»Nein. Warum sollte sie so etwas wundern? Ich habe im ganzen Land Geschäftstermine.«

»Dann wusste sie also nichts von alldem?«

»Überhaupt nichts.«

»Und woher kommen Sie dann jetzt?«

»Von der Tankstelle. Ich hatte dem BMW ja Benzin abgezapft und musste nachtanken.«

Thomas schüttelt den Kopf.

»Nein«, sagt er.

Christian Larsen schaut ihn an. »Nein? Was meinen Sie damit?«

Thomas sieht, dass sich sein Griff um das Gewehr etwas lockert. Er ist verwirrt.

»So war das nicht«, sagt Thomas.

»Doch, ich …«, setzt Christian Larsen an.

»Nein«, wiederholt Thomas. »Nicht Sie haben Ihre Schwester getötet. Das war Ihre Frau. Lucas Hvornums große Schwester hat sie gesehen. Es stimmt vermutlich, dass Sie versucht haben, ihre Spuren zu beseitigen. Dass Sie versucht haben, Julia Thiessen und den anderen aus der Kommune die Schuld anzuhängen. Für die Morde in Atterup sind Sie ganz sicher selbst verantwortlich, aber Ihre Frau hat Lucas mitgenommen.

Und sie hat auch Moniqa aufgesucht, um Kontakt zu Ihrem Sohn aufzunehmen. Sie war es, mit der Moniqa vor einer Woche telefoniert hat, um sich zu dem Ritual zu verabreden. Sie glauben doch gar nicht an Moniqas versponnenen Hokuspokus. Das haben Sie noch nie getan. Ihre Frau dagegen …«

»Doch«, ruft Christian Larsen. Seine Stimme überschlägt sich. »Ich glaube … Ich glaube daran …«

Thomas macht schnell einen Schritt zur Seite. Seine Hand schießt nach vorn und umfasst den Lauf des Gewehrs. Er zwingt ihn zur Seite und nach unten. Stellt sich vor Christian Larsen. Das Gewehr immer noch fest im Griff, versetzt er Christian Larsen einen kräftigen Schlag gegen den Ellbogen. Versucht, ihm das Gewehr zu entwinden, doch sein Gegner dreht sich um, und der Lauf entgleitet Thomas. Christian Larsen hebt das Gewehr wieder an. Wirbelt es herum und rammt Thomas den Kolben gegen die Wange. Die Brille fliegt davon, und Thomas fällt nach hinten. Er landet auf dem Rücken. Spürt einen hämmernden Schmerz im Kopf und sieht, dass der Gewehrlauf wieder auf ihn zeigt. Noch einmal greift er danach, zwingt das Gewehr zur Seite und zieht es zu sich herunter. Neben seine rechte Schulter. Er hört einen lauten Knall direkt an seinem rechten Ohr, als sich ein Schuss löst, und vom Boden wirbelt eine Wolke kleiner Steinchen und Staub auf. Noch einmal reißt er an dem Gewehr. Reißt es Christian Larsen aus den Händen. Spürt, wie es ihm auf die Brust fällt. Greift mit beiden Händen zu und schlägt mit der Flinte um sich. Bringt Christian Larsen dazu, einen Schritt rückwärts zu gehen. Dreht das Gewehr um, sodass der Lauf nun von ihm weg zeigt. Auf Christian Larsen.

Er kommt auf die Beine. Ringt nach Atem. Hört einen glasklaren Ton in dem Ohr, das dem Schuss am nächsten war.

»Runter auf die Knie!«, befiehlt er barsch.

Christian Larsen bleibt stehen.

»Hände hoch und runter auf die Knie«, wiederholt Thomas.

»Nein.«

»Es ist vorbei, Christian. Gehen Sie jetzt runter auf die Knie.«

Thomas sieht Christian Larsens Hände. Sieht, wie er sie zu Fäusten ballt. Wie er jeden einzelnen Muskel im Körper anspannt.

»Tun Sie das nicht«, brummt Thomas. »Gehen Sie auf die Knie. Es ist vorbei. Es ist jetzt alles vorbei.«

Christian Larsen hört nicht auf ihn. Sein Blick wird leer. Die Augen starr. Er brüllt. Läuft mit den Armen voran auf Thomas zu. Der macht einen Schritt zur Seite. Schlägt mit dem Kolben des Gewehrs nach seinem Angreifer und trifft ihn am Hinterkopf. Christian Larsen fällt vornüber und landet mit dem Gesicht im Kies. Ohne sich mit den Händen abzufangen.

Thomas geht neben dem großen bewusstlosen Mann in die Hocke. Sieht, dass er atmet.

Das Gewehr noch immer in der Hand, steht er auf und geht zum Dienstwagen. Holt aus dem Kofferraum zwei Paar Handschellen. Das eine schließt er um Christian Larsens Hand-, das andere um seine Fußgelenke. Dann dreht er ihn auf die Seite und lässt ihn liegen. Geht zur Tür des Hauses. Drückt die Klinke hinunter.

Die Tür öffnet sich.

40

23:50 Uhr

In der Eingangshalle stehen zwei Koffer. Gleich neben der Haustür. Thomas läuft daran vorbei. In das riesige Wohnzimmer. Es ist leer. Das Licht ist aus. Er kehrt um und geht zurück in die Halle. Wirft einen Blick die Treppe hinauf.

Er hört jemanden singen. Eine helle Stimme, die oben aus dem ersten Stock kommt. So leise, dass sie fast von dem Fiepen in seinem Ohr übertönt wird.

Sofort ist er an der Treppe. Der flaschengrüne Läufer, der sich über die Stufen erstreckt, dämpft seine Schritte. Am Ende der Treppe bleibt Thomas stehen. Vor ihm liegt ein langer, leerer Gang. Auch hier oben brennt kein Licht, sodass der weitere Verlauf des Flurs im Dunkeln verschwindet. Er horcht. Die helle Stimme dringt irgendwo aus der Tiefe des Ganges zu ihm herüber.

Christian Larsen hat Lucas Hvornum nicht getötet, denkt er. *Wenn er ihn ermordet hätte, dann hätte er nicht zusätzlich die Scheune in Brand gesteckt. Er hätte die Leichen einfach liegen lassen, damit Møller und Dahl sie finden konnten. Wir hätten geglaubt, die Kommune stünde hinter der Entführung. Und hinter der Ermordung des Jungen. Christian Larsen hat die Scheune niedergebrannt, um zu vertuschen, dass der Jun-*

ge noch lebt. Er wollte uns glauben machen, Lucas habe im Kofferraum gelegen und das Feuer habe seine Leiche restlos vernichtet.

Thomas geht auf eine angelehnte Tür zu. Durch den Türspalt fällt ein schwaches bläuliches Licht. Er würde am liebsten darauf zulaufen, hält sich jedoch zurück. Die Melodie kommt aus dem Zimmer hinter der Tür. Eine Frau singt. Das muss Cathrine sein. Christian Larsens Frau. Noch hat sie ihn nicht gehört. Er kann sich immer noch an sie heranschleichen. Sie überraschen.

Jetzt nimmt er die Melodie ganz deutlich wahr. Er kennt sie nicht, doch sie klingt melancholisch. Wie ein Schlaflied.

Er steht jetzt vor der Tür. Streckt den Arm aus und drückt sie auf. Sie gibt ein leises Knarren von sich. Das Zimmer dahinter ist in das bläuliche Licht einer Nachtlampe getaucht, die in einer Steckdose steckt. Das muss Jonas' altes Zimmer sein. An der Wand hängt ein Basketballkorb, und mitten auf dem Schreibtisch neben einer Tür, die zu einem kleinen Balkon führt, steht ein Laptop. Auf einer Ecke des Tisches stehen ein paar halb leere Schnapsflaschen. An der Decke hängt eine Discokugel.

Thomas bleibt in der Tür stehen. Sieht Cathrine auf dem Schreibtischstuhl neben dem Bett sitzen, den Rücken ihm zugewandt. Sie trägt Jeans und eine leichte Sommerjacke. Das Haar ist zu einem Pferdeschwanz zusammengebunden. Im Bett liegt Lucas. Auf dem Rücken und mit geschlossenen Augen. Seine Hände liegen auf der Bettdecke. Sie sind gefaltet wie zum Gebet.

Cathrine hört auf zu singen.

»Schau ihn dir an«, flüstert sie. »Er sieht aus wie du. Er hat deinen Mund. Deine Lippen. Findest du nicht auch, Christian? Findest du nicht auch, dass er dir ähnelt?«

Thomas' Blick wird trübe.

»Du musst noch etwas warten«, fährt sie fort. »Wir können jetzt noch nicht losfahren.«

Sie beugt sich vor und streichelt Lucas über die Stirn.

»Kleiner Jonas. Kleiner, lieber Jonas.«

»Was … was ist mit ihm?«, fragt Thomas. Seine Stimme bebt.

Cathrine schaut zu ihm auf. Ihr Blick ist leer. Sie scheint nicht zu bemerken, dass Thomas nicht ihr Mann ist.

»Ich habe ihn hingelegt«, sagt sie. »Das sollte ich doch, oder?«

Er stellt das Gewehr im Gang ab und betritt das Zimmer. Fragt, noch immer mit gedämpfter Stimme: »Schläft er?«

»Ich habe ihn hingelegt«, wiederholt sie. Wendet sich dem Jungen zu und streichelt ihm noch einmal über die Stirn. Wieder erklingt das Schlaflied von ihren Lippen. Leise und heiser.

Thomas stellt sich hinter sie. Er betrachtet Lucas' Brustkorb. Hält den Atem an. In dem spärlichen Licht ist kaum etwas zu erkennen. Er muss die Augen zusammenkneifen. Und dann sieht er es. Er sieht, wie die Decke über Lucas' Bauch sich leicht hebt. Der Junge gibt im Schlaf ein Stöhnen von sich. Löst die gefalteten Hände voneinander und dreht sich auf die Seite. Schmatzt.

Thomas kann die Tränen nicht zurückhalten. Tränen der Erleichterung.

Er legt Cathrine eine Hand auf die Schulter.

»Komm«, brummt er. »Wir gehen jetzt.«

»Aber … was ist mit Jonas?«

»Den holen wir nachher. Wir packen nur zuerst das Auto.«

Cathrine nickt. »Es ist weit bis nach Malaga.«

»Ja, das stimmt.«

»Aber es wird eine schöne Reise, oder? Es wird herrlich, in unser Sommerhaus zu kommen. Nur wir drei.«

»Ja, Cathrine. Das wird schön.«

Thomas lässt die Hand auf ihrer Schulter ruhen und führt sie langsam aus dem Zimmer.

»Moniqa hat gehalten, was sie versprochen hat«, sagt sie. »Sie wollte ihn mir zurückbringen. Das hat sie gesagt. Und sie hat ihr Versprechen gehalten. Ich habe nicht geglaubt, dass sie es schaffen würde, aber auf einmal war er da. Auf einmal war Jonas wieder da.«

»Ich weiß«, sagt Thomas. Schließt die Tür hinter sich und geht mit ihr den Gang hinunter. Nach unten in die Küche, wo er das Licht einschaltet und Cathrine dazu bringt, am Tisch Platz zu nehmen.

»Was sollen wir hier?«, fragt sie und blinzelt.

»Wir müssen noch auf jemanden warten.«

»Auf jemanden, der mit nach Malaga kommt?«

Thomas antwortet nicht. Er holt sein Handy hervor und ruft Meilby an.

»Ich habe Lucas gefunden«, sagt er leise in das Handy. »Es geht ihm gut.«

»Sie haben ihn gefunden?«, ertönt Meilbys Stimme. »Wie? Wo sind Sie?«

»Im Sveasvej.«

»In Christian Larsens Haus?«

»Ja. Ich brauche ein paar Streifen. Sie sollen ohne Blaulicht und Sirenen kommen.«

»Selbstverständlich. Ich schicke sofort welche los.«

»Danke. Und … Meilby?«

»Ja?«

»Fahren Sie bei Maiken Hvornum vorbei, und bringen Sie sie mit hierher. Der Junge liegt jetzt im Bett und schläft. Ich hätte gern, dass seine Mutter hier ist, wenn er aufwacht. Okay?«

»Okay. Sie werden mir erklären müssen, was, zur Hölle, eigentlich passiert ist, Nyland.«

»Später, Meilby.«

Thomas beendet das Telefonat. Schaut Cathrine an, die am Tisch sitzt und mit den Fingern auf die Tischplatte trommelt, so als warte sie darauf, dass irgendetwas geschieht.

»Kommen sie?«, fragt sie und sieht zu ihm auf.

»Ja«, brummt er. »Ja, sie kommen jetzt.«

Dank an:

Henrik Andersen, Polizei Kopenhagen, Abteilung für Personen gefährdende Kriminalität,
Michael Kjær Hansen, Spezialist für Augenchirurgie,
Rune Nielsen, Brandmeister,
Trine Wøldiche für die Lektüre, die Kritik, eine weitere Lektüre, noch mehr Kritik und schließlich Gnade mir und meinem Text gegenüber,
Gitte Vithner, die meinen Wettbewerb auf Krimifan.dk gewonnen hat, sodass eine Figur aus dem Buch nach ihr benannt wurde,
Verlage, Agenten, Freunde und Familie
sowie alle, die mir in den sozialen Netzwerken und auf meiner Webseite folgen.

Während meiner Recherche zu *Weißer Schmerz* habe ich unter anderem das hervorragende Buch *Sacred Sound* über die Rolle der Musik in den großen Weltreligionen gelesen, das von dem Religions- und Musikwissenschaftler Guy L. Beck herausgegeben wurde. Das Buch hat hiermit meine wärmste Empfehlung.

Für Fehler und Ungenauigkeiten in diesem Roman trägt ausschließlich der Autor die Verantwortung.